文庫
8

ミヒャエル・エンデ
田村都志夫［訳］

自由の牢獄

岩波書店

DAS GEFÄNGNIS DER FREIHEIT
by Michael Ende

First published 1992 by Weitbrecht Verlag, Stuttgart/Wien.

First Japanese edition published 1994,
this paperback edition published 2007
by Iwanami Shoten, Publishers, Tokyo
by arrangement with Piper Verlag GmbH, München
through AVA international GmbH, Herrsching, Germany
(www.ava-international.de).

目 次

1　遠い旅路の目的地

八歳の頃、シリルはヨーロッパ大陸の大ホテルならみんな知っていたし、近東の大ホテルもほとんどは顔なじみだった。でも、そのほかのこととなると、この世界についてまったくなにも知らなかった。どこでも同じように立派なあご鬚《ひげ》をはやして、お決まりの制帽と金モールの制服姿のドアマンが、いわばシリルの子ども時代の境界線に立つ門衛や国境警備官だったのだ。

シリルの父親のバジル・アバーコムビィ卿は、ヴィクトリア女王陛下に仕え、外交官をつとめていた。卿の任務分野を正確に定義するのはむずかしい。その仕事は「特別任務」とよばれていたからだ。しかし、ともかくその任務のため、卿はいつも大都市の間を旅していて、ひと所に二月と落ち着くことがなかった。そのために身軽でなければならないので、お供の数は最小限にされていた。だれがいたかというと、まず卿の身のまわりを世話する執事のヘンリー、それから家庭教師のミス・ツィッグル。この反っ歯で中年の未婚女性の役目はシリルの世話と行儀作法を教えることだ。そしてアシュリーだが、この痩せた若者は余暇時間に一人で黙然と、したたかに酔うまで酒を飲む性癖をのぞけば、目立たない存在だった。アシュリーは卿の個人秘書として仕え、同時にシリルのチューター、つまり教師の役目をも兼ねていた。この二人を雇ったことが、父親として卿がおこなった保護養育行為のすべてだった。卿は週一回息子と二人だけでディナーをとる習わしだったが、二人とも互いに相手を近づけまいと心掛けていたので、会話は遅々として進まなかった。そしてディナーが終わると、二人とも同様、やっと終わったことにほっとするのだ。

シリルは、すでにその顔かたちからして、好感をよぶ子どもではなかった。体型は——これは通常年配者だけに使う言い方だが——痩身で、骨が目立ち、言うならば、肉が欠乏した体格をしていた。麦藁《むぎわら》色の髪の毛は色彩に乏しかった。それに、生気の欠ける、少し飛び出した目と不満気な厚い唇と異常に長いあごをしていた。しかし、その年頃の少年として一番奇妙なのは、シリルの表情にまったく動きというものがなかったことだ。顔はまるで仮面のようだった。ホテルの従業員はたいてい、シリルを傲慢《ごうまん》だと見なしていた。なかの何人かは——特に南欧のメイドたちは——シリルの視線を恐れ、二人きりで出会うことを避けるようにした。

むろんこれは大袈裟な話だが、それでもシリルの性格には、シリルと関係がある者なら皆が否応《いやおう》なしに感じ、いちように恐れる何かがあった。それはシリルが持つ極端な意志力である。だが幸いにもこの意志力が発揮されることはあまりなかった。というのも、ふだんのシリルはどちらかといえば無関心で、何かに特別な興味をしめすことがまるでなく、感情のたかぶりというものをまったく知らないかのようだった。それで、シリルは何日もホテルのロビーのソファーにすわり、到着と出発の客を観察していられた。そうでなければ、そこに置かれている読み物を読んだ。財界紙もあれば、温泉保養地案内書の類もあったが、読んだ内容はすぐに忘れてしまった。だが、なにかを決心すると、この無関心な態度は一変した。そうなると、この世界のなにものをもってしても、シリルの決心を変えることはできなかった。冷淡な上品さで告げられた意志は、いかなる抵抗をも許さなかった。命令にさからう者があれば、シリルは意外そうな表情でほんの少し眉を上げ、そうするとミス・ツィッグルやアシュリーだけでなく、威厳をそなえた老執事ヘンリーまでもが、あわててシリルの望みをかなえるのである。どうしてこの子どもにそれができるのか、当事者はだれもわからなかったが、シリル自身はそれを当然としていたので、その理由を考えようともしなかった。

ホテルの調理場は、無言で苦虫を嚙《か》みつぶすコックたちを尻目にシリルが時々遊ぶ場所だった。一度など、調理場で生きた大海老《えび》を目にしたシリルは、その場でそれを自室のバスタブへ運ぶよう命じた。ホテル客が夕食に注文したのだが、命令は遂行された。シリルは半時間ほどその奇妙な生き物を観察した。だが、海老がその長い触角をときおり上下するほかにはなにも起こらないので興味を失い、立ち去るとすぐに忘れてしまった。夕方になり、風呂を使おうとしたところではじめて海老を思い出したシリルは、廊下へつまみ出して放した。海老は箪笥《たんす》の下にのそのそとその身を引きずって行き、再び這《は》い出てくることがなかった。幾日もたってから、強くなる一方の腐臭に、ホテルの従業員がその不快な臭いの原因をつきとめようと急いだが、容易なことでなかった。また、あるときは、シリルはデンマークのホテルのフロント・チーフに、幾時間も一緒に雪だるまをつくることを強《し》いた。シリルの命令により、ロビーに置かれた雪だるまは、少しずつ溶けるにまかせられた。さらにアテネでは、ホテルのレストランで催されたピアノ・コンサートの後、シリルはコンサート用グランドピアノとピアニストが自室へ来るように手配すると、その不幸な音楽家に向かい、ただちにピアノの弾き方を教えるよう要求した。それにははるかに時間をかけた練習が必要なことが明白になり、そう納得せざるをえなかったシリルはかんしゃくを起こし、とりわけグランドピアノが被害を被《こうむ》ることになった。その後シリルは重い病になり、高熱で幾日も床についた。息子の、このような常軌を逸するおこないの報告を受けると、バジル・アバーコムビィ卿は憤慨するというよりも楽しんでいるようにみえた。

「なんといってもシリルはアバーコムビィ一族の一人だからな」と、おだやかに評するのが卿の常だった。代々続いた先祖の中には、ほぼすべてのタイプの狂人がいるので、シリルの感情の起伏はこのことからも、常人のものさしで計れるものではないと卿は言いたいのだろう。

シリルが生まれたのは、実はインドなのだが、シリルは生まれた町の名すらほとんど覚えていないし、インドという国のことはまったく忘れてしまった。当時、父親が彼の地の領事館に勤務していたのである。それに、母親のレディ・オリヴィアについても、シリルが知っていることといえば、父親のバジル・アバーコムビィ卿がシリルの問いに答えて、一度きりきわめて短い言葉で伝えたことだけだ。つまり、シリルが生まれて二、三カ月にもならぬ頃、辻バイオリン弾きと駆け落ちしたという話である。父親がこの話をとても嫌っていることはまったく明らかだったから、息子は二度と尋ねなかった。しかし、のちほどアシュリーから聞いたところでは、それは辻バイオリン弾きなどではなく、当時世界的名声を博していた天才バイオリニスト、カミロ・ベレニキ、ヨーロッパ社交界の淑女憧《あこが》れの的がその人だということだ。だが、このような恋愛事件の例にもれず、このロマンチックな関係も一年もたたぬうちに解消した。アシュリーがこの事件を話したときは、少々それを楽しんでいるかのようだったが、ひょっとしたら一杯やって、話し上戸になっただけかもしれない。世間の反感はもちろん当時大変なものだった……、とアシュリーは話を続けた。レディ・オリヴィアはそのあと、すっかり社会から身を引き、今はどちらかといえば頼る人もなく、南エセックスの所領にひきこもっていた。ここで付け足しておくと、公式にはバジル・アバーコムビィ卿はレディ・オリヴィアと離婚していない。しかし、妻の肖像画やダゲレオタイプ写真などはすべて焼き捨ててしまい、卿がその名を口にすることは——件《くだん》の一例をのぞけば——二度となかった。したがって、シリルは母親の顔かたちすら知らなかったのだ。

アバーコムビィ卿が息子を世界中引き連れてまわり、この階級のだれもがそうするはずの高級寄宿学校に入れない理由は明らかでなく、さまざまな憶測を助長した。父親の愛情からではまずないだろう。外交官としての義務をのぞけば、卿の興味は武器と軍事用品のコレクションに限られていることがよく知られていたからだ。卿は世界各地で買いつけて、コレクションの充実をはかり、一族の居城クレイストーン・マナーへ送っては、老執事のジョナサンを嘆かせていた。もう置き場がなかったのだ。ところで、実の理由は簡単である。卿は、自分が常に目を配っていないと、レディ・オリヴィアがひそかに息子と連絡をとろうとするのではないかと心配したのだ。アバーコムビィ卿はそれがまったくできぬようにしたかった。息子のためではない。卿が受けた恥辱のため、妻をこらしめたかったのだ。ちなみに、同じ理由から卿は、これらの年月、英国へ帰らぬようにしていた——帰国することがあれば、それは純粋に任務上であり、わずかな日数にかぎられ、その間、息子は外国で使用人の許に残された。

そのような折に、二人の家庭教師がきわめて恥ずかしい状態にあるのをシリル少年が見つけるという事件が起きた。夜更けに、ふと目をさましたシリルは、隣室で眠るミス・ツィッググルの名を呼んだ。返事がなかったので、シリルはベッドから起き出して隣室をのぞいた。ミス・ツィッググルのベッドは朝整えられたままで、使った形跡がなかった。シリルはミス・ツィッググルをさがすことにした。チューターの部屋の前を通ったとき、変な、おさえた声が聞こえた。そっとドアを開けた。そこで目にしたことは、シリルの興味をひいた。それで、そっと部屋の中に入ると、椅子に腰を下ろし、その情景を注意深く観察することにした。アシュリーとミス・ツィッググルが二人ともあられもない姿で、まるでレスリングのように肢体をからめ、絨毯《じゅうたん》の上を転げまわっている。そうしながらアシュリーは低くうめき、ミス・ツィッググルはかんだかい声を発した。テーブルの上には空になったウイスキー瓶と、まだ半分残ったグラスが二つあった。しばらくすると、二人はぐったりしたようで、荒い息をしながら動きをとめた。シリルは控え目に咳払いをした。二人はびっくりして身を起こし、上気した顔で、茫然《ぼうぜん》とシリルを見つめた。ことの意味はよくわからなかったが、シリルは二人の目に恥じらいと罪の意識を見てとった。シリルにはそれで充分だった。立ち上がると、一言も言わず自室へ戻った。その後の日々、アシュリーもミス・ツィッグルもこの出来事を口にしなかった。シリルも何も話さなかった。これまでも家庭教師とチューターの仕事風景は充分すぎるほど要を得ないものだったのだが、このことがあってからは一種の恭順《きょうじゅん》さがそれに加わり、シリルをとても楽しませた。理由《わけ》はわからぬとも、二人をモラルの上で意のままにできることがはっきりと感じとれた。二人との距離を強調するため、これから先はディナーのとき、テーブル一卓を一人で独占することをシリルは主張した。その際、ほかのホテル客が、ひそかに、あるいはあからさまに、動物園の珍しい動物でも見るように注目しても、まるで気にしなかった。ディナーが終われば、一、二時間一人でラウンジでくつろぐ習わしだ。ミス・ツィッグルが遠慮がちに、もうベッドに入った方がよいのではないかと申し出ると、シリルは即座に黙るよう命じ、ミス・ツィッグルをその場から追い払った。いつも決まった場所に座るシリルは、なにかを待って、時間をつぶす人のように見えた。そして、事実シリルは待っていたのだ。本当のことを言えば、シリルはこの世に生まれたときから待っていた。ただ、なにを待っているのかがわからなかった。

それが一変したのは、ローマのインギルテッラ・ホテルの絨毯が敷きつめられた廊下を歩いていたときのことである。大きな葉をつけた椰子《やし》の木に隠れた壁のくぼみがあり、窓になっていた。そこから、声をおさえたむせび泣きが聞こえてきた。そっと近づくと、小さな女の子がいた。シリルと同じ年頃の少女が、大きな革張り椅子の上で膝をかかえてうずくまり、肘掛けに顔を押しつけ、涙をながしていた。このようにあからさまな感情奔出のドラマを今まで知らなかったので、シリルは驚いた。しばらくの間、無言でながめていたシリルは、少ししてからこう尋ねた。「なにか僕にできることがありますか、お嬢さん？」

少女は涙に濡れた顔をシリルに向けると、こわい目でまくしたてた。

「そんな魚のような目で馬鹿みたいに見つめないでよ。あっちへ行って！」

少女は英語を話したが、ちょっとくずれた、平たく引き延ばしたように独特な響きがあり、シリルはまだ耳にしたことがなかった。

「ごめんなさい、お嬢さん」軽く会釈してシリルは言った。「お邪魔をするつもりはありません」

少女はシリルが立ち去るのを待っていたようだが、シリルはそうしなかった。

「もう、あっちへ行ってよ」少女は大きく息をついだ。「あんたには関係ないことでしょ」言葉は荒かったが、冷たさがすこし減っていた。

「もちろんです」とシリルは言った。「お気持ちはよくわかります、お嬢さん。ちょっとここにすわってもよろしいですか？」

答えにとまどう目で少女はシリルを見た。シリルが真面目なのか、からかうつもりなのか、よくわからないようだ。しばらくして、うなずいた。

「好きにしたらいいでしょ。このソファーは私のものじゃないんだから」

シリルは向かい側に腰をおろし、少女が鼻をかむのをながめた。

少したって口をひらいた。

「だれか失礼なことをしたのでしょうか、お嬢さん？」

少女の息がはげしくなった。「ええ、アン叔母さんよ。叔母さんがこんなひどいヨーロッパ旅行に一緒するようになんて言うから。もうこれで四カ月も家に帰ってないわ。四カ月よ、わかって？　旅行費用を前払いして、ずいぶんな金額だったって叔母は言っているわ。私のためだけにそれを無駄にする気はないってわけ」

シリルはしばらく考えていたが、こう言った。「正直に言って、お嬢さん、何がそれほどつらいのか、よくわからないのですが」

「ふぅー」と、いらだちを見せて少女は息をはいた。「ホームシックよ。たまらないくらい家が恋しいの」

「なん……ですって？」シリルは不審な顔で問い返した。

少女はシリルの問いが耳に入らなかったかのように、しゃべりつづけた。「私一人ででもいいから帰してくれればいいのに。叔母さんも一緒に帰れなんて言わないわ。私が次の船に乗って帰るだけよ。どんなに日にちがかかってもいい。方角は正しいんだから。そうすればすぐに気分が良くなるわ。毎日少しずつ良くなるわよ。パパとママがニューヨークまで迎えにきてくれるかもしれない。だって私、鉄道はよくわからないもの」

「お嬢さんは、どこか身体の具合が悪いということでしょうか？」シリルは尋ねた。

「ええ、……いいえ、そうじゃないの……もうよくわかんないわ」――少女はいらだった目でシリルを見た――「ともかくこれだけは確かよ。すぐに故郷の家へ帰れなければ、私、死んじゃうわ」

「それは本当ですか？」シリルは興味深そうに尋ねた。「で、どうして？」

そこで、女の子はアメリカ中西部のどこかにある小さな町の話をした。そこには少女の父親と母親が二人の弟トムやアビィと一緒に住んでいる。それからサラもいる。このまる太った黒人のばあやは歌やお化けの話をたくさん知っていた。それに子犬のフィップスもいた。フィップスはねずみをつかまえられたし、一度などは狸《たぬき》とも勇敢にやりあったものだ。それから、家のうしろの大きな森。何とかいう名の珍しい木の実がそこで採れた。

また、カニグルさんとやらもいた。隣町で、ともかく何でも売っている店を開いていて、そこではかくかくしかじかのにおいがする、というような、他にも無数のたわいもない話である。語るにつれ、少女の目は輝きを増した。どのように些細《ささい》なことでも、語ると気分が良くなるようだ。それがいかにとるに足らないことであっても。シリルは話に聞き入った。そして、この世のだれかが数カ月間といえども失いたくないと思うほど、いったい何がそんなにとびきり素晴らしいのか、その秘密をさぐろうとした。少女はしかし、自分の気持ちがわかってもらえたと感じたらしい。話し終わるとシリルに話を聞いてくれた礼を言い、その地方へ来ることがあれば立ち寄るようにと、招待したからだ。それから、この女の子は明らかに少し元気を取り戻し、気が楽になって去った。シリルはこの少女の名すら聞かなかった。

翌日、少女は叔母と次の滞在地へ旅立ったようだった。どこにも姿が見えず、シリルは人に尋ねたくなかった。実際、少女のことはシリルにとってどうでもよかったのだ。それよりも、気がかりなのは郷愁とよぶ、少女の奇妙な状態である。それが何なのかシリルには皆目見当がつかなかった。ここで初めて、おぼろげながら、自分が家というものをまるで知らないことにシリルは気づいた。あこがれたり、恋いこがれるものをシリルはまったく知らなかった。自分にはなにかが欠けているのだ。それは明らかだった。ただそれが利なのか害なのかはわからない。追求することにシリルは決めた。

父親はもちろんのこと、アシュリーやミス・ツィッグルにシリルはなにも言わなかった。だが、見知らぬ他人には、その後しばしば話しかけるようになった。そして、いつの間にか彼らが自分の故郷について話すように、シリルは会話をはこんだ。話し相手は子どもでも老婦人や老紳士でも、いやメイドでも召使でもホテルの支配人でも、だれでもよかった。一人の例外もなく、だれもが喜んで話すようだとわかったからだ。微笑みが話す者の顔を明るく輝かせるのもまれではなかった。なかには目をうるませ、饒舌《じょうぜつ》になる者もいた。また別の者はメランコリックになった。しかし、それはだれにとっても大きな意味があるようだった。細かなところではみんなそれぞれ異なるのだが、同時にどの話もあるひとつの点ではよく似ている。そのような感情の浪費を正当化する、とびきり素晴らしいことや特別のことがどこにも見つけられないのだ。そしてシリルが気づいたことがもう一つある。この故郷というのは、生まれた場所でなくともまるでかまわないということだ。同様に、それは現住所と同じである必要もない。それでは、何がそれを決めるのだろう？　そしてだれが決めるのか？　各自自分で考え、決めるのだろうか？　それならシリルにはどうしてそのようなものがないのか？　明らかにシリル以外はみんな、聖なる場所を、ある宝物を持っているのだ。その値打ちは具体的に把握できず、手のひらにのせて人に見せられるものでもないが、それにもかかわらず、それは現実に存在する。よりによって自分がそのような所有から疎外されていることが、シリルにはまったく耐えられなかった。なんとしてもそれを手に入れる決心をした。この世界のどこかには、シリルにもそのようなものがあるはずだ。

シリルは父親に、宿泊しているホテルの外を長く散歩する許しを願いでた。許しは与えられた。ただし条件があり、そういう遠足には必ずアシュリーか、またはミス・ツィッグル、あるいは二人が同行すべしというものだった。

最初は三人でそうしたことも二、三度あったが、シリルにはすぐにこの二人が荷物となった。この二人の家庭教師はたいてい、自分たちのことばかりに気をとられていたからだ。なぜかわからないが、ミス・ツィッグルはアシュリーにひどく苦しめられているようだ。どのひと言にもアシュリーへの非難がこめられていた。それに対してアシュリーは冷淡さとあざけりで応えた。シリルは両人どちらにもあまり関心がなかったが、選ばねばならないのなら——それは不可避なようだ——自分の目的のためにアシュリーをとった。チューターは驚き、またちょっと厄介なことだとも思った。というのも、このチューターは勤務や授業時間が終わると、自分の、常に厳格とはいえない楽しみにふける習わしだったからだ。だが、それからというもの、シリルはアシュリーが行くところへはどこへでもついていくと決心したかのようだった。この生徒の本当の動機を知らないアシュリーは、陰ではため息をついたが、他方少し自慢でもあった。この少年の中に突然わいた地理や風俗への関心は、アシュリーの長年の教育における努力の成果だと考えたのだ。

当初、アシュリーがシリルに見せたのは、立派な大通りや広場、宮殿、教会、神殿の廃墟やその他名所旧跡にかぎられていた。それは当時の英国人旅行者の標準的教養に属した。シリルは一種検査するような注意深さでそれらを見ていたが、しかし、見たものは関心を引かないようだった。少年の口に出さない期待にそうため、アシュリーは足をのばし、シリルと共にあまり知られない地区、スラムや貧民街や港湾地区や歓楽街も歩き、街なか以外にも山や入江、砂漠や森へも行った。こうして一緒に行動するうちに、二人の間には仲間意識めいたものが生まれ、アシュリーは闘鶏やドッグレースはおろか、場末の演芸場やさらにいかがわしい娯楽場へも生徒を連れていくようになった。そして、シリルが秘密を守ると確信が持てるようになると、この少年が片時もそばを離れないためもあって、アシュリーはシリルと二人で最後には特殊な館さえ、ときおり訪れるようになった。そこで少年は、教師がそこに勤務する婦人と二人だけの緊急会合から戻るまで、サロンで待たねばならなかった。

これらすべてを、シリルは常に変わらぬ、動きを欠く顔で見聞した。故郷はどこであっても不思議ではないのだ。それをシリルは無数の会話から学んだ。しかし、喜びや悲しみの感情がどこかでわくのを待っていても、徒労に終わった。シリルが見たものは何ひとつ心に訴えかけなかった。しかし、シリルがそれをだれにも話さなかったのは言うまでもない。

むろん、このいかがわしい社会見学も、いつかは父親の知るところとなった。噂はとうの昔にヴィクトリア朝社会の隅々まで広がり、人々の顰蹙《ひんしゅく》をかっていたのだが、よくあるように、アバーコムビィ卿だけが何も知らなかったのだ。ある夜更け――シリル十二歳の誕生日から数日後――父と息子は、マドリッドの遊興街にある、当時はやりの館で出会った。少年は玄関ホールのオリエント風長椅子に腰掛けていた。優美なひだの壁掛けや孔雀《くじゃく》の羽がその上を飾っている。少年の周りにはネグリジェ姿の若い女が四人、肢体をのばしていた。女たちはシリルと話がはずんでいたが――むろんほかでもなく――故郷の話をしていたのだ。アバーコムビィ卿はまるで他人のごとく、わが子の横を無言で通りすぎ、この悪徳の場所を去った。翌日、五時のティータイムのテーブルで、シリルはチューターが即時解雇されたことを知らされた。それ以外には、父と息子の間でこの件に関して一言も話されなかった。倫理の厳格な時代だったのだ。その二日後、ミス・ツィッグルがアバーコムビィ卿に暇乞《いとまご》いを申し出た。落ち着いた顔つきでも、鼻が赤く泣きはれていた。シリルと二人きりになったとき、ミス・ツィッグルはこう告白した。「よい子ね。あなたにはまだわからないと思うけど、でもマックスは――アシュリーさんは、私の生涯で初めての、そしてただ一人の恋人なの。彼が行くところへ私はついて行くわ。たとえそこに苦労や死が待っていようとも。もし将来あなた自身が恋することがあれば、私のことを思い出してね」それからシリルにお別れのキスをしようとしたが、シリルはなんとかそれを避けた。

新しい家庭教師とチューターをさがさねばならなかったが、間もなくその必要がなくなった。その三週間後、レディ・オリヴィアが、おそらくインドでかかったらしい長い病の末、死亡したとの電報が届いたからだ。父と息子は即刻南エセックスへ発ち、葬儀に立ち会った。葬儀は――ほかでもなく――降りしきる大雨の中でとり行われた。シリルが英国の地を踏んだのはこれが初めてだった。もしそこで、たとえほんの少しでも故郷の感情が自分の中にわき起こることをシリルが期待していたならば、それは期待はずれに終わった。葬儀の後、父親に連れられて行ったアバーコムビィ一族の居城、クレイストーン・マナー城も、どちらかといえばシリルを落胆させた。この巨大な、武器で一杯の石棺、国際級ホテルと比べれば快適さはないに等しく、どこも寒くてたまらぬ城は、シリルに親しみをまるで感じさせなかった。

誕生後の数カ月しか顔を知らぬ息子を、母親が遺産全部の総相続人に指定したことを父親は話さなかった。息子が成人する日に、それを告げるつもりだった。子どもらしい感謝の気持ちがシリルの心に芽生えるのを避けたかったのだ。これもまた――いまでは故人となったが――不貞な妻への仕置きだった。

これで息子を世界中連れ歩く必要がなくなったので、卿はただちにシリルを上流階級の有名校のひとつ、Eカレッジに入学させた。そこでは英国の少年たちが英国の紳士へと教育される。この厳しい教育に、シリルは一種嘲笑を含んだ無関心さで従った。同級生や、特に教師には、ただのひとりも真面目に相手にしていないことをはっきり感じとれるようにした。しかし、シリルは優秀な生徒だったので――この時期すでに八カ国語をほぼ完璧に話した――、だれからも特に好かれはしないものの、このカレッジが誇る優等生だった。カレッジを卒業すると、上流階級の子弟にふさわしく、O市へ移り、その大学で哲学と史学を学びはじめた。

まだ幾学期も経ていないころ――奇妙なことに今度も誕生日の直後、二十一回目の誕生日の直後だった――突然ソーン氏がシリルを訪ねてきた。ソーン氏はアバーコムビィ家の弁護士である。この老紳士は息をふうふうさせながら椅子に腰を下ろすと、まわりくどい言葉で若者に対し――氏の言葉によれば――「悲しむべき出来事」に接する心準備にとりかかった。バジル・アバーコムビィ卿がフォンテンブロー近郊で狐狩りの途中、落馬し、打ち所悪く、首の骨を折って死亡したのだ。このしらせを、シリルは動きを欠く顔で受け取った。

「あなたさまはつまり、」ハンカチで額と二重あごの汗を拭いながらソーン氏は言葉を続けた。「お父上の爵位の後継者でいらっしゃるだけでなく、お父上とお母上双方の遺産となった動産、不動産、すべての資産や財産の総相続人なのです。あなたさまは両家の唯一の後継者でいらっしゃいますので。僭越《せんえつ》ではございますが、ここに書類、証書、目録、帳簿一切をお持ちしました。お望みならば、すぐにでもお目を通せるようにと思いましたから」

ソーン氏は書類カバンを引き寄せ、うやうやしく膝の上にのせた。

「ありがとう。それには及ばない」とシリルは言った。

「おお、わかっています。これは後にしましょう。御勘弁のほどを。この厳粛なときを乱すつもりはございません。御葬儀につきましては何か特にご希望はございませんか」

「さあ、思いつかないな」シリルは短く言った。「あなたに任せるよ。必要な手はずはとのえてくれるだろうから」

「もちろんでございます、閣下。いつ御出発のおつもりでしょうか？」

「どこへだ？」

「はて、お父上の御葬儀へと、存じますが」

「ソーンさん、」シリルが口をひらいた。「なぜそんなことをしなければいけないのか、さっぱりわからないね。そんな儀式は大嫌いなんだ。遺体はあなたがいいように適当に処理したまえ」

弁護士は咳き込み、顔が赤くなった。「さよう、ごもっとも」そう言いながらソーン氏は明らかに姿勢を取りもどそうと焦っていた。「あなたさまとお父上の間には、どう言えばよろしいのか、理想的なかたちのご理解がなかったことは、周知の秘密でございました。そうではございますが、お父上がお亡くなりになった今、こう申しますと失礼かもしれませんが、子としての義務というものもあることを思い出していただけませぬか」

「そうかね」と問い返すと、シリルは少し眉を上げた。

ソーン氏は書類カバンをためらいがちに開け、また閉じた。「どうか誤解なさらぬように。閣下。これはもちろんあなたさま、おひとりが決めることでございます。私が言いたいのは、このような出来事では世間がその一部始終に注目しているということでございます」

「そう、世間は注目するかね」退屈そうにシリルは答えた。

「えー、まあ、それはそれとして」とソーン氏は言った。「遺産の件につきましての、私の提案は……」

シリルは最後まで聞かず、「全部売り払ってくれ」と吐き出すように言った。

弁護士は一瞬身体をこわばらせ、口を開けたままでシリルを見た。

シリルが先を続けた。「そうだよ。聞き間違えじゃない。いいかい。とっておきたいものはなにもないんだ。まだお金になってないものはみんなお金にしてくれ。どうすればいいのかはあなたが一番よく知っているだろう」

ソーン氏はあわてた。「と、おっしゃいますと……、所領の農地や森や城館や美術品やお父上のコレクションといった……」

シリルはうなずいた。「手放してくれ。売るんだ」

陸に上がった魚のように、老弁護士は口をぱくぱくさせた。顔が紫色になった。

「閣下、これは念を入れて考えたいと存じます。今は感情が先にたっている状態かと存じますので、つまり、その、閣下、はっきりと申し上げれば――そんなことをしてはなりません。いかなることがあろうとも、それはできませぬ。私はこれで二十五年もの間、アバーコムビィ家の顧問弁護士をしておりますが、そんなことをなされば……、それは……いかなる……、どうぞお考えになってください。これらのものは御先祖が何百年もかけて……、いいえ、お聞きなされ。シリル君。もう一度こう呼ばせていただきますが、あなたにはこれらのものを御子孫に継承する倫理的義務が……」

若き領主はぷいっと背を向けると、窓の外を見た。「私に子孫はない」と、いらだちがはっきり感じとれる、冷たい声で答えた。

弁護士はさえぎるように太った手をあげた。「おぼっちゃん。それはあなたさまのお年頃では確言できないこと。ひょっとすれば……」

「いや」シリルはするどくさえぎった。「ひょっとするようなことはない。それにおぼっちゃんと呼ぶのはよしてくれ」

もう一度弁護士の方へ向くと、シリルは冷たい目で見つめた。「ソーンさん。あなたがどうしてもためらって、できないと言うのなら、この仕事に代わりを見つけるのはむずかしいことではないよ。ごきげんよう」

理由もなくこうむった無礼な応対に憤《いきどお》るソーン氏は、最初はこのような、氏の言葉で言えば、「悪徳、背信任務」をことわる決心だった。しかし、すでにロンドンへの帰路において、氏の憤りは徐々に、さめた、理性的な考えへと移り変わった。そして、二日間、二人のパートナー、セイモーおよびパドルビィと膝を交えて話し合った結果、このような規模の売却から合法的に得る手数料だけでも莫大であり、予想される醜聞《しゅうぶん》が、これまで申し分ない事務所の評判に損害を与えようと、それをおぎなってあまりある、と悟るにいたった。

さっそく但し書でいっぱいの書状が若き領主へ送られ、ソーン氏とそのパートナーは売却事務代行を引き受ける旨を告げた。書状は折り返しシリル・アバーコムビィの署名とともに返送された。売却がはじまった。

世間がそれを耳にしたとき――これは実際避けようがなかった――、憤慨する声が嵐のように上がった。このような伝統保持や貴族意識に欠ける行為は前代未聞だと、いっせいに最大の嫌悪感を表明したのは大貴族や王国の上流階級だけでなかった。議会もまた幾日も費やしてこの件を討議し、庶民が一杯飲むパブでも、このような者がそもそも今後も女王陛下の臣下と言う権利があるのかと、興奮した討論が無数に行われた。しかし法律上、この「英国の文化と尊厳のバーゲンセール」――この売却行為を複数の新聞がそう書いた――を禁じる手立てはない。そうもあろうかと先をよみ、ソーン氏とパートナーは売却条件を記述する際、すでに手をうっていた。

自分が引き起こした騒動だが、シリル自身はまったく関心がなかった。まだ入学して間もない大学に、さっさと退学届けを提出して、シリルはとうの昔に英国を後にしていた。その後の数年間、シリルは特にこれといったあてもなく、気分や偶然だけを水先案内人に、世界の国々や都市を旅した。だが父親が存命中とはちがい、今ではヨーロッパや近東だけでなく、アフリカ、インド、南米や極東までへも足をのばした。そして旅先でシリルは死ぬほど退屈していた。見知らぬ国々の風景や建築、大きな海や風俗や習わしもうわべの興味のほかはシリルの心に何も呼び起こさず、そのために、投宿する大ホテルの安楽をつかの間さえ離れる値打ちがなかった。この世のなにかに自分が属するという秘密をどこにも見出せないから、他の奇跡や不思議もシリルには沈黙し、心をうたなかった。

このさすらいの旅で、シリルの供は王《ワン》という名の召使一人だけだった。シリルは王を香港で阿片シンジケートのボスから買い取った。この王という男は、主人が必要としないときには存在せず、しかし用があればいつでも側に控えているという、ほとんど超自然的ともいえる能力を持っていた。そのほかにも、王は主人の望みをあらかじめ知っているかのようで、ほとんど言葉をかわさずに用が足りた。

英国の貴族たちは当初、アバーコムビィ家遺産売却をボイコットすることで暗黙の了解を交わしていた。しかし、間もなく、その蒙《もう》を啓《ひら》かれた。外国から多くの購入打診が入り、値をつりあげたのだ。そのあげく、アメリカの天然ゴム億万長者ジェイソン・ポピーが、交渉もほどほどに、クレイストーン・マナー城を一切合切《いっさいがっさい》ひっくるめて買ったときには――老執事ジョナサンも引き取られた――、それは英国の誇りにとって一種のショックといえた。まだ救えるものを救うため、大英帝国の裕福な、有力門閥は、先を争って残りを買った。ソーン氏とパートナーの名誉のために言い添えると、氏らはそのような買い手を優先し、そのためには時に値引きさえした。ともかく、父親の死後三年もすると、――少なくとも銀行預金高に関して――若きアバーコムビィ卿は世界の富豪百人のひとりに数えられるようになった。

世論の嵐もだんだんと凪《な》ぎ、世間の話題も変わった。まだ時おり、特に結婚適齢期の娘を持つ母親たちの関心を引いたのは、シリルがこの莫大な額のお金で何をしようとしているのか、ということだ。遊興にふけったりギャンブルに金をつぎ込むという噂はまるで聞かなかった。そのほかにも、明《みん》朝の壺やインドの宝石の蒐集《しゅうしゅう》といった、金がかかる趣味をシリルは持っていない。服装の身だしなみは非のうちどころがなかったが、贅沢品ではない。身分相応の住まい方はしていたが、いつもホテル暮らしだ。金がかかる愛人を囲ったり、それよりさらに秘められた悪徳にふけることもなかった。ではシリルはその金で何をするつもりなのか。だれも知らなかった。そして、一番知らないのはシリル自身だった。

その後の十年というもの、シリルは、定住を知らぬ旅の毎日を続けた。シリルが「遠征《クエスト》」と名付けた生活にもまったく慣れ、それがあたりまえの生き方となった。いつかどこかで、さがすものが現実に見つかるという、若年の頃の甘い期待は、言うまでもなくとうの昔に消え去っていた。その逆で、今ではもうそれを見つけたいとシリルは思っていなかった。見つかれば、その扱いに困ったことだろう。シリルは自分のおかれた状態を次の数式にあらわしてみた。つまり、目的地への到着を願うことができる、そのことと、旅路の長さは反比例するというものだ。シリルの考えでは、この点にこそ人間の努力全体に共通する皮肉がある。つまり、期待が持つ真の意義とは、それがついに満たされないところにこそあるのだ。満たされた期待は全部、結局は失望に終わる運命なのだから。そう、神は、はるか昔人間と交わした約束を永遠に果たさぬ方がよい。仮に、ある不運な日、神が本気でそれを果たそうと思い立ったとしよう。本当に救世主が雲間に現れ、実際に最後の審判が開かれ、天のエルサレムは、現に空からふわりと降りる。その結果は、宇宙的規模の赤恥以外のなにものでもないだろう。今日、神の奇跡は、たとえそれがとてつもないことであろうと、一般に「そう、それだけ?」という反応を起こさせるだけだ。神は信者をあまりに長く待たせすぎたのである。だが他方では、(そもそも神が存在するとしての話だが)神はたしかに賢明だ。神は約束を取り消そうとは決してしなかった。なぜなら、期待こそが、そして期待だけが、この世界の原動力なのだから。

このように、運命のカードの手の内をのぞいた者にとって、ゲームを続けることはむろんたやすくない。しかし、それでもシリルはゲームを続行し、ある種の嘲笑を含む喜びすら感じていた。シリルは、自分が例の不満人の一人だと自覚していた。大海はさらに大きく、山はさらに高く、空はもっと広いと想像した人たちである。だが、だからといってシリルは決して不幸なわけではなかった。ただ、世界や人間に対する無関心が、シリル自身にまで、シリルの人生にまで及ぶことがあった。つまり、シリルにとって自分の人生はもうあまり意味がなかった。とはいえ、自殺の願望はまるで感じなかった。

このような精神状態の中で、そこを多少でも仮のわが家にして、シリル・アバーコムビィは腰を落ち着けた。住処《すみか》がなくてもそれはできるのだ。言わば逆説的なかたちで、シリルは安全な場所へと身を退いた。というのも、退屈を除けば、いかなる苦痛も、これでシリルに手が届かなくなったからである。少なくともシリルはそう信じていた——あのフランクフルトの一夕までは。その夕べ、シリルにとってなにかが変わることになった。

ふだんのシリルは、もう長く社交界から招待されることがなかった。ブルジョワや貴族階級のエチケットがぜひとも要求するのでなければ、シリルの出席は敬遠されることが多かった。常軌を逸したふるまいや薄情な一言で、シリルがどのような会話にも水をさし、くつろいだ雰囲気をだいなしにするからである。

商工業顧問官ヤーコブ・フォン・エルシュルが、いち早く世にひろまったアバーコムビィ卿の悪評判を知らなかったとはまず考えられない。おそらく、ほかの者の手にはおえない状況も、顧問官はその権威でうまくおさめられると思ったのだろう。あるいは、この巨万の富を有する英国人と取引関係を結ぶのが主な目的だったのかもしれない。顧問官はドイツでももっとも繁盛する私立銀行のひとつを所有していた。ともあれ、ヤーコプ・フォン・エルシュルはホテル・ツム・レーマーに滞在中のシリル・アバーコムビィ卿に招待状を届けさせた。「芸術と音楽の友が集う小宴」への招待である。ちなみに、フォン・エルシュルが貴族と示す、その名前の「フォン」は、邸宅同様、まだきわめて新しいものだった。邸宅はネオゴシック様式のレンガ建築で、市から数マイル離れた立派な庭園の中にあった。

シリルは承諾した。

ディナーが始まるまえに、イゾルデ嬢が歌を数曲披露した。イゾルデは当家の令嬢で、グレートヒェンの髪型をした、ちょっと丸みのある娘である。歌を作曲したのはヨーゼフ・カッツといい、将来を嘱望される作曲家で、今夕招待された十数人の客の一人だった。それは小柄できわめて恰幅《かっぷく》がよく、頭がきれいにはげ上がった五十前後の紳士であることが間もなくわかった。この紳士は歌唱中目を閉じ、指を組んで口の前にあてていた。少々かんだかい美声の歌い手を、ピアノで伴奏したのは、勲章付きの綬《じゅ》を佩《お》びた長身の陸軍少尉だった。

拍手は長く、心がこもっていた。シリル一人だけが拍手しなかった。カッツ氏はイゾルデ嬢の手に幾度も接吻し、顔を赤らめ、お辞儀をくり返した。とりわけ、高く結い上げた髪にダイアモンドのティアラをつけた顧問官夫人は、カッツ氏の才能に感激のあまり、額に汗するほど興奮していた。

「私たちドイツ人は、なんといっても世界的な大作曲家が輩出した民族なんですから。あなた方英国人が誇りにしているヘンデルですら、ドイツ出身なのよ。これは認めないわけにいかないでしょう、閣下？」シリルの方に向き、夫人はそう言った。

「もちろんですとも、マダム、」とシリルはそっけなく答えた。「だからヘンデルは移住するはめになったのでしょうね」

こんな調子の会話で始まった夕べは、とめようもなく破局へ向かった。フォン・エルシュル氏がさまざまな世なれた社交的手腕を駆使して、話をジョークへ持っていこうと幾度もこころみたが、一座の空気はみるみるうちに氷点まで冷えた。ディナーはまだデザートにもならないのに、冷え冷えとした沈黙があたりをつつんだ。人の弱みを見抜く、ほとんど予言者のような本能で、シリルは、同席の客をひとり残らず閉口させた。

最後にモカ・コーヒーとコニャックが運ばれ、婦人たちにはペパーミント・リキュールが出た後、顧問官は客の中の美術愛好家に、自分の絵画コレクションを見ないかとたずねた。客は全員うなずいた。シリルも同意し、他の客は口には出さないものの、がっかりしたようだ。いくつも廊下を通り、ガラス張りのウインターガーデンを抜けると、鍵やレバーやハンドルをたくさんつけた、一種の金庫扉にたどり着いた。フォン・エルシュル氏は鍵束をがちゃがちゃさせ、レバーやハンドルを一定の順で動かした。

「なんといってもそうとうな値打ちですからな。昨今ではこのような盗難予防装置をつけなければならないから困ったものですよ」顧問官はそう言い添えた。

扉が開き、一同は、壁のガス灯に照らされた、窓がない部屋に入った。重厚な金縁の絵画が、肩を並べるように一面に掛かっていた。所有者の誇りをこめた言葉で、顧問官はまず自分のコレクションでも、とりわけ有名な作品から紹介した。レンブラントの「パイプを持つ老人」、デューラーの小祭壇画「キリストの埋葬」、ラファエルの「聖母子像」のためのパステルエチュード数点、ティツィアーノの「ある商人の肖像」などである。その際、顧問官は各絵画の購入価格を言い添えることを忘れなかった。そのほかの絵画は、同時代の画家の手になるものが多かった。風俗画や歴史や神話をテーマとしたものが主で、「サムソンとデリラ」や「ジークフリートの死」や「フリードリヒ大王と粉引き親方」などだ。ここでも絵画の価格が告げられたが、むろん、はるかに少なかった。

「わしは投資だと考えているんですよ、」言い訳するように顧問官は説明した。「もちろん、こういった投機では、ある程度のリスクは負わねばならない。それでも、購入するに先立ち、むろん、専門家の意見を聞いたのですが、値打ちは大きく上がるということです」

しかるべき感嘆の辞を述べた後で、いならぶ客はまたサロンへ戻った。アバーコムビィ卿がいないのに主人が気づいたのは、しばらくたってからだった。

「たいへんだ」顧問官は娘にそっと話しかけた。「うっかりして、卿をギャラリーに閉じ込めてしまったのでなければいいのだが」

「鍵を下さいな」イゾルデも小声で言った。「私が見てくるわ。パパはお客さまのお相手をしていてちょうだい」

事実、シリルは絵画の部屋にいた。しかし、シリルは自分が取り残されたことにまったく気づいていなかった。じっと身動きせず、シリルは一枚の絵に見入っていた。イゾルデがうしろから近づき、肩ごしにのぞいても、気づかないようだった。

「変な絵じゃありませんこと、閣下?」とイゾルデが話しかけた。「この絵の題は「遠い旅路の目的地」といいますの。なぜそういう題なのか、教えていただけるかしら」

シリルがなにも答えないので、イゾルデはできるだけ明るい口調で続けた。「この絵はパパが二、三年前にナポリからお土産に持ってきましたのよ。没落したイタリアの侯爵が譲らざるをえなくなったらしいわ。借金のためでしょうね。たしかタリャサーシとか、そんな名前でした。閣下は御存知かしら」

シリルはかたくなに沈黙し、それで、イゾルデも少しとまどいをみせた。

「もし私のおしゃべりがお気にさわるようでしたら、遠慮なさらずにおっしゃって下さい。そうじゃありませんの？　この絵は値打ちものとお思いでしょうか。閣下は、私どもより絵画の価値にご精通だと思いますもの。そうね、少なくともひとつ値打ちがあります。稀少価値という値打ち。この画家の作品はみんなで二十点か三十点しかないっていうことですのよ。画家の名は——えーと、ちょっと待って下さい——すぐに思い出しますから。そう、イシドリオ・メッシューといいました。この名前、お聞きになったことございます？　あら、ございません？　私どももそうなの。ドイツ人だったかもしれないって、パパは言ってますわ。でも、どうしてナポリに定住することになったのかはわからないようです。ところで、メッシューの絵って、みんな奇妙ですの。破裂する教会や死の宮殿やゴーストタウン……私は何も知らない娘だから、そんなこと何にもわからないんだけど、でも、閣下もそう思いませんこと、つまり、この画家はどこか……狂っていたはずだって？」

シリルはいまだ身動きもせず、立ちつくしていた。イゾルデはシリルが聞いているのかわからなかった。イゾルデもシリルの肩ごしに絵をながめた。

絵はそれほど大きくなかった。すくなくともコレクション中の数点と比べればそういえる。幅六十センチ、高さは八十センチぐらいだろうか。描かれているのは、暗黒の夜空に月も星も見えないにもかかわらず——こうこうたる月光に照らされた、石だらけの砂漠だった。広々とした谷があり、背景には奇怪な山なみが立ち上がっている。谷の真ん中には、きのこ型の巨大な岩の柱がそびえ立っていた。洞窟や抜け穴に虫食われた岩の柱だ。このガラスのような岩塊を登る道は見当たらず、梯子も階段も、またエレベーターも、谷底と頂上を結ぶものは何もない。頂上の台地には、夢のような宮殿が、無数の塔や小ドームや出窓やバルコニーをそなえ、乳白をおびた虹色の、半透明の月長石でできていた。壁のくぼみやテラスの欄干の上には、いたるところに白々とした形象が見えた。ミニチュアのように小さいが、姿かたちは見て取れた。摩訶不思議《まかふしぎ》な甲冑《かっちゅう》をつけた髭面の騎士がいたし、花の冠を戴《いただ》いた妖精たちもいた。動物の頭をした神々、霊鬼、僧帽をかぶった贖罪者《しょくざいしゃ》たち、王冠を戴く王たち、また道化師や天使もいれば、片足がない者や恋人たちもいた。輪になって踊る子どもや腰の曲がった老人も大勢いた。その絵を長く見れば見るほど、さまざまな詳細が現れた。まるで、次々とたがいに生み出し続ける、夢や白日夢の中の絵のようだ。宮殿の窓という窓は昼のように明るかった。燦々《さんさん》たる蠟燭《ろうそく》の光の下、盛大なパーティが開かれているかのようだ。だが、影のような、人間のかたちはただひとつ、扉を閉ざした玄関の上の窓に見えるだけだ。歓迎か、それとも拒否の意か、人影は手をあげていた。

「ママはこの絵が怖いって言うの。想像できまして？」イゾルデがまた話しかけ、シリルの横に立った。

「ママはいつもこの絵の前を足早に歩きますの。お気づきになりました？　でも正直に告白しますと、閣下、私だってそうなの。この絵にはなにか寒気がしますわ——どう言えばいいかしら？　なにかよい言葉はございません？　閣下はどのような印象を……」

イゾルデは横からシリルを見て、驚いた。「でも、——どうなさいました、閣下？——涙が……」

ぷいとイゾルデに背を向けると、シリルはこわばる足取りで部屋を去った。イゾルデはあっけにとられ、そのうしろ姿を見ていた。間もなく顧問官夫人がやって来た。

「どこに行ってしまったの？」夫人が声をかけた。「みんなあなたを待っているのよ。もう少し歌が聞きたいんですって。カッツさんもお願いしているわ。あの嫌な英国人はどこにいるの。ここにいたんじゃなかったの？」

「いましたわ、」イゾルデはそう言い、大きな目で母親を見た。「ママ、聞いて。あの人は黙ってこの絵の前に立っていたの。涙が頰を濡らしていた。卿は泣いていたのよ。私、この目で見たんだもの」

　母と娘は客のところへ戻り、何があったかを話した。そうこうするうちにアバーコムビィ卿は暇《いとま》も告げず、礼も言わずに帰ってしまった。この出来事はシリルの常軌を逸した性格の新たな証《あかし》だと、客の意見は一致した。この夕べにかぎり、客たちはいつになく豊富に話の種を見つけることができた。

　翌日の昼前、顧問官はアバーコムビィ卿から手紙を受け取った。しかし、その手紙には卿の不作法を詫びる一言もなく、ほとんど命令口調で短く書かれていたのは、イシドリオ・メッシューの「遠い旅路の目的地」と題される絵を、できるだけすみやかに、卿に譲るようにとの要請だった。いかなる金額でも支払う用意があると書かれていた。

　顧問官も同じように素っ気なく返答し、ことわった。

　その夕方、オペラの桟敷席で、顧問官は妻に向かい、卿の無礼な要求を短い言葉で話した。舞台ではちょうど、魚の尾をつけた太った女性が数人で「ヴァガラヴァイア」と歌っていた。

「なぜその絵をお売りになりませんの？」夫人がささやいた。「私はもともとあの絵が好きじゃないし、あなただってそれほどでもないんでしょ。もちろん、買い値が本当に妥当だったらの話ですけど……」

「あの絵がわしの履き古したスリッパだとしても譲ってやるものか」顧問官は憎々しげに答えた。

「どうして?」と夫人が知りたがった。「英国人の中には変人《スプリーン》もいるわよ」夫人は「シュプリーン」と発音した。

「英国人の中には、わしらが金のことしか考えていないと思っている奴がいる」そう顧問官は言い返した。「陰険な英国なら当てはまるかもしれんが、わしらのドイツにはまだ理想の信念があるんだぞ」

夫人は夫の横顔をちらりと見た。夫が頑固になったときの表情を夫人は知っていた。

「そのとおりですわ、ヤーコプ。それにお金ならうちにも充分ありますもの」夫人がなだめるように言った。

「あの高慢な英国人に、この世界には金で買えないものもあるってことを教えてやる」

となりの桟敷席で片眼鏡の紳士が前屈みになり、非難をこめた視線を二人の方へなげかけた。夫の膝にそっとふれると、夫人は「しーっ!」と口に指をあてた。二人はまた、舞台上の魚の尾の女性たちに目を向けた。女性たちはまだ「ヴァガラヴァイア」と歌っていた。つまり、見逃したものは何もなかったわけだ。

同じころ、邸に残ったイゾルデ嬢は、レカミール・ソファに腹ばいになり、頬づえをついて、考えごとにふけり、寝室の壁にかけられた大きな鏡をぼんやりとながめていた。オペラ観劇のお供は、気分がすぐれぬと言い、許してもらった。一人になりたかったのだ。そして混乱した感情の理由を知りたいと思った。

女の涙に男は弱いとよく言われる。それは男が、女の涙が本当に意味するところを忘れ、自分の涙と同じに思うからだという。仮にこの主張が正しいとしよう。それでも、これだけは書いておかねばなるまい。つまり、この点では女の方が、はるかに繊細な本能を持っているということである。男の流す涙と自分の涙の違いを感じとるからこそ、男の涙に女はなす術《すべ》もなく魅せられるのだ。石のように端然とした男性の顔の、その頬を濡らす涙は、どの女の心をも溶かさずにはおかない。

たった一度おきた慧眼《けいがん》な瞬間に、イゾルデはシリル・アバーコムビィの真実を見抜いた。シリルが堕ちた天使であり、ダンテのルシファーのように、孤独の万年氷河にとじこめられ、女の愛の力で救い出されるのを待っていると、今イゾルデは知った。イゾルデがこれまで読んだ小説では、愛が生み出す苦悩が、その愛の大きさをはかる尺度だった。この堕天使を暗闇から救い出すには、筆舌に尽くしがたいほどの苦しみを味わうだろうと、イゾルデは知らぬまでも感じていた。そして、それに耐える力があるかと自問した。その答えをさがすように、イゾルデは幾度も鏡を見た。おとなしい、丸みをおびた少女の顔は、この課題の大きさにまるでそぐわない。しかし、それも変わるはずだ。もうしばらくすれば、心の痛みはその顔に精神的な深みを与えるだろう。もうしばらくすれば、本当の運命と出合うだろう。そして友だちはみんな自分を仰《あお》ぎ見ることだろう。

アバーコムビィ卿はホテル・ツム・レーマーの、王侯の間と呼ばれるスイート・ルームの窓から、フランクフルトの夜景をながめていた。召使の王が静かに夕食を運んできたが、シリルはふりむきもせず、無言で、下げるように手を振った。召使は音を立てずにまた運び出した。

あの絵の何がこれほどシリルの心をとらえ、文字どおりシリルを圧倒したのだろう？　絵の芸術的価値もなかなかのものだが、それでないことはたしかだ。しかし、今までもそうだが、芸術の問題はシリルの興味をそれほど引かない。いや、あれはもっと別のものだった。あの絵はきわめて個人的な、ほとんど親密ともいえることを、シリルに話しかけたのだ。あるメッセージといえる。シリルにはそれが理解できなかったが——少なくともまだ理解できなかったが——しかし、それがシリルだけのために、この世界の全住民の中でも、シリルただ一人のためにあることは、愕然《がくぜん》とする明確さで知っていた。何百年をも経た、このメッセージは、シリルだけが宛先なのだ。ほかの者にとって故郷にあたる、自分が属するところを、外の現実ではシリルはどこにも見つけることができなかった。それを想像や芸術の世界にさがすことは、今まで一度も思いつかなかった。だが今、ふいに、シリルは自分のもっとも内なる秘密と直面していた。そして、それが他人の手中にあり、その愚かな目でじろじろ見られているかと思うと、ほとんど身体の内に嫌悪感を感じた。それはちょうど、あこがれの女性が裸身をさらすのを知った、嫉妬深い恋人に似ている。

この瞬間から、シリルの意図と志向全体、そのよく知られる強烈な意志力のすべてが、一つの目的に集中した。ひとつまみの鉄粉が、突然、磁石の力で磁極を指して整列するように、今までの無秩序な生活は、一気に不思議な中心を得た。「遠い旅路の目的地」という、あの絵の題は、シリルにとり、きわめて個人的な意味を持っていた。あの絵を手に入れたかった。いかなる代償を払おうとも、あの絵を所有しなければならない。そして、この「目的」の達成を、シリルはすでに予見していた。手段は問うまい《ライト・オア・ロング》。

購入の申し出が拒否されたことは、シリルを最初おどろかせた。支払うつもりの金額は、実際相当なものだったからだ。しかし、このような困難はシリルの闘争心にとり、火に油を注ぐようなものである。シリルは決意をますますかためた。

その後の数週間というもの、シリルは次々と高い買い値で商工業顧問官を攻めた。一日に幾度も行うことさえ多く、金額は、ついに途方もなく莫大になった。当初シリルは、あの絵を手放さぬ理由は多くあろうとも、しょせん、銀行家の商売意識にはかなうまいと、確信していたのだが、当の銀行家は返答すらよこさなかった。シリルは、問題は購入価格ではなく、自分という購入希望者にあることを悟らざるをえなかった。これが別の者なら、フォン・エルシュル氏はあの絵をまったく正当な条件で譲ったかもしれない。ただシリルには個人的敵意から売りたくないのだ。

この考えうる障害を回避するため、シリルはその後、複数の有名画商にあの絵の購入を依頼した。パリから呼び寄せた画商もいた。交渉に際して、自分の名前を絶対に出さないことを条件に、シリルは画商に一切を委任した。だが、フォン・エルシュル氏はむろんたくらみに気づき、この試みも失敗に終わった。

今まで考えていたよりはるかに大きな挑戦を受けていることが、シリルにはわかった。明らかに運命自体がシリルを試そうと決めたにちがいない。偏狭な商工業顧問官はその愚鈍な道具にすぎないのだ。それならばそれでいい。生死をかけた戦いとなるなら、シリル・アバーコムビィは受けて立つ。戦いなら、勝利のために手段を選ばなくてもよい。そして、運命がさほど武器を選ばぬことがここでまた知れたのだから、それならばシリルにも良心のとがめは無用だった。

ロンドンへ渡り、シリルは英国銀行の頭取に「きわめて個人的な用件」で緊急に話したい旨を伝えさせた。顧客の中でも大富豪の一人として、シリルはうやうやしく出迎えられた。頭取の名はジョン・スミスといった。その名同様、この紳士のすべては完璧なほど平凡だった。歳は五十前後、印象がまったく薄い、表情がない顔で、着るスーツやその姿かたち、ちょび髭《ひげ》といったもの全部が目立たなかった。見事なカムフラージュといえる。個性的な特徴といえば、時折、思わず右目を瞬《しばたた》かせる癖があるだけだ。

重厚なオーク材仕上げのオフィスで、二人は上等のソファーに深々と座り、向かい合っていた。スミス氏は葉巻とシェリー酒をすすめ、二人はまず天候の話をした。三月初旬であり、この季節にしては、めずらしいほどあたたかかった。その後、言葉がとぎれた。

「ここでの話は、一言も外に漏れないと思っていいね」シリルが静けさを破った。

「もちろんですとも、閣下」とスミス氏が答えた。「それで、どのような御用件でしょうか」

「ヤーコプ・フォン・エルシュルという名を御存知か?」

「ええ、もちろんです、閣下。フランクフルトの銀行家ですね。大陸での信頼できるパートナーの一人ですよ。もっとも、付き合いはここ二、三年まえからですが。昔からの銀行じゃありません。私の言わんとすることはおわかりですね」

シリルは葉巻を一服吸い、ふぅーと煙の輪をつくった。

「氏はわが国に対して、あまり好感を持っていないように思えるね?」

から」

「そうかもしれません、閣下。しかしビジネスと好感は必ずしも一致しなくていいです

シリルは思案顔でうなずいた。

「あなたは私の資産をよく御存知だ。ある程度のことはできる金額だと思うが、そうじゃないかな？」

「そのとおりでございます、閣下」

「この資産を専門家の手で使う場合だが、どれぐらいのことができるか、あなたの考えが知りたい」

「おっしゃる意味がよくわかりませんが、閣下」

「スミスさん。私が知りたいのは、この資産でフォン・エルシュル氏を破滅させることができるかということだ」

英国銀行の頭取は対面に座るシリルを、無表情でしばらく見つめた。そして腰を上げると、オーク材の壁板のうしろに隠された小さな金庫から、薄い書類を数冊取り出した。書類にすばやく目を通してから、シェリー酒をなめると、スミス氏は咳払いをした。

「そうですね。そう簡単ではないようですが、閣下」

「だから私はここに来ている」シリルは少しいらだちながら答えた。

「このような場合、最初に調べるのは、その人物の個人的な、つまり、大抵の場合、社会的倫理的な関係です。大体どの人物も世間に知られたくない、小さな秘密を持っているものですから」

ここで頭取はかすかな笑みを浮かべたが、すぐにまた印象の薄い顔にもどった。右目が瞬いた。

「つまり、私立探偵にフォン・エルシュルを尾行させろというのかな」シリルが尋ねた。

「その必要はありますまい。閣下。主要な取引相手のことなら、できるだけ何から何まで知っているというのが、当銀行の代々受け継がれてきた伝統です。プライベートの分野に関してもそうですし、特にこの分野こそそうなのです。むろん御承知のように、あくまでも予防処置にすぎません。ですが、残念ながら、当銀行が所有する関係書類からは、フォン・エルシュル氏のこの方面では、特にめぼしいことが見つからないようです。閣下、これは極秘で、ここだけの話ですが、フォン・エルシュル氏は、接待で、また時には一人で、その種の女性と一夕を過ごすようです。しかし、氏の声価にふさわしい女性がお相手じゃありません。それどころか、氏は――どう言えばいいのか――まるで安っぽいエロチックな快楽を好むようにさえ見えます。それが倹約のためなのか、氏の性癖なのかはわかりかねます。これでは、社会や家庭で氏に少々やっかいな思いをさせることはできても、それが関の山でしょう。しかし、それでは閣下の目的には足りますまい。いや、まことに残念に存じます」

「よろしい。それでは、氏を経済的に破綻させることはできるかね」

スミス氏の右目が瞬いた。

「そこまでなさるのですか、閣下」

「いけないかね」

「その、失礼ですが、閣下。相手は出入りの仕立て屋や街角の八百屋ではございません。次元は少なくとも相当なものになります」

頭取は、時間をかけてもう一度書類に目を通した。

「閣下ほどのご資産があれば、かなりなことができましょう。入念に、うまく計算してそれを使えば、相手に決して少なくない損害を与えることもできるでしょう。また、ある程度の幸運があれば、経済的に氏を窮地に追いやることもできるかもしれません。ただ当銀行がそれをさせぬことを、ここで閣下にお伝えしておかねばなりません」

「倫理的な理由かな？」シリルは冷笑を頬にうかべた。

「とんでもございません。英国銀行は倫理の番人と心得てはおりません……」

「そのとおりだ」シリルはあいづちをうった。

「……ですが、私どもはエルシュル氏の銀行が安定していることを望んでおります。少なくともここしばらくの間は。閣下、残念でございますが」

「言葉を換えれば、私はあなたたちをも敵にまわすというわけだな？」

「いわば、そういうことでございましょうか、閣下。あくまでも間接的な話です。これは国際政治経済の優先問題にかかわることです」

シリルはシェリーが入ったグラスを指の間でまわした。

「スミスさん。あなたはここしばらく、、、と言ったが、仮に優先事項がほかへ移ったとしよう。仮にその後で私が試みたとしたら？」

「おっしゃることはよくわかります、閣下」と頭取は答えた。「このフォン・エルシュル氏ですが、氏はこの道ではなかなか有能と言われております。率直にお話しいたしますと、このような闘争を閣下は一人で、つまり専門家を顧問とせずに戦うわけにはまいりません。しかし、先ほども申しましたように残念ながら、私どもは顧問にはなれません。つまり閣下は、長大な計画の立案とその実行が本当にできる人材を手に入れなければならない。それも同時に幾つもの国でそうしなければなりません。この人材には専門知識はもちろんのこと、手段を選ばぬあくどさも不可欠でしょう。他方、閣下に対する忠誠心には一点のくもりがあってもいけない。さもないと閣下の兵団の矛先《ほこさき》を閣下自身へ向けるのは、相手にとってたやすいことです。正直に申しますと、そのような人材を見つけることは並大抵のことではありません」

「それでも、仮に見つけたとしよう。エルシュル銀行を片づけるのにどれだけ時間がかかると考えるかね?」

「そうですね、閣下、少し時間がかかることは心得ていただかねばなりません。このようなことは今日言って明日というわけには行きませんから。そもそもうまくゆくとしての話ですが」

「どれだけかかるんだ?」

「むずかしいご質問です。そのときの事情によるでしょう」

「だから、どれだけかかるんだ?」

スミス氏の目が落ち着きなく瞬いた。「その、閣下、最善の場合で四年か五年、おそらく、それ以上の年月をこのような規模の計画では計算に入れざるをえないでしょう」

「長すぎる」シリルは怒りに声を高めた。

スミス氏はほっとしたようだった。「そうだろうと思いました、閣下。これは事実、一種の——何と言えばよいか——ライフワークにほかなりません。そして、最後には閣下ご自身が破滅することになるかもしれない。そうなれば、私どもには大いに遺憾です。もしよろしければ、どのような理由で閣下がこのようなことをお考えになるのか、お聞かせくださいませんか」

「あるものをこの男から買おうと決めているのだが、この男は強情に譲ろうとしないのだ。どのような買い値をつけても譲らない」

「ほう、そうですか。それはまったく困ったことです」

「いかなる手段を使っても私は売らしてみせる。あなたも信じていい」

「うたがうつもりはございません、閣下。ところで、それは一体どのようなものなのですか」

「美術品だ」そう言うと、シリルは腰を上げ、帽子とステッキをとった。

スミス氏は座ったままで、シリルを見上げた。

「モナ・リザか、ミロのヴィーナスとか、そのようなものでしょうか？」

「いや、そうじゃない。ただの絵だ」シリルは短く言った。

「ほう」とスミス氏が声をもらし、右目が瞬いた。

ドアまで客を送りながら、不器用ながらもジョークめかして、スミス氏は一言付け足した。「それならば、その持ち主の娘と結婚する方がはるかに簡単ではありませんか、閣下。それでは犠牲が大きすぎるとおっしゃるなら、泥棒の名人でも二、三人雇って、盗ませればいい、その方が簡単ではないでしょうかね」

シリルは一瞬立ち止まり、顔を上げた。そして、そのまま無言で立ち去った。シリルが出ていくとスミス氏はドアを閉じ、ソファーに身を沈めた。放心した顔で葉巻の灰をシェリーグラスに落としていた。

むろんシリルは、頭取が別れ際に言った言葉をジョークとして、まじめには受け取らなかった——少なくとも当初はそうだった——。だが、フランクフルトへの帰路、頭取の言葉が、うるさい蠅のように、幾度も脳裏に去来して離れなかった。シリルはそれを夢にまで見た。あの絵を盗むか、または人を介して盗ませるという提案は、シリルの想像力にとって宿命的な魅力があった。それでも、シリルの考えはまだ漠然としていた。言わば、まだ宙に浮いた状態だった。具体的な計画としては手がかりとなるものがまるでなかった。

ホテル・ツム・レーマーのスイート・ルームに戻ると、王がまず一枚の文《ふみ》を手渡した。うす紅《くれない》の紙に書かれていて、スミレの香りがした。シリルはスミレの匂いが生まれたときから大嫌いだった。その文は、だれかが卿にと、ホテルの門衛に託したのだ。曲線に富む飾り書きで若い娘が清書した、その文には、次の言葉が書かれていた。

いまだ妹《いも》の情けを見つけぬ、君は、

寂しき道をひとり歩む
路傍の花を見ざるや？
ここに君を知る、人の心が咲くものを。
あなたの友

恥じらうように匿名になっていたが、というより、そのおかげで、シリルには、この文の差出人がだれか、容易にわかった。この予期しない事態の転回は、まったくシリルの願うところだったのは言うまでもない。念のため、シリルは王に命じて、イゾルデ嬢がいつ外出する習慣なのか、調べさせた。そして、そのような外出時に、ホテルのボーイをやり、小さな手紙を手渡した。その手紙にシリルは、お会いしたい、と書き、「花の友」とだけ署名した。手紙の言葉にあわただしく目を通したとき、イゾルデの頰は赤らんだ。すぐにイゾルデは、その使いの者に一通の手紙を手渡した。あきらかに、手紙はすでに用意されていたようだ。シリルがその手紙を開くと、場所と時間が書かれていた。

はじめてのランデブーは散文的に午前十時に行われ、そのうえ場所は近郊の菓子店だった。この逢引は、そのような出会いの例にたがわず、ぎこちなく、かたくるしいものだった。イゾルデは当惑の態《てい》で、どのような顔をすればよいのかわからず、シリルは、いかに自分がこの状況全体をばからしいと思っているか、さとられまいと苦心していた。それでも、はじめての逢引の後には次の逢引が続き、回をかさねるごとに、二人の雰囲気もやわらいできた。

不慣れながらも、シリルはイゾルデの心を溶かそうと、もう少し率直に言えば、この小娘を自分の目的のために服従させようと、努めていた。それがうまく行けば、いわばフォン・エルシュル氏のギャラリーに片足を踏み入れたも同然なのだ。この努力での唯一の難点は、シリルに誘惑術の経験が乏しいことだった——少なくともこの点でシリル自身が提供できることではそうだった。自分の顔かたちが、とりわけ女を引きつけるものでないことはシリルもよく知っていた。感情や理性では、シリルはまだ一度もそれをエロチックなくわだてに使ったことがなかった。ときに女とつきあうことがあれば、それは純粋な商関係に限られ、シリルは、街のうす暗い地区にいる女に金を支払った。だが、人が信じ込む嘘をつくためには、まず真実を知らねばならない。そして、真実こそはシリルがいまだ一度も興味をしめしたことがないものなのだ。それで、シリルはしかたなく、とりあえず紳士のしきたりにしたがい、赤い薔薇《ばら》の大きな花束を手渡したり、宝石や高価な香水を贈り、気のきいたほめ言葉をひねりだした。そうしながらシリルは、かつてなく居心地が悪いおもいをしていた。嘘のためではない。嘘のつき方が不器用だったからだ。

しかし今度も、予想だにせぬ事情が救いの手をさしのべた。慣れぬことを無理にしなくてもよいことが、間もなくわかったのだ。男性からの求愛では、イゾルデは飽きるほどちやほやされていたにちがいなく、だから、シリルからイゾルデが求めたのは、あふれるような感情や愛の告白ではなかった。その逆で、シリルが冷たく、そして無関心にふるまえばふるまうほど、イゾルデは身も心も捧げるようになり、いいなりにさえなった。この恋物語でイゾルデが演じたいのは、耐える女、犠牲になる女だった。それをイゾルデは充分なまで暗示した。イゾルデの、この願いをかなえることが、シリルにとってさほど難しくなかったことは言うまでもない。

イゾルデはシリルに会うためにホテルへ来ることをためらった。知人に見られるのをおそれたのだ。そのため、シリルは、愛の巣として調度や装飾をあつらえた住居を借りるよう、召使に命じた。その住居は、椰子の木の鉢植え、ふっくらとしたトルコ風長椅子や、トルコ風飾りテーブル、ビロードの壁飾り、それに淫《みだ》らな石膏彫像などでふんだんに飾られ、複数の出入口があった。管理人は老夫婦で、秘密厳守が仕事のようなものだから、信頼がおけた。

はじめての愛の夜――カーテンが引かれていたとはいえ、まだ午後三時だったのだが、イゾルデはそう呼んだ――イゾルデが本当に処女だったことがわかった。それを失って十分ほどすぎたとき、イゾルデはシリルの耳にささやいた。「これで私は永久《とわ》にあなたのものよ。私の愛の証《あかし》の中で、一番大切なものを上げたのですから。もう、信じて下さる？」シリルは娘から離れ、葉巻に火をつけると、二つ三つ、煙の輪をつくってからこう言い返した。「愛というものを信じるようなはめに、本当におちいれば、私はストリキニーネを一ポンド飲み、口中めがけてピストルを撃ち、ついでに高い塔から飛び下りるさ。まちがいなくあの世へ行けるようにな」

それを聞いてイゾルデは少し泣いたが、心の奥では幸せだった。シリルの言葉は、イゾルデが成就したい救済の業《わざ》が、いかに必要かをここでもう一度あきらかにしたからだ。

それからは、二人の間に、しっかりとした一種のルールができた。シリルは、無条件の愛の証として、ますます困るようなことを次々と新しく求め、イゾルデは、シリルの意志に逆らうことなく従い、その度合いはますます増した。それは祭壇だった。そこでイゾルデは自尊心や行儀や道徳をひとかけらずつ犠牲に捧げたのだ。恋人が地獄の暗闇のただ中にいるのならば、たとえ素足で、足裏が血にそまろうとも、そこへ行き、救い出さねばならない、そうイゾルデは自分に言いきかせた。やっと日記に書くことがたくさんできて、ときにはページに涙が落ちることもあった。

ある日、シリルはイゾルデに屋敷の鍵を全部持ってくるよう言った。ギャラリーの鍵も含まれていた。

「でも、どうしてですの？」イゾルデは知りたがった。「なにをなさるの？」

「なにもしない」とシリルは答えた。「君にとって、親か私かどちらが大切なのか、知りたいだけだ」

「お願い、あなた、そのようなことをおっしゃらないで」

シリルは皮肉な笑みを唇にうかべた。「そう、もういい。忘れてくれ。聞くまでもないことだったな」

「でも、なにをするのかだけでも教えてくださいな。よくわからないのですもの」

「そう、そこなのさ。理由や目的を知らなくても、私のために君がなにかしようとするなら、ちょっと感じ入ったところなんだがねえ。でももういい。この話はこれまでにしよう」

イゾルデは悩んだ。シリルが落胆したのはたしかであり、それはこれまでの努力を無にするかもしれなかった。シリルが自分から離れそうで、たまらない思いだった。それに、考えてみれば、鍵をわたすくらい、たいしたことではないだろう。

「いいわ、」とイゾルデは言った。「今度いい機会があれば、すぐに持ってくる。パパが気づかなければいいんだけれど」

四日後、イゾルデが鍵束を持ってきた。商工業顧問官はしばらく旅行に出て、鍵は書斎の机の中に残されていた。

「でも、帰ってきたら、鍵を取ったのはだれか、パパはすぐに尋ねるわ」困惑した声でイゾルデが言った。「そうしたら、どうすればいいの？」

「尋ねはしないさ」とシリルは答えた。「そのときまでには、君はもう、とうに鍵を返しているからね。君が父親から盗んでもいいと思うほど、私を愛しているのか、見たかっただけなんだ。君はこの試練に立派に耐えた」

イゾルデはシリルに抱きついた。そしてキスの雨を降らせた。「ありがとう、ああ、ありがとう、大好きよ！」言葉がつかえそうになった。

時がたち、イゾルデが浴室へ行ってた合間に、シリルは鍵を一本ずつ取り出すと、慎重に蠟《ろう》で型を取った。この日、別れたあと、イゾルデは盗んだ鍵束を小さなハンドバッグにおさめ、幸せな顔で家路についた。これがアバーコムビィ卿との最後の逢瀬《おうせ》になるとは、イゾルデは夢にも思っていなかった。

美術品泥棒の中でも、真の名人は、有史以来イタリアにいることになっている。そして、名人中の名人となれば、ナポリにいることもよく知られた話だ。

当時のナポリに、そのような、その道の天才がいた。名声は国外にまで広まっていたが、だれもその本名を知らなかった。この男の正しい名となると、官庁側で少々混乱が生じていたからだ。リストにのぼる名はアバッキュー、ロサーリオにはじまり、パッパラルド、ナザレーノから、ザンニ、エリオガバーレまであり、アルファベットをほぼ一巡した。それで、事情通の間では、この天才は便宜上「教授《エル・プロフェッソーレ》」と呼ばれていた。

教授は、カステル・フェッラートのサンタ・マリア・デッラ・モンターニャ教会の内壁に描かれた、三メートル×五メートルもあるジョットーのフレスコ画を、三十分の間に無傷で取り外し、アドリア海岸まで気づかれずに運搬するということを、実際にやってのけたのだ。岸には、居城の教会の壁にそのフレスコ画を飾ろうと、モンテネグロ王国の君主が待ち受けていた。教授の半生では、このほかにも伝説的な名人芸があるが、多くは作り話らしい。だが、その残りだけでも教授の声価を裏付けてあまりあり、シリル・アバーコムビィ卿は教授と取引することにした。

教授はこの上なく敏捷な、四十前後の小男で、女のように繊細な手をしていた。ナポリ人にはちょっとめずらしく、赤毛で、しかも巻き毛だった。立派な屋敷に住んでいて、そこには遠縁から近親まで、教授の親戚一同が何らかのかたちで雇われていた。教授の注文主やひいき筋にはカモッラ〔訳者注――マフィアに類似した組織〕の有力者はもとより、大臣や枢機卿も何人かいて、そればかりか国内外の美術館長さえいた。というのも、取引の中には、合法的に行うと、いらぬ面倒を引き起こすものがあった(そして今もある)からだ。だから、警察も教授に関しては捜査に力を入れなかった。証拠はまるであげることができないし、警察側もそれを変える気はあまりないようだった。

ある蒸し暑い八月の午後、教授の屋敷の日陰になったテラスで、シリル・アバーコムビィ卿は、この盗みの達人を前にして、座っていた。蟬《せみ》がさかんに鳴いている。そばの噴水から水の音が聞こえた。そこで話されたことは、二人以外はだれも知らない。話の途中、シリルは教授にエルシュル家の鍵を手渡した。蠟型から合鍵を作らせてあった。そのほかには、フランクフルト市建設局図書保管所で入手した、エルシュル家の間取り図がある。欲しい絵が掛かる場所には赤い印がつけてあった。それがすむと、シリルは手付金として、イギリス・ポンドの札束が入った包みを渡した。その包みを見て、それまで半信半疑だった盗みの天才は急に好意的になった。そして、絵の引き渡し時に注文主が払う成功の報酬額を聞いたときには、そのすばしこい眼が仕事の野心に燃えはじめたのがわかった。(余談だが、教授は、かつてタリャサーシ侯爵家が所有していたイシドリオ・メッシューの絵を知っていて、あの絵にはまるでにあわぬ法外な報酬額と思ったが、むろんシリルには言わなかった。教授の金ではないのだから——少なくともまだそうではないのだから。)

シリルは、教授にブラウンと名乗った。この件では、本名を明かさぬようにしていた。

むろん教授はそれが偽名だと知っている――ブラウンと名乗る者があれば、それはいつも偽名だ。おそらく、本当にブラウンなる名の人間は、この世に一人もいないのだろう――そしてシリルも、教授がそれを知っていることを知っていた。だが、それは、この取引に必要な信頼関係をいささかも崩さなかった。希望の品は九月十五日午後六時に、イスタンブールの金角湾亭という名の木賃宿で受け渡しされることになった。そして、二人は別れた。うまく行くだろうと、二人とも思った。

すべては取決めどおりに、寸分のくるいもなく進んだ。金角湾亭は、付近の娼婦が使う安ホテルである。最上階の、ゴキブリがひしめく部屋でシリルと教授は落ち合った。窓から、屋根が連なる向こうにボスポラス海峡が見えた。

件《くだん》の絵を包みから取り出し、引き渡しが終わり、報酬も受け取った後、教授はすぐにその場を去ろうとしなかった。

「ブラウンさん、これはあなたにとってどうでもいいことかもしれませんが」と、少しためらった後、教授が話し始めた。「この絵を手に入れるときに、不幸な突発事故が起こりました。ビジネスのパートナーとして、あなたにそれをお伝えする義務があると思うんです」

シリルが怪訝《けげん》な眼をしたので、教授は急いで説明した。「いや、いや、誤解しないで下さい。報酬を追加してくれ、というんじゃない。頂いた報酬で私は十二分に満足しています。そうではなくて、これは——どう言えばよいか？——まったく計画外の、悲しむべき事故なのだ。言うまでもなく、これは私の業務上のリスクに属することだし、むろん私が全責任を負います。この作品を手に入れた喜びに水をさすつもりはありませんが、ブラウンさん、あなたはこの絵を所有していることを、極力秘密にしなければならない——少なくとも、今後十年間はそうすべきだ。単刀直入に言いましょう。まるで招からざる手合いがこの仕事に闖入したのです。そうたやすく縁がきれない手合いが。私が何を言わんとしているか、おわかりでしょう？」

「死かね？」とシリルは尋ねた。

教授は十字をきり、ため息をついた。顔に苦悩の影がさした。

「これは計画にまったく入っていなかった。夜中の二時だし、もうぐっすり眠っているはずの顧問官がギャラリーに姿を現すなんて。われわれをなんとしてもギャラリーから逃がすまいと、叫び声をあげはじめたんだ。それで、助手が二人がかりで顧問官を押さえつけねばならなかった。縛《しば》りあげて、猿ぐつわをしたんだが、ブラウンさん、信じてくれ、なにも危害を加えるつもりはなかった。だが、聖ジェンナロの血にかけて言うが、あの男があのとき、鼻づまりの鼻風邪にかかっていて、鼻で息ができなかったなんて、どうして知ることができるというのか。翌日、窒息死したすがたで顧問官が発見されたと、新聞で読みました。実にまったく、遺憾と言うほかない。殺人はまったく私の手段ではないのだから」

シリルは動きが欠ける顔で壁に立て掛けた絵をじっと見つめた。窓を通して、落日が赤い光を一筋、絵に投げかけていた。

「しかし、残念だが、それだけじゃないのです」と教授が話を続けた。「ブラウンさん、あなたが顧問官の家族構成をどれだけ御存知か知らないが、娘が一人いたことはおそらく御存知でしょう。ずいぶん父親になついていたようです。実は、ほとぼりがさめ、国境を越えて帰国できるまで、一週間、身をひそめなければならなかったから、連日の新聞記事でこの悲劇の一部始終を読むことができました。娘は、たしかイザベラとかいったが、父親が死んで、二日後に失踪したそうです。遺書が見つかった。娘は、自分にも責任があると告白し、言葉どおりでは、悪魔の手伝いをしたから、と書いていたそうだ。それがだれのことか、何なのか、わかりません。そのすぐ後、娘の遺体が川から——あそこの川は何と言いましたか？——そう、マイン川から引き上げられた。そのときの調べで、娘がみごもっていたことがわかりました」

シリルがふいに立ち上がり、窓辺へ歩いた。

教授はシリルの背中を見つめていたが、こくりとうなずいた。しばらくの沈黙があり、教授はこうつけくわえた。「母親はその日から脳病院に入院しています。それ以上のことはわからない」

「もういい」とシリルは抑揚のない声で言った。「それでいい、報告に礼を言おう。さよなら」

「さよなら、ブラウンさん」教授は部屋を出て、静かにドアを閉じた。

トルコ人金工の手で、シリルは絵の寸法に合わせた金属鞄をあつらえた。銀張りの鋼鉄製で、内側には青のビロード地でクッションがほどこされ、外側は丹念な彫金細工、秘密の鍵が付いていた。鍵は、そのアラビア文字の組合せを知らなければ開けることができず、鞄の持ち主は、その組合せを自由に変えることができた。むろん、泥棒の用心よりも、絵を人目から守るための容器である。唯一の腹心の部下といえる、王でさえ、その後この絵をふたたび見ることがなかった。

シリルは、時々、何時間も部屋にこもるようになった。そのようなとき、シリルは絵を金属鞄から取り出し、前に置くと、見入った。この瞑想中、シリルの心に去来したことを記述するのはむずかしい。シリル自身、こみあげてくる独特な感情をあらわす言葉を知らなかった。目の前のものは、絵が描かれたカンバスであり、空想が生んだ虚構、ある景色と架空の建物の二次元表現以外、なにものでもなかった。それは明白だし、シリルはそれをひとときといえども忘れたことはない。それでも、なぜだか自分でもわからないのだが、シリルはこの建物に文字通り出入りすることができた。あたかも白日夢のように、シリルは毎回新しい屋内空間、部屋や広間や廊下をさまよい歩き、階段を上り、階段を下った。絵の画面には、そのようなものは何ひとつ見えない。すべては蠟燭の光に照らされた窓がならぶ外壁の内側にあるのだ。それにもかかわらず、それらは存在し、不変で、決して夢見る者の空想や気分に左右されることがなかった。

この彷徨《ほうこう》が度重なるにしたがい、シリルは勝手がよくわかってきた。しばらくすると、各階の見取図や平面図を描くこともでき、月長石宮殿にある調度、家具、宝、書籍、骨董品など、一覧表さえ書ける気がした。

時がたつにつれ、シリルがたえまなく体験する、この不可思議な、並行して存在する二つの現実を説明するものは、ひとつしかないと確信するようになった。この絵は、そもそも画家のつくりごとではないのだ。この建物はどこかに実在し、画家はそれを忠実に写生したにすぎない。それ以外に考えられない。そうでなければ、なぜ詳細の一つひとつが思い出せるのか？　だが思い出ならば、いつかそれを見たはずだ。いや、それだけでなく、そこに住んだことがあるはずなのだ。しかし、シリルは、それがありえないこともはっきりと知っていた。

だが、「思い出」という言葉が何を意味するというのか。意識は思い出の上に築き上げられるが、それはなんと弱々しいことか。今、話した、読んだ、おこなったことは、次の瞬間にはすでにもう現実でない。それはただ記憶の中に存在するにすぎない——人生そのもの、いや、この世界全体がそうなのだ。現実と呼べるものは、それをとらえようとするときには、すでに過ぎ去った無限小の現在にすぎない。私たちは、今朝、いや一時間前、ほんの一瞬前に出現したのかもしれない、ただ三十年、百年、千年間のでき上がった記憶を持って出現したのかもしれない。確かにはわからないのだ。思い出とは何か、それはどこから来るのか、それを知らないかぎり、確かなことはわからない。しかし、もしそうならば、時間とは時を知らぬ世界を意識が知覚するかたちにほかならないのなら、近い将来や遠い将来に体験することの思い出があって、なぜいけないのか？

このような考えから、シリルはかつての旅行生活をふたたび始めることにした。もっとも、二、三の中断をのぞけば、シリルは旅行を止めたわけではない。だが、今はまったく異なる、このうえなく具体的な目的を得たのだ。シリルは、イシドリオ・メッシューの絵が示す月長石宮殿をさがし出し、それを手に入れようと決心した。

この宮殿がある場所にあてはまりそうなところは、途方もなく多い。それでも際限ないわけではなかった。あの絵には、奇怪なかたちの山々に囲まれた、岩だらけの荒涼たる谷が描かれているのだから。むろん、それはアイスランドにもあてはまり、アンデス山脈やコーカサス山脈でもよかった……。

この探索の旅にシリルは八年を費やした。それまで前半の人生の旅とはちがい、この旅で、シリルは短期間のうちに、文明生活の安楽さを捨てることができるようになった(忠実な召使の王が、主人のために、その辛労を少しでも減らそうと、全力を尽くしたのだが)。シリルはあの絵を金属鞄に入れてどの旅にも持っていった。そして、その絵を眺めない日は一日たりとてなかった。

シリルがヨーロッパに帰ることは次第に少なくなった。実際のところ、ある医療を受けるために、時折帰るだけだった。シリルも今では四十五歳になり、歳とともに平衡感覚の障害が高じていた。当時、この分野で権威といえる医者は、ボローニャにただ一人いるだけだった。週一回施療《せりょう》が行われた。施療がない間、シリルはヴェネツィアのホテル・ダニエリに泊まった。

十一月だった。海の都は、あたかもオーラのヴェールをまとった幽霊のように、重く、しっとりとした霧につつまれていた。ホテルの部屋からは、カナル・グランデをはさんで対岸にたつ、サンタ・マリア・デッラ・サルーテ教会の輪郭さえもさだかに見えなかった。

まだ午後も早いので、シリルは路地の散歩に出た。歩いていると、べつに目指したわけでもないのに、「イル・ゲットー」——鋳造所とよばれる、街のある地区に行き当たった。世界中のユダヤ人居住地域の名はここに由来する。霧がますます深くなり、夕暮れてきた。古いユダヤ教会のそばを五回通り過ぎたときには、シリルは方角をまったく見失ったことに気づかざるを得なかった。しかし、界隈は死に絶えたように静まりかえり、道を尋ねようにも、人影がなかった。人の気配を知らせる窓の明かりさえ、ひとつも見えなかった。高くせりあがった橋を渡ると、シリルは、両腕を伸ばせば壁にふれるような狭い路地に踏み込んでいた。上を仰げば、見えるかぎり、しみだらけの外壁が幾層にも積み重なり、入り組んでいる。霧と夜の帳《とばり》の中で、路地は闇に沈む深淵のようだ。壁にかかった大理石板に「カッレ・デッラ・ジェーネジ」という文字が読めた。

さらに手探りで歩いていくと、シリルは入口の扉の前に立っていた。この扉で路地は行きどまりだった。入口の上には看板がかかっていて、外灯がそれを照らしていた。ちょうど大道歌《モリタート》の挿絵のような素朴な筆づかいで、中世の猟師の一群が描かれていた。猟師たちが跳躍する牡鹿を射止めたところだ。奇妙なことに、その牡鹿は猟師が放った矢が雲のように集まってできていた。シリルはその絵に魅せられた。その上に書かれたヘブライ文字は読めなかったが、下の店主の名はわかった。アハシュベール・トゥバールと書かれていた。シリルはドアの把手《とって》を押して、中に入った。

広々とした石造の丸天井が目に入った。ところどころに付けられた電灯が弱々しい光のたまりをつくり、奥の方は薄暗く、闇の中に消えていた。その部屋にはまったくなにもなかった。ただ真ん中に、大きく頑丈な立ち机が置かれ、そのうしろに、ズボン吊りをして、腕に黒い袖カバーをつけた老人が立っていた。老人は異常に背が高く、肩幅も広く、帽子をかぶっていた。それはずっと昔にはシルクハットだったのだろう。髭《ひげ》ははやしていない。その顔を見て、シリルは少しおどろいた。単に年取って見えたのではない。その顔は灰色の溶岩から切り取られたかのようだった。重く、どっしりとしていた。眼のくぼみが暗く、その深みから二つの光がきらきら輝いていた。

「何をご所望《しょもう》かな?」と老人は低いしわがれ声で言い、その声は石を積み上げられた丸天井に響いた。「通りすがりに、ここの看板が目に入ったんだ」シリルは、できるだけさりげなく答えた。「あの看板がどのような意味なのか興味があるんだ」

「そうですな」と老人は口を開いた。「あの絵の意味はごらんのとおりじゃ。雲のような一群の矢は飛びながら牡鹿のかたちを成している。その牡鹿を狙って猟師たちは矢を放った。そういうことじゃ。なぜお尋ねなさる?」

「ヘブライ語ができないから。その上に書かれた文字が読めなかった」とシリルは答えた。

「さがせ、さらば見出すであろう——そう書かれておる。キリスト教徒のおまえさまには聞き覚えがあるじゃろうて」

「確かに」とシリルはあいづちをうった。「それならば、ここは遺失物取扱所のようなところなのかな」

「どうぞ」と老人は言い、ゆっくりとうなずいた。その動きや声にはかぎりない倦怠がただよっていた。

シリルはあたりを見回した。「あの、シニョール……トゥバール、私の目が確かならば」

「どうぞ」老人はまたうなずいた。

「ここはずいぶん空《から》っぽだね。シニョール・トゥバール」

「ああ、空っぽじゃ」

「では、あなたは何を商いしているのです？」

「おまえさまがおっしゃるような意味じゃござらん」

「私がいう意味とは何かな？」

「他の者が失ったものが、ここで見つかる。そういう意味でおっしゃった」

「そうだが、そのほかの意味があるのか？」

トゥバールという名の老人は、思案げに頭を左右に揺らした。「さがせ、さらば見出すであろう、とは、かつて一度も実在したことがない人物が言った言葉じゃ。だが、多くの民はこの人物を信じた。かつて一度も実在しなかったこの人物をさがした。だからこそこの人物は実在する。そういうわけじゃ」

「この人物がかつて一度たりとも実在しなかったと、どうしてはっきり知っているのだ？」射るような目で老人が客を一瞥《いちべつ》した。

「わしは知っておる」と老人はつぶやいた。それはシリルに話すというより、ひとり言のように聞こえた。

「わしは知っておる。わしもまた何かをさがしていた。昔のことじゃ。ずっと昔のことじゃ。でも忘れてしもうた。今ではもう何もさがしておらん」

シリルは少し困惑した。老人はわけのわからぬことを述べ、その大仰な口調はシリルを不愉快にさえした。いらだちを感じながらシリルは尋ねた。「そうは言っても、生きるためには何か生業《なりわい》があるはずだが？」

老人はまたうなずいた。「ひとは生きねばならん――死ぬことができなければ。何を望むか、ということじゃな。おまえさまは何をお望みか、御存知かな？」

「ああ、もちろん知っているとも。でも見つけることができないのだ」

「困ったことじゃ。おそらく、さがし方がよくなかったのではないかな?」

「それなら、どうさがすのが正しいのか?」

「そう、牡鹿を追う猟師のようにすればよい」

「正直に言って、おっしゃることがよくわからない」

「おまえさまにはよくわからない」と、思案にふけるように老人はくりかえした。「知っている、わしには見えている、だから、おまえさまはわしのところへやって来た。光栄なことじゃ。さがすことをわしから習いたいのか?」

「お願いしましょう」とシリルは皮肉っぽく答えた。

「いくらお払いすればよろしい?」

「無料じゃ」と老人は言って、ちょっとおじぎをした。「しかし、それが禁止されていることを言っておかねばならん。それでも習いなさる気かな?」

「禁止されている? だれから?」

「神じゃ」と老人は答えた。「神を信じていらっしゃるかな?」

「まだおたがいに挨拶したことがないんでね」とシリルは素っ気なく答えた。

「だが、神が」と老人は先を続けた。「七日の間にこの世界と人間を造りたもうたこと、それは御存知じゃろう?」

「聞いたことがあるな」シリルは軽く受け流した。

「それはよいことじゃ。だが、それはまだ真実の半分にすぎん。神は楽園を造り、人間を造りたもうた。楽園を神は人間から奪われた。そこで人間は世界を造ったのじゃ、どこかに住むためにな。そうして、人間は今でも世界を造り続けている」

「そうかもしれない」とシリルは言った。「ただそれが私の問いとどのような関係があるのか、よくわからないのだが」

老人は吐息をもらし、しばらく考えていた。そしてふたたび口をひらいた。

「なんとかいう男がおった。ひょっとしたらおまえさまも聞いたことがあるのではないか。二、三年前に古代都市トロヤの廃墟を発掘した男じゃが」

「ハインリッヒ・シュリーマンのことか?」

「そう、その男じゃ。シュリーマン、そういう名前だった。シュリーマンが発掘したのはトロヤだと、おまえさまは思うかな? もちろん、それはトロヤじゃ。それなら、なぜそれはトロヤなのだな? それはシュリーマンがあそこでトロヤをさがしたからじゃ。ちょうど、牡鹿をしとめた、あの猟師たちのようにな。だからあそこはトロヤなのじゃ。おわかりかな」

「なんとも言えない」とシリルは正直に言った。「あなたは、それまであそこには何もなかったと言いたいのか」

老人はもう一度頭《こうべ》をかしげ、小さく舌打ちした。「おまえさまにはなぜわからぬのか。シュリーマンは見つけたのだから、トロヤはいつもあそこにあったのじゃ」

しばらく静かになった。それから、老人はあえぐような音を出した。それは声のない笑いだったのかもしれない。

「そうして、人はなんでも見つけた。太古の怪獣や獣人の骨なども――なぜだと思いなさる。それをさがしたからじゃ。そうしてこの世界全体を造り上げた。少しずつ造り上げたのじゃ。そして人は、神が世界を造りたもうた、と言っている。しかし、この世界がどんな具合か見てごらんなされ。ごまかしや矛盾がひしめき、酷《ひど》いことや暴力であふれ、強欲や、大小の、意味もない苦しみでいっぱいじゃ。そこでおまえさまに尋ねるが、公正で崇高だと人の言う神が、どうしてこのような不完全なものを、造りたもうたのじゃ？　人間こそが創造主なのだが、人はそれを知らぬ。知りたくもないのじゃろう。自分で自分がおそろしいからな。理由《わけ》あることじゃて。新大陸を発見したときのコロンブスがそうじゃった――さがしたからそれを造り上げたとわしが言っても信じなかった。さがしていたのは別の土地だったからな」

「ちょっと待ってくれ」シリルは老人の話を中断した。「私の記憶が正しければ、それは三百年余りも前のことじゃないのか。それでも、あなたはコロンブスと話したと言うのか？」トゥバール老人の深い眼窩《がんか》にやどる光彩が一瞬、輝きを増し、すぐにまた消えた。「おまえさまはわかっていない。だが、どうぞ、かまわぬことじゃ。わしの話をするつもりはない。わしは疲れた」

「いいかい、おじいさん」シリルはできるだけ言葉をやわらげようとした。「あなたの考えはなかなか面白いと思ってる……」

「わしが哲学者じゃとおっしゃる気か」老人はこわい顔で言いはなった。「わしは神学者か。これは思想ではない。どうしてそれがわからぬのじゃ。急ぎなさるがよい。さがしていなさるものを、まだ見つけようと思うならば、急ぐことじゃ。もうすぐ場所がなくなってしまう。もうすぐすべてができあがる。そうすれば終わりじゃ」

老人は、ついてくるよう、客に手まねきして、石造の丸天井の一番奥の隅へ連れていった。そこには大きな、ほとんど人の背丈《せたけ》ほどある地球儀が置いてあった。老人は地球儀を回した。

「ご覧のように、山脈、大海、島、大陸、いたるところに何かがある……。はじまりのときにはみんな白紙で空っぽだった。今では空いたところは数えるほどじゃ。お好きなところを一箇所、選びなされ」

シリルは渦巻くように回転する地球儀を見つめた。

「それで、この空っぽのところが全部なくなってしまうと、どうなるとあなたは言うのだね?」

老人はふたたび、独特のあえぐような声を発した。そしてこう言った。「さあ、どうなるか。そうなってみないとわからぬ。世界の終わりかもしれん。それがわしの願いじゃ。だからこの店をやっておる」

シリルは地球儀を止めた。ヒンズークシュ山脈の中にまだちっぽけな白い場所が残っていた。シリルは指をそこに置いた。

「ここだ」

トゥバール老人はこくりとうなずき、「どうぞ」とつぶやいた。

突然、老人の灰色の石のような顔がシリルのすぐそばに迫っていた。顔が岩山のように巨大に感じられた。しかし……同じときに、それは、ちょっと愚直で、人のよい、白い不《ぶ》精《しょう》ひげをはやした男の顔に変わっていた。

「おちつきなさい、旦那《シニョーレ》」男は声をかけると、力づけるように微笑《ほほえ》んだ。「あんたを水から救い上げたんだが、なんとか間に合ったようだな。もう大丈夫だ」

シリルは衣服がじっとり濡れ、身体にはり付いているのに気づいた。静かに揺れるゴンドラにシリルは横たわっていた。不精ひげの男は身をかがめ、シリルを見ていた。

「あなたはだれなんだ」と尋ねながら、シリルは言葉がおもうように出ないのに気づいた。「一体どうなった？　なぜ私はここにいるんだ」

「間一髪で溺れ死ぬところだったんですぜ、旦那」と、男は説明した。「おいらがたまま通りかかって、旦那が霧の中をふらふらと歩いているのを見なけりゃね。どうやら、旦那はふらふらっとなって、水に落ちたようだ。見つけるまでちょいとかかっちまった――なんて霧なんだ！　旦那は顔を下にして水に浮かんでました。いやぁ、救い上げるのはちょっと骨折りだったな」

「御苦労だった。ありがとう」そう言うと、シリルは身を起こした。「これはお礼にとってくれ」

濡れた財布をポケットから取り出し、助けてくれた男に手渡そうとした。

男は手を振り、「いや、ご無用、ご無用、キリスト教徒の義務ってものがあるからね」と言いながら、しかし素早く財布を受け取ると、中をたしかめた。財布の中身を見ると、男はおどろいたように顔をほころばせた。

「ちょっとお祝い事でもあったのじゃないんですかい？」男が笑った。「みんなで楽しくやってるときにゃ、なに、一杯や二杯、飲み過ぎても気がつきませんや。よくあることですぜ」

「私は酔ってはいない」とシリルは短く言った。「ホテル・ダニエリまでやってくれないか。寒いんだ」

「へい、旦那」男は仕事口調に戻って返事した。「なに、すぐ近くですよ。ここから二分ばかりだ」

ホテルの部屋に着き、身体を拭い、濡れた衣服を着替えると、シリルはまっさきに金属鞄を開けて、絵を取り出した。

絵は消え失せていた。

そこにあるのは、なにも描かれていない、ところどころひび割れがあるカンバスだけだった。

それから半年の間、シリルはヒンズークシュ探検の入念な準備に没頭した。入手できる地図は全部丹念に検討し、旅行ルートを決めた。必要な装備や食料のリストも作った。シリルがこのような冒険を計画していることが世間に知れると、さまざまな方面から参加希望者の申し込みがあいついだ。その中から三人選択すると、面接をして、シリルは詳細をあますところなく話し合った。当時、登山技術はまだほとんど開発されておらず、この分野で熟練者と呼べるのは、スウェーデン人トール・トールヴァルトただ一人だけだった。

シリルが選んだ二人目の男は、ポーランド人アンジェイ・ブロンスキーである。ブロンスキーはまだ若いが、すでに大学教授で、インド、パキスタン、モンゴルの方言二十種あまりをこなす、著名な知識人だった。そして三人目だが、学術用スケッチの専門家で、画家のエマヌエル・メルケルに決めた。このミュンヘンの画家は画集も多数発表していて、ちょっとした知名の士だった。

一行五人(王も同行したことはいうまでもない)はまずカラチへ向かい、さらにハイデラバードへ旅を続けた。ハイデラバードには二週間滞在して、目的の地域の情報をできるだけ収集した。ところで、シリルはこの冒険をくわだてた真の理由を隊員はおろか、召使の王にさえ明かしていなかった。あくまでも純粋学術的、地理学的関心から行う、ということにしていた。

ハイデラバードから、シンズ川に沿って北上した一行は、イスラマバードを目指した。イスラマバードで旅は再度中断され、いまだ未知の山岳地域へ進入するために必要な準備一切が行われた。この準備には三月あまりもかかった。賃金をはずむからと声をかけても、隊商宿で出会う、たいていの人夫やラバ引きやシェルパは断るのだ。まるで成功の見込みがない計画にかかわりたくないと人夫は口々に話していた。

それでも、日がたつにつれ、シリルが提示する大金を聞いて分別を失った男が一人、また一人と、都合十六人集まった。このような男たちがとりわけ役に立ち、頼りになるとはシリルもむろん思わない。テントや装備や食料が二十四頭のラバの背に積まれた。そうして、雲一つない青空が広がる好天の日に、一行は出発した。

イスラマバードから、まずはさらに川の上流へと歩いた。川もここにいたると、岩塊が重なる、歩行困難な河床《かしょう》を走る細流にすぎない。あたりを圧するようにそそり立つナンガ・パルバット山塊は西へ迂回した。日一日と前進が困難になった。そうして一週間がすぎるころ、探検隊は狼の群れに襲われた。狼は幾日もまえから一行の後をつけており、だんだんと近づく狼の吠え声に荷役ラバが脅えておちつかなかった。そしてある深夜、獰猛《どうもう》な野獣は突然キャンプを襲い、荒れ狂ったのだ。凄惨な光景だった。それは黒灰色の巨大な獣で、大きさが通常の狼の二倍はあった。百頭ほどいた。人夫やラバ引きやシェルパは皆、悪魔にちがいないと言い合った。やがて白々と夜が明け、次のことがわかった。ラバは八頭が食いちぎられ、五頭は見つからない。人夫の三人が殺され、さらに四人が行方不明。画家のメルケルは重傷を負い、ありあわせのもので作った担架に乗せて運搬しなければならなかった。こうして、探検隊はきわめて惨めな状態でさらに十日の歩行を続け、やっとチラスという名の、数軒の家からなる山岳集落にたどり着いた。

探検隊の目的を知った、村の長老たちは、このよそ者たちと口をきいたり、そのほか一切の接触を村人に禁じた。探検隊が意図する冒瀆《ぼうとく》のため、自分たちにまで山の神々が怒りの矛《ほこ》を向けるのではないかと恐れたのだ。あたかも存在しないかのように、村人はこの侵入者たちを無視した。メルケルが死んだ。一行はその亡骸《なきがら》を村から遠く離れた場所に葬らねばならなかった。

隊員の士気は底をついた。トールヴァルトが探検の中止を申し出た。ブロンスキーも同意見だった。だが、シリルは続行を命じ、皆黙って従った。

そして、数日たらずの休息が終わると、一行はティリッヒ・ミールの方角へ旅を続け、氷河や万年氷が広がる地帯に達した。天候が急変した。嵐になった。千々に引き裂かれた暗灰色の雲のかけらが湧き、峻嶺《しゅんれい》の絶壁を巻いて昇った。雪崩《なだれ》が起きた。滑り落ちる雪塊は五頭の荷役ラバと三人のラバ引きを呑みこんだ。その夜、残った六人の人夫とシェルパが密かに話し合い、直ちに引き返すことを決めた。シリル・アバーコムビィ卿の強い意志に負けることをおそれ、人夫たちは予告せずに去り、約束の賃金の代わりとして、三頭を残して、いるだけのラバを全部連れて行った。その後、このヨーロッパ人三人と中国人一人に、生き延びるチャンスがほんのひとかけらでも残っていたとすれば、それは直ちに引き返すこと以外にはなかった。シリルはしかし、旅の続行を強いた。

二日後、四人は屏風のような岩壁にさしかかった。斜めに横断するほかには手段がなかった。一行は荷役ラバから荷を降ろし、ラバを射殺した。これで、帰還する可能性は最終的になくなった。各自かつげるだけの食料を背負った。岩壁を四人でザイルを組んで横断する途中、ブロンスキーが足を滑らせて墜落した。スウェーデン人トールヴァルトが道連れになった。死亡したか意識を失った隊員の重さがシリルにかかり、王は主人を救うため、ザイルを切断せざるをえなかった。

岩壁を横断すると、眼前には幾平方マイルもありそうな、雪の斜面が広がっていた。雪は身が沈むほど深く、前進は困難をきわめた。二人はすでにずいぶんな高度に達していて、頭上の天が黒く見えるほどだった。王の手足が凍傷にかかった。もう前へ進めなかった。王が残した最後の言葉は主人への問いかけだった——「何処へ?」その答えを聞かずに、王はシリルの腕に抱かれて死んだ。

それからどれだけ夜が明け、日が暮れたのか、シリル自身ですら忘れた。シリルは輪のように連なる山なみの尾根に立ち、広々とした山間の盆地を見下ろしていた。奇妙なことに、そこには雪がなかった。巨大な岩柱のまわりを巻き、絶え間なく吹く強風のせいかもしれない。岩柱頂上の台地に、宮殿がほのかな光につつまれてたっている。シリルは自分の「白紙箇所」を見つけたのだ。しかし、宮殿の窓は暗く、玄関の巨大な扉は大きく開いていた。

シリルは山を下り、身体を斜めにして風に向かい、一本岩でできた岩柱の裾へと一歩一歩戦うように進んだ。やっとたどり着いたときには、あたりはもう暗くなっていた。漆黒の夜空に輝く星は、まだ見たことがないほど大きく、明るい。寒さが厳しくなった。ガラスのような岩が氷の涙を浮かべるほど寒かった。しかし、シリルは寒くなかった。身体の感覚がもうなくなっていた。感覚を失った指で手がかりをさがし、シリルは一センチ、また一センチと岩壁をよじ登った。こうして、シリル最後の、ありえない登頂が始まった。

世界のジャーナリズムは、この探検隊をイスラマバードまでそれほどの関心も示さず追っていたが、その後は見失ってしまった。探検隊から連絡が途絶えたため、多数の前例と同じく、隊員は死亡したか行方不明になったと見なされた。そして、この探検そのものも忘れ去られた。

それから七十二年の後、数人の青金石《ラピスラズリ》商人がある話を伝えた。この商人は隊商を組み、チトラールからサラッド峠を越え、コローク へ出て、さらに西方のフェイザバードへ向かおうとしていたのだが、途中、険《けわ》しい高山にさしかかったところで、不思議にも予定の道からそれてしまった。余儀なくされたまわり道の途上、奥地で、ほぼ円形をした谷間の地を発見したというのだ。その盆地の中央には巨大な、きのこ型の岩柱がそびえたっていた。そして頂上には虹色に輝く月長石の宮殿が多数の塔をそなえて見えたという。すでに日も沈み、商人たちはしかたなく輪状に連なる山の上で天幕を張った。それで商人たちは、宮殿の窓という窓が、まるで盛大な宴でも祝うかのように夜どおし明るく照らされているのを見ることができた。だが、人影はただひとつ、扉を閉ざした玄関の上の窓に立つ暗い輪郭が見えるだけだった。人影は手をあげていた。歓迎か拒否かはわからない。それ以上正確なことはあまりにも距離があるため知ることができなかった。商人たちはさらに接近しようともしなかった。それればかりか、恐怖におそわれ、夜が白むのをも待たずに天幕をたたむと、その地をあとにしたということだ。

この商人たちの話をだれも信じなかったのは、言うまでもない。

ボロメオ・コルミの通廊

――ホルヘ・ルイス・ボルヘスへのオマージュ――

ゴンゴラは、その論文「ソレダード・デル・ミノタウロ」で、次のように述べている。「いまだ人跡未踏であり、神の御意《みこころ》により、こののちも人が決して足を踏み入れることがない砂漠があるとしよう。すると、その砂漠のまっただ中にころがる唯一無比の玉は現実ではない。なぜなら、それが現実であるためには、少なくとも一人の人間の意識が、その概念(concetto)を形成せねばならないからだ。獣や天使は現実も非現実をも知らぬ。獣は概念を持たず、天使は純粋な精神的存在にして完璧な概念と同じであるがゆえに」*

＊「ミノタウロスの孤独」ルイス・デ・ゴンゴラ・イ・アルゴテ著。
スペインの詩人、一五六一―一六二七年。

引用した節は未完の韻文詩集『孤愁《ソレダーデス》』の、計画に終わった第五部に見られる。

この詩集は一六三一年、詩人の没後四年にして、はじめて独立したかたちで出版された。

このゴンゴラの考えを正しく理解すれば、つまり現実の経験には単なる事実だけでなく、それをまず現実化する認識が要《い》るとするならば、個々の現実が有する性質はそれぞれの意識の性質に依存すると結論しても決して大胆ではあるまい。後者はしかし、どの人間でも、さらにどの民族でも同じというわけでは決してないから、この世界のさまざまな場所ではさまざまな現実があると推察でき、そればかりか、同じ場所でも多数の現実があると思われる。賢士諸氏が、諸現実の地理学を記述するという課題に取り組まれるならば、それは大いに讃えられるべきであろう。どれほど多くの誤解が、その偉業によりこの世から退けられることであろうか！　ここで次に記す報告は、そんな将来の現実トポグラフィにささやかでも寄与できるのではないだろうか。その望みが、私に筆をとる力を与えてくれる。

ためらいをおさえ、ここにローマの現実の一つを記述するというくわだてを実行にうつし、その中のたった一例、つまりボロメオ・コルミの通廊について書こうとするとき、まず、この都市が数知れない自律した現実から成り立っていることを前もって話しておかねばなるまい。そのすべてを命名したり、ましてや整理できた者はいまだ一人としていない。あたかも巨大な堆肥の山のように、上になり下になり、層を成して、それはたがいに入り乱れ、しかも個々の自立性を失わず、たがいにしのぎあい、押し退け、やりこめ、さまざまな時代に属するにもかかわらず、最高度にそれは生きているのである。ある意味ではこう言えるのではないか。時間と空間はこのさまざまな現実においてそれぞれ異なった機能を有すると。その役割を互いに交換し合うことさえまれではない。

一種存在の眩暈《めまい》とでもいうものに、たえず意識を奪われることなく、この数多くの現実から成る迷路の中を、いくらかでも確かな足取りで歩くことは、当初私にとって決して容易ではなかったと正直に告白しよう。妻は私ほど困難を感じなかったようだ。ひとつはおそらく、元来女性は自分の現実におちついている度合いが強いからであり、他方、妻は女優として、職業的にも現実の層を変えることに慣れていたからだと思われる。

近郊に住居を構えて最初の年、私たちはまずローマが秘める名所旧跡をひととおり訪ね歩いた。博物館や美術館、カタコンベ、記念碑、建造物、発掘地、廃墟や教会である。私たちをそうさせたのは、結局どの観光客をもそう駆り立たせるのと同じ理由によるのだろう。書物や挿絵で見たおなじみのものをそこに見出すことで、そのもの自体と真に対決することは避けようという次第なのだ。私たちのこの試みが失敗に終わったことを正直に告白しよう。この都市に長く住めば住むほど、街をよく知れば知るほど、この都市を構成する、数かぎりない自律した宇宙を理解しようという、私たちの望みはしぼんでいった。私たちは徐々に数を減らすようになり、最後にはこの現実のただひとつの層に集中して、少なくともこの一層だけでもその全部を意識に取り入れようとした。そんな時期からまだ一月とたたない頃だ。私たちが胸を高鳴らせながら、かの奇跡の建築、ボロメオ・コルミの通廊の探検に出かけたのは。

　ボロメオ・コルミについてはよく知られていない。一五七三年から一六六三年まで生き、享年九十歳。素封家《そほうか》の出自で、医師と建築家と魔術師を同時に兼ねていたというだけである。パレルモに生まれたが、一五九七年にはローマに居をかまえたらしい。そしてローマではきわめて世に隠れた生活をおくっていたようだ。同時代の記録や書簡にボロメオ・コルミの名が上ることはまれである。コルミの外見に関する唯一の記述は、法王の侍医ジャコベ・デ・コルレオーネの日記に見られる。そこではボロメオ・コルミは「小柄で痩身の男、古風な外見と、見たものを射すくめるような強烈な視線の持ち主」と書かれている。そしてジャコベ・デ・コルレオーネは短くこう書き添えている。「われわれはしばらくもせぬうちに、医術の問題で論争した」

　ボロメオ・コルミ自身の著書としては二冊伝承されている。一冊は『レ・テネブレ・ディヴィーネ』*なる題で、神学・哲学書であり、著者はそこで、神は全知全能であり、同時にすべてに責任を負うとの証明を試みている。このコルミの著書は、彼の信奉者がすみやかに回収したようだ。教会側のもめごとからコルミを守るための処置だった。もう一冊の著書『アルキテットゥーラ・インフェルナーレ・エ・チェレステ』**は著者自身の手になる挿絵豊かな建築教本であり、プロポーションは人を病にもすこやかにもするという観点から書かれている。第三の著書『ラ・トッレ・ディ・バベレ』***はベンヴェヌート・レーヴィが詳述はせぬものの、賞賛している。しかし、この書は失われたようだ。

この他の、文字による記録といえば、通廊の入口上に刻まれた標語「トトゥス・アウト・ニヒル(全か無か)」があるだけだが、もっとも、これがコルミ自身の標語か施主の標語か、さだかではない。あとはシーツの請求書が二、三枚と、甥マルコに宛てた、とるに足らぬ手紙が二通伝わっている。

コルミと親交があった唯一の人間は、法王の国璽尚書《こくじしょうしょ》フルヴィオ・ディ・バラノーヴァ伯爵である。歴史家の中には、たとえばクリスチャン・スントクヴィストなどは、この親交関係にバラノーヴァ伯爵の後日の狂気の理由を見る者もいる。狂乱した伯爵は妻と二人の子を殺害したあげく、自殺した。しかしこれは証明されていない、そしてこれからもま

* 『神の闇』ローマ、一六〇一年。
今日ではバチカン図書館にただ一部が現存するだけである。

** 『地獄と天国の建築術』マントヴァ、一六一六年。
ブエノス・アイレス国立図書館に直筆原稿が保存されている。

*** 『バベルの塔』刊行年不詳。

ず証明されえない仮説である。

奇妙にも、ほかの建築作品は、さまざまな運命により、すべて破壊された。たとえばチェファルーの一角獣庭園《リオコルノ》にある水オルガンや、モンテ・フィアスコーネ近郊のカンポリ邸に造られた、水に浮かぶ小聖堂《テンピエット》や、ラヴェンナに近いアレッサンドロ・スパーダ枢機卿の庭園にあるイル・トローノ・デル・ジガンテ、巨大な椅子の形をした館がそうだ。現存するものは、バラノーヴァ宮殿の通廊だけである。しかし、旅行案内書や、一般に入手できるローマ名所一覧で、この通廊の記載をさがしても、それは徒労に終わる。

私も、ある夕べ、スペイン階段の上で、年老いたアルコール中毒の乞食と偶然話すことがなければ、おそらくこの通廊の存在を知ることはなかっただろう。この乞食は元ボストンの美術史教授だった。他言を厳重に戒めてから、この元大学教授は宮殿の住所と通廊の位置を私に告げた。

私は約束どおり、沈黙を守ろう。さまざまな現実が交差することに心の準備ができていない者にとって、いかなる身体上の、いやそれ以上に精神的な危険がそこに待ち受けているか、今では知っているからだ。この宮殿が、ローマ最古で評判の悪い地区のひとつにあるとだけ言っておこう。

フルヴィオ・ディ・バラノーヴァ伯爵の末裔に近づき、やっとその信頼を得るまでには、一年を越す非常な努力が必要だった。まったくとんでもない経路で、紹介や推薦を通じ、それを得たのである。八十歳を越えた老嬢、マッダレーナ・ボーのことだ。老嬢は今日ほとんど空になった宮殿にたった一人で住み、生粋の共産主義者だが、日々の糧《かて》はスイス傭兵の靴下のほころびをつくろうことで得ている。

ついにその日がやってきた。ボー老嬢は宮殿の扉を開き、私たちをボロメオ・コルミの通廊へ案内した。そうしてから、急な仕事があるからとひきさがり、通廊には私と妻の二人だけが残った。

私たちの前には柱廊がのびていた。目測では八十から百メートルほどの長さであろうか。それより長いかもしれない。というのも、柱廊は透視画法の消点へと集束し、その点から針のように細い緑色の一筋の光が、ほとんど痛みを覚えるような明るさで目を打ったからだ。だが、ボストンの大学教授から警告されていた私たちは、それが目の錯覚か、さもなければそれよりもさらに疑わしいものであることを知っていた。バラノーヴァ宮殿の平面は四十二×三十七メートルなのだ。四方はすべて道路に面している。この通廊は、一階の西壁に沿う廊下から分かれ、館の中へ向かう。この廊下の幅が三メートルとすれば、通廊の長さはせいぜい三十四か三十三メートルというところだ。しかし、対面にも、つまり東壁沿いにも、やはり三メートル幅の廊下があることを考慮すれば、通廊の考えうる長さは三十メートルに減る。ただし、東側にはこの通廊への入口はない。さらに、この宮殿の内部、ちょうど通廊が通るとみえる(あるいは事実通る)ところには大広間とそれより小さな部屋が幾間も位置しているのである。

ここで、この通廊が空間的造形物ではなく、きわめて巧《たく》みな絵画か、さもなければマニエリスム最盛期に特徴的な、あの偽透視画ではないかと考えるのはうなずけることだ。だが、そうではない。私たちはすでに最初の訪問でそれを確認している。

妻と私では、妻の方がはるかに勇敢であり、だからこの通廊を歩いたのも妻が最初だった。私は入口に立ち、妻の後ろ姿を見ていた。妻が遠ざかれば遠ざかるほど、尺度通りにだんだんと小さくなっていくのを私は見た。これはいわゆる偽透視画では不可能なことだ。三十歩ほど歩いたところで妻は立ち止まり、振り向いた。手を振ろうとしたらしい。ところが、妻が上げた手はゆっくりとまた下りた。遠見だが、妻の顔は真っ青になり、驚愕の表情だった。戻ってきたとき、私に近づくのに、気を取り直さねばならないようだった。「なにを見たのだい」戻ってきて私の前に立った妻にそう尋ねた。「気分が悪いのか」妻は首を振り、こうつぶやいた。「信じられないわ。あなたも行って、見てごらんなさい!」

それで、私も及び腰で通廊へ足を踏み入れたが、一歩進むたびに、何か椿事《ちんじ》が待ち受けているのではないかと覚悟していた。今度は妻が入口で待った。妻が立ち止まった箇所に達したとき、私も歩みを止めた。あたりを見回したが、なにも変わったことは見あたらなかった。柱が左右に等間隔で並び、入口付近の柱と高さも同じだった。妻の方へ振り返った私は、驚愕した。そこにはものすごい身長の巨人が立っていたのだ。その方向では柱も大きくなり、妻のところでは巨大な身長に相応していた。私は凍りついたように、その場に立ちすくみ、身動きできないありさまだった。

そうするうちに、巨大な女は動きだし、私の方へ歩み出した。私は、毛が逆立ち、冷たい汗が額ににじみ出るのを感じた。わずか後には、彼女の巨大な靴底の下で、蟻のように踏み潰されてしまうのかと思うと、ふるえる足の力が萎えた。私は失神してしまった。

気がつくと、見慣れた身長に戻った妻が側にいて、オーデコロンを含ませた布で私の顔をかるく拭《ぬぐ》っていた。私は立ち上がり、妻の手を取り、通廊の入口へ戻った。一歩ごとに通廊は本来の大きさに縮んでいった。この日はこれ以上の試みはしなかった。

言うまでもなく、この日のあと、私たちはボロメオ・コルミの通廊のことを考えた。内部の部屋と通廊が交差し、重なるという問題にはひとまず触れぬことにしよう。すると少なくとも次のことは確かと思っていい。つまり、通廊の実の長さは、いかなる場合でも、通廊のある建物より長くはないということだ。そうすると、通廊の途上では寸法という寸法はすべて比例して縮小するということになる。そう、すべての寸法がである。通廊を歩む訪問者のそれも例外ではない。つまり、通廊を行くと、見かけだけではなく、文字通りだんだん小さくなってゆくのだ。まわりの柱も同じ尺度で縮小するので、だれもそれに気づかない。少なくとも振り返らないかぎりは。

魔術師にして建築家のコルミが、いかにしてこのような非凡な効果をつくり出したかという問いは、この都市《まち》では二次的なことであろう。この都市は数多くの自律した現実から成るのだ。いや、妻と私の心をとらえて放さず、通廊のあくなき探検に私たちを駆り立てるのは別の問題である。一歩奥へと歩を進めるごとに、小さくなるということが事実ならば、論理的帰結として、一歩ごと歩む距離も比例して小さくなるはずだ。換言すれば、奥へ歩めば歩むほど、先へ進む割合は遅くなるのである。それならば、次の問いが提出される。一体全体、この通廊の向こうの端に到達できるのかということだ。それとも、無限に接近するだけなのだろうか。そして、もし端に達することができれば、向こうの出口はいかなる世界に通じているのだろう。あの独特な緑の光はどこからやってくるのか。幾たびとなく私たちはそれを目指して歩を進めたが、到達することがなかった。そこは無限に小さなものの世界なのだろうか？　つまり、原子が旋回する宇宙である。それとも、まるで異なる次元に踏み込むことになるのか？　向こうの端には反空間、反時間、別世界があるのだろうか？　そこではひょっとすれば私たちが持つ大小という概念はひとつになるのか？　あるいは、この通廊は神がこの世を造りたもうた「レシット」、つまり万物の根源、創造の最奥の核に通じるのだろうか？

これだけは確かなようだ。ボロメオ・コルミは、魔術と建築からなる、この比類ない建造物を単に遊びや外的効果のために造ったのではない。それは、最高の芸術と深い真実の精華、人類の芸術家が開こうとした、本質的なものへの通路なのである。しかしだれもそれを理解せず、気にもかけないようだ。ボー老嬢でさえ、私がそれを尋ねると、手の先をすぼめて振り、少し刺《とげ》のある口調で「べ」と言った。「それがどうかして？」というほどの意味である。

ボロメオ・コルミの誘いを理解したのは、どうやら妻と私の二人だけのようだ。それで、私たちはもう少し前から、最終的な探検旅行の準備に取りかかっているところである。その装備は、ナンガ・パルバット登山のそれにも匹敵するだろう。テントと毛布と約五十日分の食料をかついで行くつもりだ。そして、通廊の向こうの端に到着するまでは、決して引き返さないとかたい決心でいる。もし音信が途絶えても、世間は私たちの失踪について、もっともらしい理由を耳にすることだろう。これもまたローマでは日常茶飯事なのだ。

郊外の家

——読者の手紙——

「ボロメオ・コルミの通廊」の著者へ

拝啓

先頃貴殿が新聞に寄稿された記事を拝読し、いたく感銘しました。それで、私も筆をとり、貴殿に私の少年時代の体験を披露する勇気を得たのです。この体験はある意味で私の人生に強い影響を与えました。私が見たことは、穏《おだ》やかならぬ事態を示唆したのかもしれないのですが、それを広く世間に知らそうとする私の試みはことごとく失敗に終わりました。私が出会ったのは無関心や信用しない顔つきだけでした。それで、貴殿ならば世の知名度も高く、この好ましくない状態を解消できるのではないかと思うのですが、しかし、貴殿がいかなる判断を下されるにせよ、貴殿が書かれた通廊のように奇妙な性質の建築物が決して永遠の都だけにあるのではなく（永遠の都でそのようなものがあっても人はそれほど不思議に思わない）、このフェルトモヒンク（ここならそのようなものがあれば人は驚くでしょう）にもあるということは、貴殿の関心を引くにちがいないと存じます。無論私には貴殿の記述がまったくの作り話なのか（多くの読者はきっとそう理解したことでしょう）、それとも実際に存在する建物の描写なのか、知るよしもありません。もし前者ならば、拙文は、貴殿がおそらく数多く受け取る、わけのわからない読者の手紙の一つとして、お笑いくだされればいい。しかし、後者だとすれば、私の手紙は貴殿の研究に寄与するところ大きいのではないでしょうか。ところで、私の調査に世間の耳目《じもく》を引かんとする試みは、まだここ二、三年前から始めたばかりなのです。その理由は簡単で、私は高等学校教諭だったのですが、がんこな神経病のため早期定年退職しており、教諭在職中は、そうでなくともこの持病から連想されがちな、健全な精神状態に対する疑いをうながすようなことはしたくなかったからです。しかし今は一介の私人となり、それに、この命の尽きる時がいつ来ても不思議でないことから、私は何一つ隠すことなく、ありのままの事実を話したいのです。私が一生涯躊躇《ちゅうちょ》したことを、どうか責めないで下さい。わが崇敬《すうけい》するダーウィンでさえ、その素晴らしい学説を発表したのは、それが彼の職業的地位に悪影響を与える心配がなくなってからなのですから。真実の中には、それを世論のルーレットに投げ入れるのに、本人がルーレット台を去ってからにすべきことがあるのです。ともあれ、貴殿が私の話をどうお考えになろうとも、私の述べることがあくまでも事実であること、そして、貴殿もこの後お気づきになると存じますが、疑う余地のない正当性を固めるため、決して少なくない調査を私が行ったことを保証します。そればかりか、歴史、国語、ラテン語の教師として、私は生涯を通じてファンタジーの放縦《ほうじゅう》を自分に戒《いまし》めてきました。

ここで単刀直入に本題に入りましょう。

私の子ども時代には(小生は一九三一年生まれです)、フェルトモヒンクはミュンヘン郊外のどちらかといえば牧歌的な土地でした。今日とくらべて邸宅は少なく、家屋のほとんどは耕地や畑や牧草地に囲まれた農家でした。市街との連絡には鉄道が一本、日に四便あり、その小さな駅の世話をする駅長が私の父だったのです。駅舎の脇には、簡素な、漆喰《しっくい》で塗られたレンガ造りの家があり、その家が私たち、つまり父と母と二歳半上の兄エミールと私の住居でした。私は小学校四年まで村の学校に通いましたが、この校舎はもう現存しません。十年前に取り壊されて、そのあとに連棟住宅が建設され、そこに私が晩年を過ごす住処《すみか》を得たというわけです。つまり私は子ども時代を過ごした場所に戻ってきたのです。

駅から五百メートルほどのところ、現在、自動車道路が通り、大きな給油所ができたあたりに、当時約半ヘクタールの草地がありました。これは後に私の報告で重要になりますから、正確を期しましょう。すなわち、土地二十三番のb(後に私が入手した土地登記局の回答ではそう呼ばれています)は、一九四五年以前にはちょうど五千二百二十一平米ありました。しかし今日では五千百六平米しかありません。昔からの境界線が今日でも有効であり、注意深く測量されたにもかかわらず、そうなのです。

この不足分の百十五平米の土地はどこへ消失したのか、という私の質問に、役人は無関心に肩をすくめ、「戦前は測量が不正確だった」というようなことを口の中でつぶやくだけでした。私はしかし、これには別の、もっと由々《ゆゆ》しい理由があることをよく知っています。貴殿に、これがまぎれもない事実であることを得心していただければ、長年の、私の謎解明の努力も無駄でなかったことになるのです。いや、このように書いて、貴殿に押しつけがましいことはしたくありません。どうかご自身でご判断下さい。

ともあれ、私の子ども時代、その草地には、手入れがされず荒れたままのイチイの生け垣とトウヒの木立に隠れるように一軒の邸宅があり、フェルトモヒンクの村人たちのさまざまな噂の的になっていました。父が理由を言わずに、この土地の近くで遊ぶことを禁じたことから、私や兄の好奇心はますます刺激されることになりました。このうさんくさい家に、人の出入りはついぞなかったのですが、一人だけ例外があり、一風変わった、年配の女がそれでした(もっとも子どもにとって、四十歳を越えた者は皆年寄りなのですが)。話では、この女は「派出婦」、つまり掃除婦としてその家で雇われているということでした。しかし、当時からすでに、私にはこの話が疑わしく思われました(そして、この疑惑は今日に到るまで強くなる一方です)。なぜなら、この女の——それとも、この婦人の、と言うべきでしょうか。というのも、われわれ村童にとって、彼女はそれでもどこか上流社会のおもむきをただよわせていたからです——その外観は、「掃除婦」という言葉が想像させるものとはまるでちがっていたのですから。比較的小柄ながら、がっしりとした体格で、当時はずいぶんおしゃれだったキュロットスカートをよくはいていました。白髪をおかっぱに切り、葉巻を吸うのです。化粧を知らぬ顔は奇妙に硬く感じられました。眼鏡をしていたのですが、その分厚いレンズのために目が際立って大きく見え、われわれはその眼鏡を「丸形窓硝子《まどガラス》」だとか「硝子瓶の底」とか呼んでいました。しかし、子どもだったわれわれの好奇心を一番刺激したのは、この婦人が一度たりとも身体を拭くことがないという、明白な事実でした。長く伸びた爪には垢がいっぱいこびりついていて、顔や首筋は汚れで縞模様になっていました。しかし、これだけでは雲がたれこめるように、この婦人をいつも取り巻いていた臭気の説明にはなりません。婦人は慢性の消化不良症だったにちがいありません。その身体からは、はっきりと耳に聞こえる音とともに、一定の腸内ガスが途切れなく洩れ出ていたのですから。これが、村での通り名の由来だったのでしょう。婦人は「ショアス・ヴァリ」と呼ばれていたのです。「ヴァリ」はヴァルブルガをこの地方で短縮して言う語で、「ショアス」は――無礼ながら、民俗学的な正確さを期するためには、ていねいな換言を避けねばなりません――「屁《へ》」の意です。貴殿にぜひ考慮していただきたいのは、当時の村民は、そのほとんどが農民であり、農民の言葉が露骨であることは、当地バイエルンでは周知でしょう。

さて、このショアス・ヴァリは週に二度、市街の方角から自転車でやって来て、敷地に乗り入れ、邸宅に入っていきました。その際「針金ロバ」――われわれは自転車をそう呼んでいました――を邸宅の中に持って入るのが常でした。その夜は邸宅に泊まることが多く、翌朝自転車で帰っていきました。

この婦人の正体に関して今日までに私が得た情報は多くありません。フェルトモヒンク村民で、この婦人と関わりがあった者は、私に何も話そうとせず、そうでなければ、知っていたことすら否認するのでした。また、鬼籍《きせき》に入った者も何人かいます。このわずかな調査結果については、のちほど書くことにしましょう。

ある日のことでした。まだ子どもだった私は、名付け親のヨーゼフ伯父が、ショアス・ヴァリには気をつけた方がいい、と話しているのを耳にしました。ヨーゼフ伯父は母の兄で、ババリア映画スタジオで大道具の絵描きをしていました。ショアス・ヴァリはルーデンドルフ一党と関係がある、と言うのです。つまり、あるオカルト一派、特にルーデンドルフ未亡人——伯父は彼女を「厄介な未亡人」としばしば呼んでいました——を中心とする一派があり、この世の外から、あるいはこの世の深奥から、超人人種が到来するのを待っているというのです。噂では、この一派の有名成員であるD・EやM・H*は、ランツベルク獄中のヒトラーを連日訪れ、教義を吹き込んでいたそうな。当時「総統」が受けた教えがいかに風変わりなものであったにせよ、この噂が事実ならば、その効果は極めて高かったわけです。

この方面の調査に深入りすることを私は避けました。今日でも慎重をうながす理由はあるものです。それを知らしめるのは、私の早期退職(一九八三年)だけではありません。それに、私は貴殿の政治的立場を存じ上げませんので、不躾《ぶしつけ》なことはしたくないのです。事実を述べるだけにしましょう。

たしか一九四二年の初夏のことだったと思います。正確な日にちは失念しました。ともあれ、兄のエミールがフェルトモヒンクの小駅で私の帰りを待っていたのは、心臓に疾患

* 手紙には名前が明記されているが、ここでは頭文字だけにした。

があるにもかかわらず、父が出征してからのことでした。当時、兄はルッペルという名の錠前屋親方の下で徒弟をしていました。私はといえば、勉強能力が特に優れているということで、ミュンヘンのマキシミリアン・ギムナジウムに通うことが許され、一年生でした。そのため、週日は毎日早朝に汽車で市内へ出なければならず、帰宅は昼になりました。

ショアス・ヴァリが仕事場にやって来て、玄関のドア用に新しい錠前を注文した、と興奮した口調で兄が私に話しました。どういうわけか、親方は職人の一人にその仕事をまかせ、その職人は職人で、徒弟に、つまり兄にその仕事を押しつけたのです。兄は兄で、ショアス・ヴァリのところへ一人で行くのは肝がちぢむ思いだと、正直に白状しました。私に同行を頼むのです。この申し出に私は最初怖じ気づき、今日はとりわけ宿題がたくさんあるからなどと、あらゆる言い訳を並べ立てましたが、しかし同時に、兄の懇願が子ども心にも私の誇りを刺激し、ついに私は同意したのでした。昼食の後、私たちは件《くだん》の邸宅へ向かいました。兄は重い道具箱を下げ、錠前も二、三入れていました。心配させないようにと、この仕事は母には内緒にしていました。雨が降り、風も吹き、とても寒い日のことでした。

件の土地には柵がありません。前述の、手入れが悪い生け垣があるだけです。この生け垣はちょうど人の背丈ほどで、うしろにトウヒの木立がそびえ立っていました。道路から邸宅までは、穴やぬかるみだらけの小道が、二、三回折れ曲がりながら通じていて、そのため、前に立って初めて、邸宅は全貌をあらわすのでした。すでに外観からしてとても奇妙なのです。住家としては、ほとんど小型と思われるにもかかわらず、邸宅は一種説明できないかたちで、尺度はずれの巨大な印象を与えました。ちょうど、机上の文鎮《ぶんちん》を家の大きさに拡大したような感とでも言えばよいでしょうか。

外壁はトラバーチンで装い、四面いずれにもある、円柱をかまえた玄関もそうでした。窓は多数穿《うが》たれ、どれも同じ形でした。幅がきわめて狭く、せいぜい二十センチ程なのですが、丈が高いため、あたかも銃眼のような印象を与えていました。窓と窓の間はニッチが占め、等身大の大理石彫像が数だけ立っていました。彫像が何を表していたのかは、もう記憶が定かではありませんが、それでも、まったく猥雑なヒロイズムを感じたことをよく覚えています。ちょうど戦争記念碑等がしばしば与える印象であり、当時の支配者たちの趣味によく合っていました。総体的にこの建物は、例の空漠とした偽古典主義様式を体現していました。ファシズムや社会主義を問わず、今世紀のすべての独裁者に特徴的な、あれです。この所見は、無論今日になって初めて思うことで、当時は、この建築がミュンヘンで見た「総統本部館」や「殊勲記念堂」のそれと似ていることで恐ろしく思われました。（後者は戦後、取り壊されましたが、前者は今日、こともあろうに音楽大学やその他の文化施設として使われています。)

ここで兄と私が眼前にしていたのは、そのような建築のミニチュアでした。ファサード全体は幅十メートル足らず、高さは五メートルほど。中央で玄関部が少し張り出していて、そのうしろには重厚な、暗色に仕上げられた樫のドアがあり、寄木細工風に、例の左向きのまんじがはめ込まれていました。後の調べでは、それは女神カーリーに属し、死と破壊を意味するとのことです。邸宅の屋根はというと、見えたかぎりでは平屋根でしたが、堅焼きレンガ造りの、高すぎる煙突が真ん中にそびえ立ち、天辺《てっぺん》にあるブリキの風覆いが、春の強風に振りまわされ、金属性の嫌な音をたてていました。

兄は二、三回大声で声をかけました。「ごめんください、錠前屋ですよ！」村の通称で婦人を呼ぶわけにはいきませんし、本名を私たちは知らなかったのです。その後調べたところ、この婦人はヴァルブルガ・フォン・トゥーレなる者にちがいありません。当時の「先祖遺産」局で管理職だった証拠が残っています。この官局はナチス親衛隊系でしたが、今日の歴史学者は不思議と興味をしめさないのです。

兄がかけた声に返事がないので、婦人は裏庭だろうと思い、裏にまわってみましたが、これも無駄骨でした。しかし、その折に、この邸宅の側面が正面と瓜ふたつであることに気づいたのです。円柱をかまえて張り出した玄関が同じなら、彫像もドアも同じ。裏面も同様でした。ただ、裏面では詳細のすべてが、鏡の中のように左右逆になっていました。＊呼び鈴とか紐とかノッカーを私たちはさがしましたが、そのようなものは一切見つかりませんでした。

仕方なく、正面に戻りました。そこでも呼び鈴のようなものはまるで見当たりません。さらに幾度か声をかけた後、兄は勇気をふるい、ドアをコンコンと手の甲でノックしました。すると驚いたことにドアが開くのです。鍵が掛かっていないのでした。しかし、この理由を説明するのは簡単で、私たちが(兄が)呼ばれたのはドアの鍵がこわれていたからなのです。少なくとも私たちはそう考えて納得しました。

エミールはドアをもう少し開いて、再度声をかけ、邸宅の中に入りました。私は外に残ったのですが、その瞬間、エミールが漆黒の暗闇に呑み込まれるのを目撃しました。あたかも兄の背後に漆黒のカーテンが降りたかのようでした。兄がかける声も途中でプツリと途切れてしまいました。私は兄の名を大声で叫びましたが、返事がありません。同時に、底知れぬ恐ろしさが私の背筋を襲い、私は逃げ出さんばかりでした。そう、少しでも身動

＊　余白に次のように記されている――
残念にも、この建物の方位はついに確認できませんでした。ギザの大ピラミッドにおけるがごとく、何か意味があったかもしれません。

きができれば。しかし、私の手足はまったくすくんでいたのでした。

金縛りのような状態から覚めたのは、兄が建物の角を曲がって、私の方へ走ってきたときです。兄が話すことの意味が理解できるまでには少し時間がかかりました。兄は正面のドアから入った、あの瞬間に、裏面のドアから外へ出ていたのでした。あたかも同じひとつのドアを通過したかのように。

兄が、今度は一緒に通ろうと誘いましたが、私は断りました。世界中の宝物をあげると言われても、あの日、あそこに入ることは御免でした。後日これは変わります。貴殿も後でお読みになるように、好奇心の方が勝ったのです。でも、それはこの最初の日のことではありませんでした。

肩を寄せ合うように、私たちは、まだ開いたままのドアから、内の様子をうかがいました。が、まるで何も見えません。本来ならば、ここからは裏のドアが見え、その先には裏庭が見えなければならないのです。ところが、まったく光を通さない、緻密《ちみつ》な真空がその間にあるかのようでした。撞着語法《どうちゃく》をお許しいただけるならば、底知れず暗い、無空間の空虚とでも言えばよいでしょうか。

兄は、邸宅を一巡りする間、私にその場にいるように言いつけました。私は心臓をドキドキさせながら待っていました。すると、突然、兄が眼前のドアのところに立っているのです。手をドアの把手《とって》にかけ、外へ出ると、うしろ手にドアを閉めている。私は狐につままれたような顔で兄を眺め、言葉につかえながら尋ねました。「どんな感じなんだい、エミール。あそこを通るとき。なにか感じたかい？」

「いや、まるでなにも感じない」と兄は答え、「痛くもなければ、かゆくもない。なにも感じないんだ。なんにもないんだよ。ヨーゼフ」。

もう一度ドアを開けると、わけがわからないというように、兄は頭を振りながら、その漆黒の空虚を見つめ、口の中でつぶやきました。「そこにはまったくなんにもないんだ」しばらくの間、私たちはその場に立ち尽くし、なにをすべきかわかりませんでした。目の当たりにしているものは、ありうるはずがない。それはまったく明白なのです。まるで不可能なことなのでした。

少したって、はたと仕事のことを思い出したらしく、兄は大きな音を立てながら道具箱の中をさぐりはじめました。折り尺を取り出すと、ためらうように、尺を開いたり閉じたりしています。なにやら思いつくことがあったようでした。

「おまえは向こう側へ行くんだ、ヨーゼフ」兄は私にそう指示しました。「それで、しっかりと見ているんだよ」

兄の言葉に素直にしたがい、私は裏側へまわり、裏ドアの前に立ちました。ちなみに、裏のドアもまた内側へ開いていて、その開いた角度は表のドアの開き具合と同じでした。そのとき、ドア枠のところで、そのうしろの漆黒の無の中から折り尺が現れるのを目にしました。それはゆっくりと突き出てきて、ちょうど二十一センチ分の姿を見せた後、しばらくして、また引き込まれました。

兄の指笛を耳にした私は、兄のところに戻りました。兄は一言も言わず、あごの動きで、私に話すよううながしました。

「折り尺が出てきた」と私は言いました。

「何センチ?」

「二十一センチ」

「正しい」そう言うと、兄は考えごとをするように、折り尺であごをさすっていました。

「どうしてこんなことがありうるんだろう」

私の問いに兄は答えず、ただ肩をすくめるだけでした。それから、兄は仕事に取りかかり、私も手伝いました。兄はネジまわしを使って、故障した錠前を外すと、それに合う新しい錠前に取り替えました。仕事が上がると、兄はその錠前に合う鍵で二、三回開閉具合を試してから、最後に鍵を閉めました。鍵をポケットにしまい、私たちは無言で家路につきました。

宿題をしている間——私は学校に上がって以来初めて、宿題が手につかないということを経験しました。それほどこの体験が頭を離れないのでした——地下室から、兄がヤスリをかける音がしばらく聞こえていました。そこはわが家の作業室なのです。その後、兄は親方のところへ出かけました。

無論私たちは誰にも内緒にしていました。とりわけ母には内緒でした。夜になり、ベッドに入ってから——兄と私は一つ部屋で寝ていたのです——兄が小声で話しかけてきました。

「ヨーゼフ、僕が今なにを考えているか、わかるかい？」

「なにさ」

少し間をおいて、兄は言葉を継ぎました。「あの家だけど……、あの家には中身がないんだ。外側だけなんだよ」

「そんな馬鹿な」そうささやいた私は、あの時の恐怖がまた近づいてくるのを感じていました。「そんなことあるわけないさ、エミール」

「いや、あるんだ」兄は真顔でした。「あるんだよ、ヨーゼフ。中身がない家ってのは」

そして、しばらくして、私が寝入ろうとするころ、兄はこうつけたしました。「ひとつだけ知りたいことがあるんだよ。だれも入れないのなら、なぜあの家に鍵を閉めるんだろう。まったくなんにもないんじゃないか」

翌日、いつものように臭気の雲に包まれたショアス・ヴァリが、自転車でルッペル親方のところへやって来て、鍵を受け取ると、代金を支払いました。夕方に兄が話したところでは、その後、例の分厚い眼鏡を通して巨大な目でじっと見つめられたため、兄はほとんど気分が悪くなったそうです。理由はこの婦人が発する臭気だけではありませんでした。そうしてから、婦人はひとさし指で兄を指し、「そうかい、おまえだったのだね。あの仕事をやったのは？」と尋ねました。

兄は無言でうなずき、そして、どうして分かったのか、と訝《いぶか》しく思いました。親方はショアス・ヴァリになんにも言っていないのですから。

「そうかい。そうかい」そうつぶやくと「それでいいよ。けっこう、けっこう」と婦人は言い、なにかほかにも言いたげに再度兄を子細《しさい》に眺めると、急に笑みをうかべ、財布をもう一度取り出して、兄に一マルク渡しました。

「ほら」と言い、「ほら、これはおまえにだよ」。

兄は無言でその硬貨を受け取りました。

ショアス・ヴァリはひらりと自転車にまたがると、すぐに走り出し、走りながら振り向いて、兄にこう呼びかけました。「また、わたしのところへ遊びにおいで。どうやって入るのかは知っているだろう」

茫然《ぼうぜん》と婦人の後ろ姿を見送る兄の頭を職人の一人がコツンと叩きました。「口を開けてつっ立ってることで給金もらってるんじゃないぞ」

ショアス・ヴァリが留守の際に、邸宅をもう一度探ってみるために、合鍵をヤスリでこしらえたことを、エミールは私にすら内緒にしていました。それで、婦人が別れ際に言った言葉がとても気になったのです。暗にそのことを指している気がしてならなかったのです。しかし、婦人はどうして知っていたのでしょう？　それはまったく不可能なのです。この不確かさは兄を不安にしました――そして私をも。私もあの秘密を知っていたからです。ただ、ひとつだけ明らかなことがありました。あの秘密を知っていることは危険だということです。ひょっとしたら、――そう私たちは話し合ったのですが――自分たちが知らないところで、すでに懲役や死刑の判決が下りているのかもしれません。*

ながい間、私たちはあの邸宅を避けるようにしました。わざわざまわり道をしてまで、近づかないようにして、あくまでも遠くから観察するようにしました。そうして、時がた

＊　余白に次のように記されている――

当時、この恐怖はそれほど妄想的とはいえません。今日ではそうきこえるかもしれませんが。わたしの町でも、すでに何人もが夜間連行され、二度と戻りませんでした。

つにつれて、彼らはわれわれのことを忘れてしまったのだ、という希望が芽生えてきました。しかし、あのことは、昼も夜も、私たちの念頭を去らず、まるでそれに取り憑かれたかのようでした。邸宅が夢に現れることもよくありました。しかも、同時に同じ夢を見たことさえ、二、三度あるのです。こんな夢でした。

夜陰にまぎれて、トウヒの木立に身をひそめた私たちは、寄り添うように、枝の間から邸宅の様子を探っています。あたりは静寂が支配している。が、しばらくすると、地面がわずかに振動するのが感じられるのです。振動は次第に強くなり、ついには、あたかも、限りなく巨大な太鼓に張られた革の上に乗っているかのようになりました。太鼓はこの世の深奥からの、地獄からの音楽に共鳴して振動し、それでも音楽自体は耳に聞こえません。同時に、銃眼のような窓の奥、家の内部では、正視できない、炸裂するような青白い光――電気溶接の火花のような――が現れました。夢の中で兄と私は同じように、恐ろしさに文字通り鳥肌が立ち、凍りついたごとく、身体が金縛りのように動かないのを覚えたのです。ほかには何も起こらない。邸宅の中の、死に神のごとき青白い光が有する、身の毛もよだつような恐ろしさは、その存在自体にあるのです。私たち二人は申し合わせたように、その光が、あるものの現存を示していると感じました。それは「絶対悪」としか言いようがない、神やこの世といかなるつながりもないもの。存在してはならないもの。しかし、存在するものなのです。

それにもかかわらず――当時私は十二歳になり、兄は十四歳足らず、つまり私たちはまだまったく子どもだったことを御考慮いただきたい――時がたつにつれて、次第に好奇心が頭を持ち上げてきました。回を重ねるたびに、邸宅へさらに接近し、時には幾時間も観察することがありました。何も起こりませんでした。わかったのは、ショアス・ヴァリが週に多くて二回通ってくること、たいがいは火曜日と金曜日の夕方で、邸宅に入ると、その夜は明らかにそこに泊まることでした。それ以外では、建物には人影がありませんでした。

それにしても、あの婦人はなぜあそこに入れたのでしょう?

ある時、――それは一九四三年ももう残り少なくなった頃だと存じます――複数の男が乗る黒塗りのベンツ車が走ってきました。ショアス・ヴァリが自転車でやって来るまで、車は邸宅前の道路で一時間余り停まっていました。制服姿のナチス親衛隊員が二人、車から降りてきて、その間に帽子と外套姿の男を連行していました。男の顔は蒼白でした。婦人がその囚人――少なくとも私たちはその男が囚人だと思いました――を引き取ると、囚人はなされるままに、婦人の後に従い、邸宅に入っていきました。しばらくして、婦人は一人で出てきました。親衛隊員は、当時「ドイツ式敬礼」と呼ばれた形式で敬礼し、婦人も同様の動作で答礼すると、自転車に乗って帰りました。男たちの車は方向転換をして、婦人の後を追うように、市街の方向へ走り去ったのでした。

少なくともひとつはたしかでした。邸宅の中に入ることは可能なのです——それも、今まで思っていたように、ショアス・ヴァリだけができるわけではないのです。あの家の中はどうなっているのだろう？　なんとしてでも、それを調べ出すぞ、私たちはそう決心したのでした。

しかし、この話は探偵小説や恐怖小説ではなく、事実に即した報告にすぎません。ですから、貴殿の期待を長くじらすようなことはせず、まず結論を告白することにしましょう——私たちにはこの謎が解けなかったのです。

私の初めての英雄的行為は、ある日の午後、邸宅の窓に小石を投げたことでした。この試しごとには兄は一緒でなく、私は一人きりでした。窓硝子が割れる音に、驚いた私はとっさにひとまず全速力で逃げ出し、道路脇に、冬季、道路が凍結したときに撒《ま》く砂を入れる箱があるのを見つけると、その中に身を隠しました。少したって、砂箱から出ましたが、膝がガタガタ震えて仕方がありませんでした。私の腕白小僧めいた勇気はもうすっかり消耗されていたのです。それでも、何も起こらなかったので、私は邸宅に近寄ってみました。穴の開いた窓硝子があり、ひびが一面に入っていました。邸宅の裏側へ走った私は、裏側の同箇所の窓硝子が割れているのを認めました。それもまったく同じかたちで。そればかりか、先程投げた小石さえ、私は庭土の上に見つけたのです。

この冒険譚《ぼうけんたん》を話すと、兄はただちに決心しました。このまま「小さい方」に主導権を握らせておくわけにはいかないというわけです。翌日の日曜日には早速、教会から戻った兄は、秘密で作った合鍵を、隠し場所の、枯れ苔で蓋をした木の穴から取り出してきて、私たちは邸宅へ向かいました。兄は割れた窓硝子を子細に眺め、裏側のそれも同様に観察すると、私がそのままにしておいた小石も調べました。*すべては兄の考えを立証していました。この建物には中身がないのです。正面と裏側は同一のものであり、同じことは窓にも言えるのでした。

兄は、合鍵でドアを開けると、大胆に中へ入りました。そこで起こったことは最初のときと同様。私には、兄が突然暗闇に呑み込まれたかのように見え、同じ瞬間に、兄は裏側のドアから外へ出ていたのでした。そこで今度は、側面のドアで試してみました。もっとも、四面すべてが同じ姿のこの邸宅では、正面や側面というのは、実は的を射ていないの

＊　余白に次のように記されている――
ちなみに、割れたガラスは、その後、ついに入れ換えられることがありませんでした。おそらく、ガラスが割れたことすら、だれも気づかなかったのでしょう。

ですが。なんにせよ、合鍵は四つのドア全部に合い(新しくされた錠前は一箇所だけだったにもかかわらず)、どのドアの場合にも同じことが起こりました。

その時まで、私は、自分がドアの内へ入るのを拒み続けてきました。それで兄は次のような提案をしました。兄が一方の入口から手を差し入れる。私は反対側でその手を取り、握手するという次第です。話が決まり、私はドアの前に立って待ちました。手が現れたので、私はその手を握って振りました。しかし兄は私の手を放そうとせず、逆に、私を兄の側へと力一杯引っ張るのです。私は抵抗し、叫び、転んで膝をいやというほど打ちました。でも、その時にはもう、私は反対側、兄の側にいたのでした。私は大声で泣きました。痛さのためというよりも、怖さと、言いようのない悲しみのためでした。この悲しみは唐突に私の心に押しかかり、山のように重く感じました。ともかく、それで終わりにして、私は泣きながら、足をひきずって家へ帰りました。邸宅にしっかり鍵を掛けてから、兄も私の後をついてきました。ここでつけたしておくと、ひとつのドアに鍵を掛けるだけで、邸宅のドア全部の錠が閉まるのでした。

二、三日の間、兄は私の臆病さや泣き虫ぶりをからかっていましたが、そのうちに仲なおりして、私たちはまた新しい実験に取り掛かりました。私をためらわせていた呪縛が解けたことで、試しごとはますます大胆になっていきました。邸宅の不可思議な性質を、さまざまな方法で試すのは、遊び盛りの男の子にとれば、恰好《かっこう》のいたずらだったのです。水鉄砲で水を注いだこともありました。紙飛行機も通過させました。おんぶをして通ったり、でんぐり返しで通ったりもしました。結果はいつも同じです。同時に、わかったことがひとつありました。それは、常に反対側のドアから外へ出るということ。つまり、正面のドアから入って左右側面へ出ることはできないのです。そこで新しい遊びを思いつきました。一人が表から裏へ跳び越すと、同時にもう一人は左から右の側面へ跳ぶのです。「一、二の三！」で同時に跳ぶのですが、中でぶつかることは一度もありませんでした。これで、兄の主張が正当である証拠はさらに増えたわけです。

おそらく、この他にも、もっとさまざまな遊びを思いついたことでしょう。ついにはショアス・ヴァリに見つかったかもしれません。しかしますます激しくなるミュンヘン空襲のため、私は一九四四年、ギムナジウムの同級生たちと共に、シュタッフェル湖畔のムルナウ町にある「学童疎開村」へ疎開することになったのです。同じ時期、兄は十六歳になったばかりで召集を受け、その二、三カ月後に東部戦線で戦死しました。東部戦線はその当時、すでに壊滅状態でした。

戦争が終わり、「千年王国」が崩壊した後、母のもとへ――父はその二年後に、消耗した態で捕虜生活から帰ってきました――帰郷した私が最初にとった行動は、ショアス・ヴァリの邸宅を訪れることでした。邸宅はなくなっていました。最後のミュンヘン攻防戦で、爆弾が命中し、跡形もなく粉砕されたのです。

次に書くことは、風聞にすぎません。土地の者のわずかな見聞を頼りに再構成したものです。邸宅が破壊される数日前、少なからぬ数の自動車が邸宅の前に停まりました。車から降りたのは十人か十五人ほどで、邸宅に入っていきました。階級章で高官と分かるナチス党制服姿の者もいれば私服の者もいました。その中にはショアス・ヴァリの姿もあったそうです。その者たちが再び邸宅から出てくることはありませんでした。自動車は幾日も置き去りにされていましたが、無論、だれもそれに手を触れようとはしませんでした。彼らがだれだったかはわかりません。しかし、その中に当時の政府高官が少なくとも二人いたのを認めたと言う者があり、その高官はそのとき以来行方不明になっています。これからも見つかることはおそらくないでしょう。この二高官の名前は、報告する者によって一定しませんから、ここでは明記を避けた方がよいと考えます。ひとつつけたせば、錠前屋のルッペル親方のおかみさんは、爆弾が命中した瞬間、邸宅が吹き飛ばずに、いわば内側へ吸い込まれ、跡形もなく消え去ったのを見たと話していました。跡には建物の瓦礫も爆弾の破片も残らなかったとのこと。

それからの年月、私は、邸宅の竣工《しゅんこう》年だけでもわかればと努力しましたが、調査は徒労に終わりました。一九三〇―三五年間の土地台帳は大戦で焼失したか、それとも――これがおそらく正しいと思いますが――ショアス・ヴァリとその一党の手で押収され、邸宅へ運び込まれたのでしょう。つまり永久に消失したのです。一九三五―四五年の土地台帳によれば、土地二十三番のbは、この手紙の冒頭に書きましたように、邸宅の消失以前とくらべて百十五平米大きかったのです。私の見積もりでは、この差はほぼ邸宅の建坪に匹敵すると言えます。

これで満足したわけではありません。この百十五平米が邸宅ごと、ある日、無から出現し、他日、ふたたび無へと消失したのかどうか、私は明らかにしたかったのです。もしそうならば、一九三〇年以前の土地台帳の記事は今日の台帳と同じはずです。私はそう考えました。しかし、これもうまくいきませんでした。というのも、前述の、台帳が一冊もない五年間に耕地整理が行われ、フェルトモヒンク村内外の土地という土地はすべて新しく分割されたのです。そのため私は、今日の土地二十三番のbを、一九三〇年以前に作られた区画図に見つけえないのです。この、決して些事《さじ》とは言えぬ調査に協力を依頼した官庁は、私の請願書を全部返送してきました。それには、上からの指図があったような気がしてなりません。私の疑問は愚にもつかないことであり、そんなことなら精神科医に相談した方がよいとまで、おおっぴらにほのめかすのです。以来私はこの調査から手を引きました。

貴殿のお考えは違うかもしれません。同じように、この私の報告に重要性をほとんど見出されないかもしれない。私の真剣さや良心を、高等教育を受けた者として保証することはすでに述べましたが、ここで再度くり返します。子ども時代から、私にはある考えが脳裏から離れず、それはますます強くなる一方なのです――われわれのいわゆる現実とは、おそろしく巨大な建物のただの一階、ほとんど管理人住居のようなものにすぎず、この建物には無数の階が上に、そしておそらく下にもあるのではないでしょうか。貴殿に報告せんとした、件《くだん》の家の存在が、あたかもその家がなかったかのごとく今日証明できず、信じられないことのように思われる事実は、私見では、あまりにも現代の様相によく似合います。同じことは第三帝国時代の出来事の幾つかにおいても言えるのです。

敬具

一九八五年三月十五日

フェルトモヒンク町エメラン通り十一番地

元高等学校教諭

哲学博士ヨーゼフ＝レミギウス・ザイドル

M・E殿

追伸
悪が持つ秘密とはただひとつ、悪に秘密がないということだけなのかもしれません。

ちょっと小さいのはたしかですが

夕暮れになるとローマ市民はピンチョやジャニーコロの丘へ登るならいだ。この二つの丘からわれらが都市《まち》ローマに歓声をあげるのである。二千年来、ローマ市民は飽《あ》きることなくそうしつづけてきた。石の手すりに群がり、そこだ、あそこだと、甍《いらか》とドームの海を指している。甍は比類ない紫色の光にどっぷりつかり、照り返す。まるで毎日の夕暮れが、あたかもこれで最後かのようだ。

「あそこ《エッコ》がコロッセウム！」

「あれ《エッコ》がサンタ・マリア・マッジョーレ寺院だ！」

「「入れ歯《ラ・デンティエーラ》」はあそこだよ！」

（「入れ歯」と彼らは「祖国の祭壇」を呼ぶ。ヴィットーリオ・エマヌエーレがカピトルのすぐ横に建造させた巨大な白大理石のモニュメントである。）

夫は少々所有者の自慢をこめて説明する。妻や子どもたちは、まるではじめて耳にする話のように、感嘆しながらその説明に聞き入る。

ほとんどの人たちは自動車でやって来る。ここへ登る道は楽ではないのだ。恋人たちがお好みのオートバイは大きければ大きいほどよい。エンジンはかけたままでとめておく。しかし、だれもその騒音を気にしない。まわりの人々はトランジスターラジオの音量を上げるだけだ。その結果、立ち話をするのにも大声で叫ぶことになる。でも彼らのあいだでは、大声で叫ぶことは、感きわまった生命の歓喜の、その表現とされているのだ。そう考えると、あの不可解な、彼らのオペラのアリア好きも、何となく納得できる。なんという都市《まち》だろう！　なんという国民だ！

ある夕べのこと、私はジャニーコロ公園のベンチに座り、ローマを眺めるローマ市民を眺めていた。そうする私をまた、不精ひげの男が、さきほどから思案する目付きで眺めていた。別の場所をさがそうと、私は腰を上げた。だが、男はそうたやすく私を逃がさない。そでをつかむと、手すりの方に引っ張って行き、大きな身振りで眼下に広がる都市を指さした。

「あそこがサン・ピエトロ寺院のドーム。綺麗《ベッラ》だろ、ね？《エ》」

私がうなずくと、男はうながすように手を広げて差し出した。

私はポケットから百リラ硬貨をさがし出して、このサービスのお礼にしようとした。

サン・ピエトロ寺院が百リラだって？　男は硬貨を私の足元に投げ捨てんばかりだった。男が私の俗物ぶりを訴えたので、まわりの群衆は振り返り、軽蔑の眼差しでじろじろと私を見た。もう一枚百リラ硬貨を渡すと、私は逃げるようにその場を立ち去った。

しばらくあちらこちら彷徨《さまよ》った後、私は公園の奥深く、小さな池のほとりにいた。池の真ん中には小さな島があり、三、四メートルくらいの高さの奇妙な建物がたっていた。建物の壁がガラス張りなので、内部の複雑なメカニズムが見えた。それは時計だった。時計の下には天秤棒が取りつけられていて、棒の両端には玉杓子のような容器が付いていた。その上にある水槽から、一種の転轍機《てんてつき》の働きで、交互に左右の容器の上がっている方へ、一すじの水が注がれた。転轍機の動作は天秤棒で調整されている。水が入ると容器は下がり、中の水は流れ出し、容器はまた上昇して、棒を動かした。そして棒は時計の針を動かすのである。

まだこの不思議な仕掛けの機能をあれこれ思案しているときに、私のすぐ横の道端に、例の滑稽《こっけい》なほど小さな自動車が一台止まった。小さな丸いパンのようなかたちをした、あのクルマだが、しかし、街のどんなに狭く曲がりくねった路地でも、レーシングサーキットとして使用できるという利点ももっている。

左側のドアが開き、降りてきたのは赤ら顔で禿《は》げ頭の太った男だった。ついで右側のドアが開いた。おなじように恰幅《かっぷく》のよい女が外へ転がるように出てきた。髭《ひげ》がうっすらと上唇をふちどっている。女はやっとの思いで立ち上がったが、男よりも頭一つ大きかった。ずいぶん汗をかいていて、扇子で涼をとっている。そうこうするうちに、左側のドアからは十四歳前後の痩せた女の子が這《は》い出るように降り、その後には女の子がもう一人続いた。この女の子は十八歳ぐらいだろうか、びっくりするほど胸が前にとび出ていた。さらに続いて黒い巻き毛の男の子が三人、つかみあいや、ひっぱたきあいしながら順々に降りてきた。みたところ十歳と八歳と五歳ぐらいだろうか。これでもう終わりだと思っていると、まだもう一人、白髪痩身の老爺が、口角に葉巻をくわえ、荒い息で咳をしながら降りた。二つに折れた腰をのばすと、二メートル近い背丈だった。

呆気《あっけ》にとられた私は、そのこびとのようなクルマを眺め、ついで、そこから出てきた人の群れに目をやった。だから私は最初、太った男がほかの者に説明しはじめたのが耳に入らなかった。みんなは神妙に話に聞き入っていた。どうやら家族のようで、太った男が家長らしい。口髭をはやした、立派な胴回りの婦人はその妻にちがいない。そして、五人の子どもたちは息子や娘だろう。白髪の老爺にはだれも話しかけず、老爺もまたかたくなに口をつぐんでいた。ひょっとすれば遠縁の者だろうか。それとも老爺はただその場にいあわせただけなのかもしれない。そうこうするうちに、ほかのみんなは口々ににぎやかなおしゃべりをしている。議論は熱を帯びてきたようだった。

「そんなはずはないよ！」と一番年長の男の子がさけんだ。「そんなことはできないよ、だって……」

「しっ！」と父親がさえぎった。「もう一度おまえたちに説明するが、よく聞くんだぞ。いいか。水が注がれることで、おまえたちも見ての通り、天秤棒が動く、そこでこの天秤棒なんだが、これは時計の針をまわすだけでなく、同時にポンプも動かすんだ。下にたまった水がそれで上の水槽へ送られる。でなきゃ、水槽の水はどこからやって来るんだ？」

「市営水道からかしら？」痩せた女の子がつぶやいた。

「くだらん！」父親は破裂するように言うと、こわい目で娘をにらんだ。「いいか、よく聞くんだ。この奇跡の装置は、上から下まで全部を動かすエネルギーを自分で生み出している。つまりこれは永久機関《ペルペトゥウム・モビレ》と呼んでまったくさしつかえないわけだ。どうしてそうじゃないんだ？」

「だって、先生がそう言ったもの。永久機関というものはないし、これからも実現しないって。科学的に証明されているんだよ。だからさ！」年長の男の子がまた大きな声で言った。ちなみにこの男の子の名はベリサリオという。

「おまえは実の親の言葉を疑うのか、この不良め」そうさけんだ父親の顔はさらに赤くなった。「わしが嘘つきだと言うつもりか？」

母親がその腕にそっと手をおいた。「でも、先生がそうおっしゃったのなら」

「先生が、先生が！」父親は目玉を天に向けた。「先生が一体なんだというんだ。だれも先生なんか知っちゃおらん。そんな者がこういうことの何を知っているというのか。だが、わしは、おまえたちの父は、知っておるぞ。そもそもこの水時計はな、わしらの四代前の義兄が、つまりわが一族の一員が、いってみれば御先祖が造りたもうた作品なんだ。ならば、もう少し敬意が払われてしかるべきだろうが」

「敬意は払ってるよ」ベリサリオは口をとがらせた。「それでも、これは永久機関ではありえない。だって永久機関は存在しないんだもの」

「だが、おまえの目の前にあるじゃないか！」と父親は怒鳴った。「おまえには目がついてないのか、この不信心なやつめ！」

唐突に、父親は懇願する表情で私の方を振り向いた。

「おっしゃって下さいよ、旦那《シニョーレ》、こんな今日日《きょうび》の若者は一体どうすればいいんですかね。自分の親が信じられないっていうんだから。お先まっ暗じゃないですか？」

私は二、三もごもご言って、この窮地を脱しようとしたが、「そのとおり！」と父親はうれしそうに大きな声を上げた。「まったくそのとおりですよ！　物質主義のせいなんだ、子どもたちは小さなうちから盲目にされてしまう。おまえたちも自分の耳で聞いただろう。この博士《ドットーレ》が何ておっしゃったか。この人は学問があるんだぞ」

ローマでは、眼鏡をかけ、本というものを昔一度読んだことがあるという顔をしていれば、だれでも博士とよばれる。

続く十分間というもの、私はみんなの討論の中心だった。寡黙《かもく》な老爺をのぞけば、家族全員が自分の論拠の主要証人として私を選んだからだ。私はそのような責任ある任務は荷が重すぎると感じていたので、このような興味尽きない話を途中で打ち切ることへの遺憾の意と、大切な約束のため行かねばならない旨を、しどろもどろにつぶやいた。

私がどこへ行くのかって？

とっさに思いつかなかったので、私は遠くはなれたテスタッチョ近郊のマルモラータ通りの名をあげた。

なにで行くのかって？

それでタクシーという語をつぶやいた。

太った男は誓いをたてるように手をあげた。ところで、この男は妻からドルーチョ、子どもたちからはバッボ（パパ）と呼ばれていた。

「おやめなさい、博士。あなたはここの人じゃない、そうでしょう？　この都市《まち》のタクシー運転手はみんな盗賊か強盗だ。友人がカモにされるのをわしらとしては黙って見ているわけにゃゆかない。それにわしらだってほとんど同じあたりへ行かなくちゃならないんだ。わしらのクルマに乗って行きなさい。どうぞ、さあ、こちらへ！」

夕べもすでに肌寒くなっていたが、この小さなクルマで、ひょっとしたら口髭の奥さんの膝の上にしがみついていなければならないのかと思うと、汗がどっとふき出した。私は必死になって逃げ口上をさがしたが、どれもこの家族の圧倒的な好意の前にはあえなくついえ去った。

「なに、お手数ですと！」とドルーチョが高い声をあげた。「手数なんかじゃない。あなたのような外国の友人に親切にできれば、うれしいし、光栄だ」息子たちは私をひっぱり、娘たちは後ろからあの小型車の方へ押した。「ロサルバが運転します。この子は運転免許証をいただいたところなの。とっても御自慢なんです。この子を喜ばしてあげてくださいな」母親がにっこり微笑《ほほえ》んで、こう決めた。

弱々しい最後の抵抗を示しながら、私はクルマの中が狭くなるのではないか、と指摘した。

「このクルマは、外見はとても小さく感じられるのはたしかですがね、でも内部はおどろくほど広いんですよ。さあ、いらっしゃい、博士さん！」

この瞬間から家族のみんなも私に親しい言葉づかいで話すようになった。これで私は終身この人たちと家族付き合いをする栄誉をになったのである。しかも控訴はできなかった。あっという間に私は後部座席に押し込まれた。ロサルバは、これはあの驚異の胸をした娘のことだが、もうハンドルの前にすわっていた。

「いいかい」と父親が助手席にすわりながら言った。「いいかい、赤信号は交差点を通過する際、しっかり左右を見ろという意味なんだぞ。なにせ乱暴なドライバーが多いんだからな」

「はい、バッボ」娘は神妙に答え、クルマをスタートさせた。悲鳴のような音をたててタイヤが軋《きし》んだ。

私は目をつむり、前にすわる老爺の背もたれにしがみついた。勇を鼓《こ》して、まわりの様子を眺めたのは、しばらくたってからのことだった。たしかにこの自動車は、内から見ると、小型バスのように広々としていた。家族の一人ひとりに席があった。それればかりか、私の後ろはトランクルームのようなものもあり、暗闇に沈んでいた。

ドルーチョは振り返って、自慢顔で私を見た。

「これはおどろいた！」と私は言い、ドルーチョにうなずいてみせた。

ドルーチョは背もたれを乗り越え、後部座席へ来て、私の隣にすわった。

「早い話が、どうやって生きのびるかって問題ですよ」ドルーチョが説明した。「街は狭くなり、人口は過剰だし、自動車だらけで窒息しそうだ。自動車に乗る人は増える一方ですよ。そこの角《かど》の煙草屋へ行くのだって自動車なんだ。だから、自動車の外形をどんどん小さくして、内部をどんどん大きくすることは工業界にとって必要なわけです。言ってみれば、自明な解決方法ですよ」

「ああ、そんな簡単なことか」

「ええ、旦那。ただ思いつかなくちゃいけない。でもね、差し迫ったことと何となく折り合いをつけるのは、昔からわしらが得意とするところですからね」

「まさに」と私はあいづちをうった。

「いらっしゃい、博士さん、もっと見せてあげましょう」ドルーチョは私をうながした。腰を上げると、私たちはよろめきつつ、疾走するロサルバのコーナーリング技術に揺られながら、後部のトランクルームへと手さぐりで進んだ。

ドルーチョが金属製の引き戸を開け、電灯を点《つ》けた。私たちの眼前には狭い廊下がのびていた。壁紙は花がらで、どこでも見かけるような室内ドアがいくつも目に入った。ドルーチョがそばのドアを開いた。そこはこぢんまりとした部屋だった。両隅にはそれぞれ二段ベッドがあり、壁際には洋服ダンスや整理ダンスや書物台、それに立派なステレオまであった。

「息子四人の部屋ですよ」ドルーチョが説明した。

「四人？」私は一瞬耳を疑った。

「ええ、長男のナザレーノは盲腸の手術でいまサルバトール・ムンディ病院に入院中なんです」

「あ、そう……」

その隣の小部屋は二人の娘の寝室だった。壁には一面にポスターが貼られていて、妹のベッド脇にはアル・バーノとロミーナ・パワーのポスターも見えた。姉のベッドの上には代わりにアンジェロ・ブランドゥアルディのポスターが貼ってあった。ほとんど髪の毛だけのポスターだ。ちなみにこの部屋の中はピンク一色。

「ふん」が父親《べ》のコメントだった。

そのうしろには両親の寝室が続いた。お決まりの金属ベッドの真鍮《しんちゅう》棒は装飾たっぷりに曲線をえがき、その上の壁には、胸もあらわなマグダラのマリアがしゃれこうべを手に、涙に濡れた瞳で天を仰《あお》いでいる絵がかけられていた。

その隣のドアは、「ここはバスルームにすぎないから」ということで割愛《かつあい》された。

廊下の反対側へと進み、リビングキッチンに入った。老婆がすわっていたが、その太り具合ときたら、お尻の半分ずつに椅子がそれぞれ一脚要《い》るほどだった。老婆はスリップ姿で髪にはネットをかけ、石鹼水の入った洗面器に足をつけていた。前に置かれたテレビでは、ちょうどマイク・ボンジョルノが司会するクイズ番組が流れていた。

「ママ」とドルーチョは老婆の耳元で大声で呼んだ。「友人を連れてきたんだよ」

老婆はちらりと私を見ると、私の方に向かって手で十字を切った。そしてまたクイズ番組に見入った。

「ママは聖人なんだ」とドルーチョは私に説いた。「いつもここに住んでいるわけじゃないんだが。田舎に小さな家を持っていてね。でもクルマに乗るのが大好きで、だからなんだ」

私にはうなずくことが自動的な動作となっていた。

その次にわれわれが視察したのは「サロット」、つまり応接間だった。ドルーチョの話では、普段家族がこの部屋を使うことはなく、婚礼パーティや子どもの洗礼や葬儀のときだけなのだそうだ。中央のピカピカに磨かれた食卓の上には、緑大理石でできた大皿があり、プラスチックのフルーツが盛り合わせてあった。壁際の飾りダンスには思い出の品や大切な品が置かれていた。例えば、大きさの順に並べた磁器製や石膏製の聖母像とかチョコレート菓子入りのゴンドラとかエッフェル塔、それに煙を吐くヨハネス二十三世の胸像までであった。部屋の隅には金色に塗られた張り出し棚があり、ハーレムの女の形をしたランプが、松明《たいまつ》型の電球を高くかかげていた。

「あとはわしの仕事部屋だけだ」とドルーチョがドアを開けながら言った。

私が覗《のぞ》いたのは小さな部屋だった。まるで薬局と靴の修理工房と教会の聖器保存室を混ぜ合わせたかのように見えた。さまざまな種類のガラス瓶やガラス容器や箱やブリキ缶やありとあらゆる材質と形の十字架、それに護符、香草の束、タロット・カードが数かぎりなく、無造作に置かれていた。壁には占星術のシンボルが掛かっていた。

「どこもちょっと小さくって狭いのはたしかですがね」と主人は言った。「でもわしらは贅沢を言わないし、これで充分なんだ。肝心なのは家族の温かさがあることですよ。おわかりでしょう、わしの言わんとすることが」

「いや」と私は言った。「いや、もちろんです。いや、それはよくわかるのですが、でも、実はまるで何がなんだかもうよくわからない……」

ドルーチョは心配顔で私をみた。

「まるでタオルのように顔が真っ青だ。クルマ酔いする体質なのかな。乗り物酔いする人は多いから、特に後ろの方の座席ではね。薬をあげよう。見ていてごらんなさい、すぐに気分がよくなる」

「いや、いや」と私は驚いて拒絶した。「いや、そうじゃないんだ。気持ちはありがたいが、もうすっかり気分がよくなった」

私はフラフラしながら廊下へ出た。ドルーチョは私の後に続き、スタジオのドアに注意深く鍵をかけた。

「子どもがいますからね」という説明だった。「ところで、もう目的地に着きましたよ。大切な待ち合わせには充分間に合うから、心配は御無用」

私は最奥のドアの前に立っていた。

「で、ここは?」疲れた声で私はたずねた。「ここは何です?」

「ああ、そこ」とドルーチョは言い、「大したものじゃありません、そこはガレージなんです」

「えっ、ガレージ?」そうつぶやいた私は、唇がふるえるのをおさえられなかった。

ドルーチョがドアを開けた。事実私が眼前に見たのはガレージの内部だった。表のガレージ戸はこのとき開いていた。

「つまりだね、博士さん」ドルーチョはこともなげな口調で話した。「御存知のように、街の中で駐車する場所を見つけるのは難しくなる一方ですからね。クルマの中に自前のガレージが付属品として取りつけてあるのは、便利この上なしですよ。そのクルマを駐車できるガレージがね。これはずいぶん時間の節約になります。ちょっと小さいのはたしかですが、この小型車には充分ですよ」

このとき、私の頭の錯乱は頂点に達した。あまりにも私の理解力を越えていた。大声を発すると、私はドルーチョを突きのけ、パニック状態で、開かれたガレージ戸から外へ駆け出した。鉄砲にねらわれた兎《うさぎ》のように、私はいつしか夜になった街路をジグザグに駆け、駆け続けた。まわりを疾走する、あの小さなクルマの合間をぬい、行ったり来たりしながら、ドライバーたちの怒声と息切れのために止まらざるを得なくなるまで、私は駆けた。

夜がふけてから、私は自分の住居に戻った。心底疲れていたのだが、眠れなかった。今日体験したことを理解しようとすると、私の思考はあたかも中国の踊りネズミのように堂々めぐりをするのだった。空が白む頃、強い赤ワイン酒を幾杯も喉に流し込んでから、やっと私はその回転木馬を止めることに成功し、にぶく、夢も姿を見せない眠りにおちた。

翌日、私は背広のポケットに一枚の名刺を見つけた。この不条理な出来事の一部始終を記憶から抹殺することに決めた私は、その名刺をポケットに差し入れたのがドルーチョかもしれないとは、今日でもまだ信じないつもりだ。もっとも、彼でなければだれか、さっぱり見当がつかないのもたしかだが。名刺にはこう書かれている。

アズドルバーレ・グラダラカポッチャ
魔術師
〈特技〉
惚《ほ》れ薬——にらまれ防止策
トトカルチョの予想——住居さがし 他
面会時間／要予約

そして、電話番号も載っている。しかし、私は電話しなかった。翌日も、その後も。彼とその家族とそのクルマはまったく存在しないという、私の悟性《ごせい》にとってささやかなチャンスを、そうたやすく危険にさらしたくなかった。

〈補遺〉最近私は信頼できる雑誌で、職業統計に関する記事を読んだ。その記事によると、イタリアには公式登録、認定された魔術師が三万人いるということだ。

それなら話がわかる。

なんという国だろう！ なんという人々だ！

ミスライムのカタコンベ

さとりは突然訪れ、うたがう余地がなかった。さからうのは無駄なことだ。彼、イヴリィは影の民のほかのみんなとちがっている。それをさとったとき、イヴリィはうれしいとは思わなかった。

壁をうがって造られた寝床に身を横たえていたが、眠れなかった。目を見開いて天井を見た。天井は顔から手のひらを広げたほどの近さにあった。硬質の、黒々とした、冷たい石の肌。思い出そうとしたが、果たせなかった。

かつてはイヴリィの眠りも他の影と同じように意識のない硬直状態だった。作業のための覚醒時と栄養補給の覚醒時の間に切り取られた、暗いたまり場と言えよう。それが近頃少し変わった。眠りの中でイヴリィは不明瞭なイメージを見た。さまざまな絵が現れた。今までにない感情が身体の中を流れた。おぼろげだがイヴリィは思い出していた。このような状態の中でミスライムの世界の最奥の果てに達したことと、そこに穴が開いていて、カタコンベの外にあるものが眺められたことを。この外側が何だったのか、イヴリィの記憶はさだかではなかった。だが目が覚めると、いつも頰は涙に濡れているのだった。イヴリィは、この不可解な状態をこころまちにしている自分を認めざるを得なかった。しかし同時にそれを恥じてもいた。自分が幻想におちいっているにちがいないと思っていたからだ。そして、それは一般に許されざる弱みとされていた。

だれもあえて疑わぬ公《おおやけ》の教えでは、影の民が住み、働き、眠り、生殖をする、この通路や階段や広間や坑道や小部屋や洞窟《どうくつ》からなる迷宮のような小宇宙が、ミスライムの世界において唯一ありうる現実なのだ。このカタコンベ系がはてしないとは言えないまでも、無限だと計算した偉大な知者もいた。知覚はできないが、空間が曲がっているため、仮にある旅人が常に一定の方向へ歩いていくとすれば、その旅人は想像を絶する長旅のすえ、正反対の方角から出発点に戻る。その際、従来の通路やトンネルを使っても、まったく新しいのを掘っても結果はかわらない。またどの方角に歩んでもいい。それ以来、ミスライムの果てのその彼方に何があるのだろうかという問いは愚問となり、ふたたび問われることはなかった。そのような外側は存在しえない。存在するならば、それはミスライムの一部分となるゆえ、外側にはならないのだ。今までも、そしてこれからもあり続けるのはカタコンベだけだ。だから、どうしてこの世界に入ってしまったのかといった類《たぐい》の問いは、どうしようもない無知のしるしとして、嘲笑《ちょうしょう》か憐れみを含んだ苦笑の的となる。外へ出られないのだから、中へ入ることもありえない。影の民のあいだで、高い教養と幻想に耽《ふけ》らない啓蒙度をしめすしるしとされるのは、意義や理由《わけ》など問わず、そこでの存在に満足することだった。自己欺瞞《ぎまん》におちいらないことが知者には少しく自慢であり、自らをして「幻・滅した者」、または「幻・滅者」なる称号で呼ぶことが許されていた。そのような調子だから、そのほかの影の民のあいだでは、失望の苦い味がすることだけが真実とされていた。

イヴリィが身を横たえている寝床は、大きな睡眠用洞窟の壁にうがたれた、数多いくぼみの一つだった。正確にいえば、西壁の下から七番目、右から二十八番目であり、移動式の梯子《はしご》を持ってこなければたどりつけなかった。ほかの壁にも寝床のくぼみが無数にうがたれていた。どれも同じかたちで、二メートルの長さ、高さは半メートルだった。そして、カタコンベのいたるところにさらに睡眠用洞窟があった。ここより大きいものもあれば、小さいものもあった。数がどれだけあるのかはイヴリィは知らなかった。二人用や一人用の墓穴めいたくぼみさえあるとイヴリィはだれかが話しているのを耳にしたことがある。おそらく影の民のなかでもとりわけ特権階級なのだろう。

この奇妙な状態が最初に自分を襲ったのはいつだったろうと、イヴリィは記憶をさぐった。いつだったかと問うてみて、覚醒時が一つひとつ区分けできないことに気づき、不安になった。それはあたかも終わりのない鏡の列を見るようだ。鏡像は寸分違わず、背後の黄昏《たそがれ》の中へ消えて行く。いつもかわらぬ鉛色の薄明かりがミスライムの部屋という部屋に満ちている。この光の源《みなもと》はどこにもないようにみえた。そう、この光は微動だにせぬ空気の中で霧のようによどんでいるかのようだ。時というものが、ものの移り変わりを指すならば、とどのつまり時はまるで存在しないのだ。存在するのは、同じひとつのことの絶え間ないくり返しにすぎない。イヴリィはそうひとりごちた。かたちのない「今」が永久《とわ》に続く。時はまるで水気に乏しい粥《かゆ》のようだ。流れ続けるためには、いつもかき回されていなければならない。手を引くやいなや、それは固まり、まるで今まで一度たりとも流れていなかったかのように、以前と以後のさかいが判然としなくなる。

「そんなことを考えても無駄骨にすぎない」長《おさ》の声が耳のすぐそばで聞こえた。「これが現実なのだ。そんな役に立たない考えごとなんかやめにするがよい。おまえもみんなが考えるように考えたいと思うている。みんながすることをしたい。仲間の一員でいたいのだ。一人離れたいとは思わない」

イヴリィはこの声を知っていた。影ならだれもが知っている。イヴリィに話しかけたのはミスライムの指導者で大指令者のベヒモート氏である。その顔を見たものはいないが、有無を言わさぬ強要を、この静かなしわがれ声でささやくことにより氏は遍在する。睡眠時のほかは、ベヒモート氏が途切れなく一人ひとりに語りかけ、指示や命令を与え、ほめ、しかり、仕事を指導し、ほかの影の仕事と調整した。どのような方法でベヒモート氏がそれを行うのか、想像を絶するほどたくみな、隠しスピーカー・システムなのか、いや、それどころか耳の中に受信機が埋められているのかもしれない。知者たちですら知らぬことだ。だが、無数の、しかもきわめて特異なさしずを、疲れや混乱のきざしすら見せずに、途切れなく同時に伝えることは、超人的知性の神秘とされており、いかなる抵抗をも、もとより意味がないものと思わしめた。だから影の民はベヒモート氏をほとんど神のごとく敬い、氏の命に無条件で従っている。

「おまえはいま起きて、仕事をしようとする」声は低くささやいた。

梯子がひとりでにすべり寄ってきた。イヴリィは寝床から這《は》い出し、下に降り、睡眠用洞窟の出口から主通路へ出た。

影たちは終わりのない行列を成して、それぞれの仕事場へと歩を進めている。仕事場から戻る影もいた。階段を上がり、階段を降り、トンネルをくぐり、通路を渡り、広間や坑道を通り、底が知れない深淵のふちを歩き、橋を越え、はかりしれないミスライムの血管系の、その最奥の枝分れや毛細血管までそれは続いた。一人ひとりの行動、睡眠、食物摂取時には厳重な秩序があり、全体の循環が一度といえども停滞しないようになっていた。必要なことにはすべて、決められた部屋があり、排泄や性交といったきわめて個人的な身体行為にも部屋があった。

イヴリィは列に入った。どこへ行かねばならないのかは考えなくてもよい。指令者の声が足の方向を定めた。「わかれ道を左へ――階段をのぼれ――直進――右側のトンネルへ……」

原則として、影のあいだで特定の職業はなかった。だれもがいつでもどの仕事にもつかされた。イヴリィはここのところ測量団に配置されていた。ミスライムにあるだけの階段すべての長さ、高さ、幅を測るようにいわれている。階段は無数にあったから、終わりのない仕事である。だから、ときおり団員が交代した。そして、新しく加わった団員はまたはじめから測りなおすのだった。この仕事にどのような意義があるのか、だれも知らず、尋ねる者もいない。この仕事はとりわけ大事だと、長《おさ》の声は強い口調で言い、それを疑う理由はなにもなかった。

このカタコンベ系全体が掘られた岩盤は、黒鉛のような黒い物質から成っていた。重いことおびただしく、密な物質。人の頭ほどの塊であれば、もはや一人では到底持ち上がらぬ重さだ。その上、頑丈で硬いので、削るのはなみたいていではなかった。それでもなんとか小片を割ることができると、それはたちまち微塵《みじん》と化して足元に積もった。この塵埃《じんあい》はトロッコではるか遠く離れた機械装置へと運ばれ、影の民が食する唯一の食料に加工されたが、その装置を見た者をイヴリィはいまだに知らない。食料とは黒く澱《よど》んだ液で、すぐに空腹と渇きをいやすものの、なんの味もなかった。量はさほどいらない。それを食した影は、その分さらに密になり、暗くなった。逆にそれが減ると、飢えた影は霧のように輪郭がおぼろげになった。いや、それればかりか、時がたつにつれ、かすかに透けてくることさえもある。同じことは、二度と取り返しのつかないかたちで、影が死ぬときにも起こった。影は透明になり、ふたたび塵に戻るのだ。

大勢の影のために、たえまなく食料が要るにもかかわらず、――「幻・滅者」の言葉によれば――その物質の全体量は減らなかった。一方で採掘されれば、他方ではゴミや屑や排泄物や死体の塵のかたちで補われるのだ。つまり、長い時間の中で変わりうるのは、せいぜい内なる構造であり、ミスライムの世界の元来の体積は不変だった。こう洞察することは、おおむね安心感を抱かせた。

イヴリィの持ち場には白墨の小片が置かれていた。測量団に属して以来、いつもながらのことだった。この白墨で階段の一定箇所に印《しるし》を付けるのだ。従順にイヴリィは作業に取りかかった。だが、気がそれてしかたなかった。ここしばらく睡眠時に現れる不思議な体験が、幾度も脳裏に去来する。やっと作業時が終わったとき、規則に反して、イヴリィは白墨を元のところに置かず、ポケットに入れた。だれも気づかなかったようだ。ベヒモート氏の声も何も言わなかった。なぜそうしたのか、イヴリィ自身にもわからなかった。戻り道の途上で、使った痕跡が見当たらぬ天井の低い脇道にさしかかったとき、そこに白墨を隠した。その後、イヴリィは食料摂取に行き、さらに暗くなり、疲労感におそわれ、おとなしく岩にうがたれた寝床についた。また、あの不思議な絵が現れた。そしてまた、目覚めた後には、イヴリィはのぞき穴の彼方に見たものを思い出せないのだった。白墨のことをイヴリィは忘れた。仕事場には新しい白墨が置いてあったので、そのことに気づきさえしなかった。

その後の作業時で、イヴリィはこの盗みを幾度もくりかえした。とがめる者はいなかった。白墨の小片が隠し場所に六つ、七つたまったとき、はじめてイヴリィは、自分でもまだその理由《わけ》が知れぬ、おのれの行動を思い出すことができた。そして、次の睡眠時がやって来ると、イヴリィは、自分でもとんでもなく独断的、いや、犯罪だと思えることをした。長《おさ》の声の指令に従い、寝床で休む代わりに、イヴリィは隠し場所へ忍んで行ったのだ。その道程はイヴリィにとって楽なものではなかった。ほかの影と同じく、イヴリィも一歩一歩導かれることに慣れていたからだ。今は自分で決めねばならなかった。だが、白墨の山を眼前にしたとたん、なぜ自分がこの反抗をおこなったのかをはっきり知った。

イヴリィは壁のできるだけ平らな箇所をさがした。そして、はじめはためらいがちに、不器用に、記憶の中の、あの穴の輪郭を描きはじめた。最初の試みは失敗だった。自分自身でもあまりに稚拙と思った。それでもイヴリィはあきらめず、また描きだした。イヴリィを駆り立てたのは、おぼろげな希望である。まず穴がうまく描けたならば、その背後の、外側の、そこから見える彼方にあるものも、記憶に戻るのではないかと思ったのだ。しかし、それは徒労に終わった。

「おまえが今していることを、おまえはやりたくないのだ」それまで黙していた大指令者の声がささやくのをイヴリィは聞いた。「おまえがそれを続けるならば、わしはおまえを捨てねばならぬ。よいか、警告したぞ」

イヴリィは声に応じることなく、かたくなに無言で描き続けた。

「おまえのやっていることは」と、強い口調で声は言った。そこにははじめて、怒りを含むわずかないらだちが響いた。「おまえがやっていることはわしを傷つける。だからわしらはおまえの存在を消さねばならぬ。おまえの代わりはいる。苦しみたいのだから、苦しむがよい。しかし、おまえの病が他の影にうつらぬよう、予防処置をとろう。おまえはもう影の民の一員ではない。もうおまえは何でもないのだ。それがどのようなことか、おまえはまだ知らぬ。学ぶがよい」

それを最後に、イヴリィは長《おさ》の声をながく耳にすることがなかった。

腕をふるって、絵を描くと、イヴリィはうしろに下がり、しばしの間それを眺めた。できあがった絵を見てイヴリィは失望し、落胆した。イヴリィは急に深い疲れを感じた。

栄養補給に行った。しかし、だれもイヴリィの割当をくれようとはしなかった。イヴリィはあくまでも無視されたのだ。幸い、イヴリィが自らの手で割当を取っても、それは変わらなかった。それを妨げようとする者はいなかった。だからイヴリィもさして気にしなかった。だが、イヴリィが睡眠用洞窟へ戻り、自分の壁の寝床に就こうとしたとき、事情は変わった。知らぬうちに別の影がそこに横たわっていたのだ。ほかに空いている寝床はなかった。

絵を描いた場所に戻った。清掃係の一団が、ちょうどイヴリィの線描を洗い落としているところだった。

「何をしてるんだ」とイヴリィは尋ねた。「なぜ消すのか」

だれも答えなかった。イヴリィの声が聞こえさえしなかったようだ。

「知りたいもんだな」しばらくすると、作業員の一人が仲間に話しかけた。「一体全体これがなんなのか」

そのとき、突然イヴリィはあの語を思い出した。長らく忘却の彼方にあったことのように、イヴリィは思い出していた。

「あれは窓だ」とイヴリィはささやいた。「外がのぞける窓なんだ。もちろん本当の窓じゃなくって、残念ながら、その絵にすぎないが。それに絵だってまるでよくできていない……」

清掃係の一団は作業を終え、去っていった。壁はもとどおりになっていた。

「窓……」とイヴリィは口の中でつぶやいた。この語はどこからやって来たのか？　少なくとも影の民の言葉に、この語はなかった。

白墨の小山は今も片隅にあった。そこから一片取ると、イヴリィは滑らかな壁に、また絵を描きだした。だが、今度も出来上がりはまるでイヴリィの気に入らなかった。ひょっとしたら、壁のせいかもしれない、とイヴリィはひとりごちた。もっと良い壁の箇所が見つかるかもしれない。あまり確信はなかったが、イヴリィは白墨をポケットに入れると、歩きだした。

いまだかつて、イヴリィは独力で道をさがす必要がなかった。だから、しばらくすると、坑道や分岐道が複雑に入り乱れる中で、皆目《かいもく》道がわからなくなった。この洞窟の迷宮のような配置を理解しようとし、あらゆる十字路で自分の道を決めなければならないという、慣れぬ行為は、イヴリィの体力を急速に奪った。疲れ果てたイヴリィは背中を丸め、路上の片隅に横たわり、眠った。今回は、窓のイメージは現れなかった。その逆だった。四方八方から壁が自分の身へ押し寄せてくる気がする。ついには四肢も動かせなくなった。目が覚めたとき、身体が汗に濡れていた。

起きると、通路の先に保安警備員が二、三人、だれかをさがすかのようにあたりを見まわしているのが見えた。その刹那《せつな》のひらめきに従い、イヴリィは警備員の前から逃げた。後になってから、息がきれて立ち止まったとき、初めてイヴリィは、なぜ逃げたのかと自問した。ほかの影に見えないように、おそらくあの保安警備員たちにも見えないはずなのだ。しかしほんとうにそうなのか、自信がなかった。

これからどうすればよいのか？　指令を与える声はもう聞こえないのだから、イヴリィは課題を、目標を自分で決めねばならないのだ。イヴリィは途方にくれた。その力を身中に感じるようになるまでには、時が流れた。つらいのは、孤独だった。まったく新しい経験だったからだ。あたかも、透明の、だが決して突き抜けることができない圏があり、それで他の影と分離されているかのようだ。初めてイヴリィは大きな悲しみを感じた。そして、それが二度と自分のもとを去らぬことを、いや、そればかりか、それはこの先待ち受けているものの、あくまでも序幕であり、前ぶれにすぎないことを、イヴリィは知っていた。悲しみ自体はまだ身に迫っていず、はるか彼方にあった。それは遠くからゆっくりと近づいてくる、重苦しい巨大な暗闇なのだ。悲しみは四面にあり、逃れることができなかった。

イヴリィは脅えた。大指令者の庇護のもとに帰り、再び影の民の一員となることができるならば、イヴリィはそうしたかもしれなかった。もうこれ以上一人でいたくないがためだ。しかし、同時にイヴリィは知っていた。あの窓の彼方にあるものをさがすことを、もはややめられないことを。つまり、引き返すことはできなかった。もう遅すぎた。なるにまかせるほかに、道はなかった。

今では思い出せないのだが、イヴリィが窓から見たものが妄想ではなく、現実だとすれば、――知者の定説に反して――ミスライムの外にひとつの世界があるのだ。いや、いくつも世界があるかもしれない。しかし、もしそうだとすれば、このはかりしれないカタコンベ系とは、牢獄以外のなにものでもない。影の民は、なぜだか知る由もないが、そこに囚われているのだ。そしてベヒモートだが、あの大いなる長《おさ》とはただの牢番にすぎない。そう考えると、窓を描こうとするイヴリィを阻止する長の処置があれほど苛酷なことも納得できた。だが、それならどうして他のだれもが、自分は囚われの身だと感じないのだろう？　なぜ奴隷の境遇に甘んじているのだろうか。

数知れない覚醒時を費やし、イヴリィは出口をさがして、迷宮のようなミスライムをさまよい歩いた。覚醒時の訪れは、今やまるで不規則だった。いつ追手が迫るかもしれぬ逃亡の身でもあり、イヴリィは一箇所に留まる勇気がとてもなかった。時がたつにつれて、ますます強大になる不安と悲しみのほかに、生身のままで埋葬され、狭さのために窒息死を余儀なくされているような感覚が加わった。イヴリィは時おり、パニック状態におちいった。それが高じると、こらえきれぬ、身体の痛みにまでなった。

そのようなとき、イヴリィは駆けた。息がきれ、倒れるまで駆けた。あるいは四つん這《ば》いで這い歩いた。また、盲人のように、手探りで少しずつ歩を進めた。そうしながら、イヴリィは次々と、迷宮の新しい部分に行き当たった。今まではその存在をまったく知らなかった部分だ。巨大な洞窟にもめぐりあった。高層ビルの都市がすっぽりおさまるほどの巨大さなのだ。イヴリィは交錯する無数の階段をのぼり、下り、そしてまたのぼった。階段の先には、いつも、さらに別の階段があるか、さもなければ、そこには何もなかったからだ。腹這いにならなければ通れないような、低く狭い坑道にもイヴリィはもぐり込んだ。よろめき、ころびながら、イヴリィは斜面を降り、細長い縦坑《たてあな》を這い上った。しかし、ミスライムの出口をどこにも見つけることができなかった。カタコンベの終点に達したことを示唆する地点はどこにもなかった。その代わりに、ある場所で、かつてそこに立った覚えがあると思うことがしばしばあったが、一度たりと確かな自信がなかった。食料は盗んだ。だれからも無視されていることは今でも変わらないので、別に難しいことではなかった。眠る時刻や場所はなりゆきにまかせた。

　そのような彷徨の途上、イヴリィは一番の宝物のように白墨を常に肌身離さなかった。あたらしく入手できないことを、イヴリィは知っていた。適当な箇所があると、窓を描いた。むろん、白墨の数はその度に少なくなった。そのため、回を重ねるごとに、絵を描く前の徹底した準備はさらに入念さを増した。たった一本の線でも無駄にしないためだ。だが、イヴリィが根気よく、絵を描く試みをくり返すと、同様の根気よさで、絵は必ずその後ただちに消し去られた。それはイヴリィの行為を無意味なものにしたのだが、その性急さは、いかに絵がつたないとはいえ、ベヒモートやその牢獄系全体にとって、それは脅威なのだという確信を新たにさせた。かつて窓の彼方に垣間見たものを描くことさえできれば、すべては変わる、という考えにイヴリィはしがみついていた。もっとも何がどのように変わるのかは、知るところではなかった。しかし、イヴリィにはそれが見つけられなかった。睡眠時にも、もう現れなかった。つまるところ、今では思い出の思い出を描いているにすぎないのだ。その思い出は、時がたつにつれ、イヴリィ自身にもありえないことのように思えてくる。そしてイヴリィの窓には何も描かれぬまま、時が流れた。その迷いが一番つらかった。イヴリィにとって、影の民が信じるミスライムの現実は永久《とわ》に失われ、自分がそのために追放された、別の現実は見つからなかった。イヴリィに救済はなかった。こちら側にも、向こう側にも。

ある日、最後の試みで、最後となった白墨の残片を使い果たしたときが来た。その試みもまた、徒労に終わった。もうイヴリィはどうすることもできなかった。大きな悲しみは、ついにイヴリィをとらえたのだ。それは山のように、イヴリィをその下に呑み込んだ。どこかで紐を手に入れると、イヴリィは首を吊った。

意識がふたたび戻ったとき、手錠がかけられていた。保安警備員が二人、側に立っていた。二人はイヴリィの上に身をかがめ、厳しい口調でまくしたてている。イヴリィには、二人の言うことがまるで理解できなかったが、やっとその所業《しょぎょう》を差し止めることができて満足らしいことはわかった。その後、保安警備員はイヴリィを立たせると、連行した。イヴリィは抵抗しなかった。

狭く、天井が低い独房に入れられた。そこで長時間放っておかれた。イヴリィはたっぷり寝た。いや、意図的に、薄暗く半減した意識を保ったと言う方がいい。覚醒する瞬間とはいつも、たまらない苦痛を意味していたからだ。自分がこれからどうなるのか、イヴリィは考えないようにしていた。窓の絵のために、いつか裁かれるのか、それとも単に忘れられたのか。しかし、食料は眼に見えぬ手が規則的に差し入れた。スプーンの柄で、イヴリィは独房の壁に、窓の輪郭を刻もうとした。だが、壁はあまりに硬く、努力はなんの痕跡も残さなかった。

独房のドアのかすかな音に気づいたとき、イヴリィは背を丸め、片隅に横たわっていた。顔を壁に向けていた。イヴリィは横になったままで、動かなかった。だれかが肩に手をおき、おだやかに揺すった。

「目を覚まして」とだれかが言った。「ついておいで。でも静かに」

イヴリィはゆっくりと振り向いた。影が二つ、目に入った。若い男と娘だった。

「なにをするつもりだ」とイヴリィは尋ねた。自分の声がほとんど聞こえなかった。

「おまえたちはだれだ」

「友人よ」と娘が答えた。「あなたをここから助け出してあげるわ」

「ゆうじん……」とイヴリィはかろうじてくり返した。「それはどういうことだ?」

二人はイヴリィを起き上がらせようとした。「さあ来て。時間がないのよ」

イヴリィは抗《あらが》った。「なにかの間違いだ」かすれた声をしぼりだした。「おまえたちはだれかと間違えているんだ」

「そうじゃない、そうじゃない」と若い男が早口でささやいた。「後でみんな説明するから。そのときに好きなだけ尋ねたらいい。でも、今は急ぐんだ」

言われるままにイヴリィは二人に連れ出された。まず監房のドアが並ぶ、天井が低い廊下を通り、壁に鍵が掛かっている部屋を通り抜けた。部屋の隅には、机の横に警備員が二人座っていた。二人とも両腕に顔を伏せ、小さく鼾《いびき》をかいていた。二人の誘拐者はイヴリィを急《せ》かしながら、高いアーチになったトンネルを通り抜けようとした。トンネルは往来がはげしかった。二人はイヴリィを真ん中にはさんだ。

「だれかに尋問されたら、あなたは一言も口をきかないのよ」と娘が耳打ちした。

事実三人はトンネルを抜けたところで、もう一度検問所を通らなければならなかった。若い男が説明した。「病人の移動なんだ。緊急です。これが指令書」

警備員は書類にさっと目を通すと、「行け」と言った。

入り組んだ道を歩きまわった末、螺旋《らせん》階段にたどりついた。階段は縦坑の中を幾百段も上へ連なり、上がりきると、そこはがらくたがいっぱい置かれた大きな部屋だった。役に立たなくなった、ありとあらゆる機械類が置かれた倉庫らしい。若い二人は、尾行者がいないことを確かめると、錆びたブリキ板の二、三枚を横へずらした。すると、その後ろの壁にくぼみがあるのが目に入った。二人は複雑なリズムで壁を幾度も叩いた。叩く箇所も決まっていた。くぼみの背板が横にすべり、三人は中へもぐり込んだ。入ると壁は再び閉じられた。

「さあ、もう尋ねてもいいわよ。ここは私たちの側なのですもの」と娘が言った。

「私たちの側……」イヴリィはもう一度言い返した。「どちら側なんだ？」

「ベヒモートが支配する帝国の外側よ」

イヴリィは足を止めて、混乱した目つきでまわりを見回した。「外側……」とイヴリィは幾度も口の中でつぶやいた。「外側……やはり……でも……おまえたちはだれなんだ？」

「ベヒモートの敵さ。それじゃ不足かい？」

「いや」イヴリィは言葉をつまらせた。「いや、やっぱり足りない」

「足りないってさ。説明してやりなよ」と若い男が言った。

娘が微笑《ほほえ》んだ。「ベヒモートの算段どおりにはいかないわ。私たちがそうさせないもの」

「おまえたちの仲間は大勢いるのか？」

娘はふぅとため息をついた。「残念だけど、わずかだわ」

「少なくとも充分な数じゃない」若い男が付け足した。

「それで、おれだが――おまえたちはおれをどうするつもりなんだ？」

「あら、あなたは私たちの仲間でしょ。ちがって？」

「君のような者がぜひとも必要なんだよ」

「何のために必要なんだ？」

「それはマダム自身の口から直接聞くことになるよ。君の協力が大切だと言っている」

「マダム？　それはだれのことだ？」

「医学博士レヴィオタン女史さ。女史のことをまだ聞いたことがないのかい？」

「この女史が君を助けた恩人だよ。ぼくたちを君のところへつかわしたのは女史だ」

イヴリィは再度立ち止まった。「おまえたちが言ってるのは——えーと——なぐさめ女史のことか？」

「そう。たしか影の民のあいだではそう呼ばれているわ」

「でも、歩いてくれよ。女史を待たせてはいけない」

「というと——この女は実際に存在するのか？」

話の端々や、それとなくほのめかされた言葉を通じて、イヴリィはある噂を耳にしたことがあった。どのようなかたちかはわからないが、長とその支配構造に対して戦いを挑んでいる秘密グループがあり、ある女医が、つまり件《くだん》の「なぐさめ女史」が、そのグループを率いているというのだ。この話は口にしない方がいいようだった。このわずかな暗示めいた言葉をイヴリィは信じなかったので、すぐに忘れてしまっていた。

あわててイヴリィは尋ねた。「その女医がおれに会いたいと言うのか。なぜなんだ？」

「あなたの窓の絵のことじゃないの？」

「おれの絵のことを知っているのか」

「もちろんだとも。女史はいろんなことを知っている。見方によれば、ベヒモート以上だよ。それは必要なんだ。でなきゃ、ぼくたちはたちまちつぶされてしまう」

「だが、おれの窓は……」イヴリィの言葉はつかえた。「おれの窓で仕上がったものは一つもない。どれも不完全なんだ。一番大事なものが欠けていた」

「そのことじゃないよ」

「それじゃ、何なんだ？」

「おそらく、君が免疫だからだろう」と若い男は話した。

「おれは何だって？」

娘が若い男の方を向いた。「ちょっと、ねえ、あなた、おしゃべりがすぎるんじゃないかしら」

「そうかもしれない。マダム・レヴィオタンにまかせた方がいいようだな」

三人が入ってきた通路が突然開いた。出たところはスロープになっていた。そこで目に入った光景はイヴリィを圧倒した。巨大な規模の洞窟だった。その中に、ガラスの温室のような施設が、無数の光芒《こうぼう》を散らし、都市の夜景のように広がっていた。どの施設も内部から照明され、薔薇《ばら》色を秘めた紫の独特な光がぼうっと輝いていた。この広大な施設群の中心には水晶宮がひときわ高く立ち上がり、その側にはそれよりも高い、同じくガラスでできた塔がそびえていた。

耳の近くで娘の声がした。「あの上で、女史はあなたを待っているわ。一人で行くのよ。道を間違えることはまずないから。私たちはこれ以上同行できないの」

「ありがとう」とイヴリィは答えた。「ところでおまえたち、名前はなんて言うんだい？」イヴリィが二人の随行者の方を振り返ると、二人の姿はもう見えなかった。

イヴリィはスロープを下り、一番近くのガラスの温室に入った。むっとするような湿気を含んだ熱い空気が全身にあたり、ほとんど息苦しさを感じた。空気は甘く、麻痺させるような、腐敗の臭いがした。イヴリィはこみあげる吐き気をこらえねばならなかった。左右に続く黒土を盛った苗床には無秩序に入り乱れて大ぶりの茸《きのこ》が生えていた。青白く、肉が厚いそのかたちは身体の軟骨を思い出させた。茸は間に糸を引いていた。

温室から温室へ、水晶宮に向かって歩きながら――塔はどこからも目に入った――イヴリィは壁に沿って配された暖房管がいたんでいるのに気づいた。錆《さび》に侵食され、かさぶたのような箇所もあり、ところどころ破裂していた。同じことは黒い苗床の端に据えつけられた散水装置にもいえた。茸に水をやるためのものだ。いたるところで水が垂れ、蒸気が洩れる音も聞こえた。システム全体が古びていて、傷んでいるようだった。紫薔薇色の明かりを放つ光源も、ブリキ板のシェードは凹《へこ》み、斜めに垂れ下がり、曲がり、ところどころでは光源自体が欠けていた。そのような暗い場所では、黒い、泥のような地面に茸が生えていなかった。

ついにイヴリィは、中心にある水晶宮に着いた。途中、だれにも出会わなかった。階から階へと、イヴリィは塔を上った。聞こえるのは自分の呼吸と、ガラスの床板に響く、自分の硬質な足音だけだった。最上階の部屋は八角形をしており、そこからは監視塔のように、どの方角にも温室施設群を見渡すことができた。そして、それらすべての上、はるか高みには、ほのかな照明に姿を秘めながら、巨大洞窟の天井が、雲が垂れこめた重苦しい空のように、弧をえがいていた。

「やっと着いたかい。けっこう、けっこう」妙にこもった、低い女の声が唐突に話しかけてきた。

驚いてイヴリィは振り返った。八角形の部屋の向こう側に、長身で痩せた白衣姿の女が目に入った。影になっていたので、女の顔はよく見えなかった。

「レヴィオタン博士ですか?」イヴリィの言葉はつまりがちだった。

白衣の女はうなずいた。「もっと近くへおいで。もう目がよく見えないのさ」イヴリィは二、三歩近寄った。女史が手をあげた。「お止まり。それで充分」すると、部屋の真ん中にイヴリィは立っていた。なんとなく落ち着かなかった。しばしの間、なんの音もしなかった。二人は互いに相手を見つめていた。

女史はイヴリィより頭ひとつ余り丈が高かった。青白い、細面《ほそおもて》の顔は端整だったが、厳格、というより、実にきつい印象を与えた。その顔かたちからは、女っぽい若者なのか、若者っぽい女なのか、判然としなかった。何となく男女両性がそこには含まれていた。少しつり上がった、暗い色の目が、まばたきもせず、イヴリィを見つめていた。その視線から催眠術のような力が降りかかるのをイヴリィは感じた。それでも逆らう意欲は起こらなかった。女史は銅色の髪を短く、ほとんど男のように刈っていた。唇にかすかな微笑をうかべていたが、しかしその微笑《ほほえみ》はイヴリィのためではなく、いつもある一般的なものに見えた。だが、明るい微笑という印象は与えなかった。逆にそれは言いようのない悲劇的なオーラを女史に与え、イヴリィがそれ以上近寄ることを不可能にした。イヴリィは目を伏せた。

「おまえの窓は私たちを危険におとしいれた」女史の声がそう言った。

「おれの窓？　どういう意味だ？」

「かわいい影さん。残念だが、おまえは芸術家らしいね。私が言わんとするのは、おまえが自分自身のひらめきを理解していないということさ。そう、おまえの窓だよ。最初から知っているよ、おまえが何を描こうとしていたのかを。おまえが無意識に描いていたのは、このガラスの温室さ。でも、これでおまえもわかったわけだね。そうだろう？　もうこれでよくわかったろう？　それに、これまでいつも足りなかったのが何か、ということもわかるさ。それはこの窓から見えるものなんだ。おまえはそれを描けなかった。それを見て肝をつぶしたからね。おまえにはショックかい、それを知るのは？」

イヴリィは自信がなかった。「おれが見たものがそれだったか……よくわからない」

女史は声もなく笑った。「よりによって、私たちの中にひそむ創造性が、動機を意識させなくするとは驚きだね。少し勇気を出すのさ！　かわいい影さん。おまえの心の中にある、秘められたさまざまな憧憬《どうけい》を受け入れれば、気分がはるかに良くなる。私が保証するよ」

「そうかもしれないな……」とイヴリィはつぶやいた。

「おお、それはたしかだとも。でも、おまえは自分でそう悟らなければならないんだ。私の口真似ではしかたがない。おまえにも私にも役に立たないからね。それに、今、私にとても必要なのは、おまえの協力なのさ。もちろん自主的な協力だがね」

「おれの協力？　おれに何をしろと言うのだ？」とイヴリィは問い返した。

レヴィオタン女史は視線をイヴリィからはずし、ガラスの温室群をゆっくりと見まわした。ガラスの温室群は微光を発しながら、まわり一面、はてしなく広がっていた。「ここまで来る道で、おまえも見ただろう。私たちの施設がいかに惨めな状態かということを。補修仕事に適した人間がここにはいないのだよ。でも、この施設がなければ、私たちの仕事はできない」

「あの茸だが、あれは何だ？」とイヴリィは尋ねた。

女史はもう一度イヴリィの方へ向き直り、声がない独特な笑いを発した。「おまえはあれを見て、ぞっとしたというわけだね。たしかに、見た目はとても気味が悪いことを私も認める。でも、あの茸は私たちの一番たいせつな宝物なのさ。あの茸から私たちは薬を作っている。ＧＵＬ《グール》という薬だけれど、この薬はベヒモートとの戦いにおいて、私たちの最強の武器なのさ。ＧＵＬというのは、単なる化学式で……」

女史はその化学式をイヴリィに説明し始めたが、イヴリィには女史の言うことが皆目理解できなかった。

「胞子さ。胞子から薬を抽出するんだよ。でもこの心配はおまえには無用。茸の培養の世話や加工はほかのものがするからね。おまえの仕事は施設の補修維持だけだよ」

「その薬はだれが使うんだ。効き目はどうなんだ？」イヴリィは知りたがった。

「失礼、失礼。うっかり言い忘れたよ。もちろんおまえが知らないことさ。だれよりもおまえは知らない。だからおまえはここにいるのだもの。おまえには効かないのさ。それとも、効き目がなくなってしまった。どうしてだか、私たちにもわからないのだよ」

女史は息をつぎ、ちょっと考えこんだ。

「つまるところ、」しばらくして、女史は話を続けた。同時にガラス張りの壁に沿って歩き出したので、イヴリィもそれに合わせて身体の向きを変えなければならなかった。「ベヒモートのシステムだけど、つまるところ、このよくできたシステムが狙う目的はひとつ。その犠牲者を苦しませること。かわいい影さん。おまえも、それを身をもって知っただろう。なぜそんなことをするのかって？　それは、完全なる権力への渇望というのは、それ自身が疼痛《とうつう》のようなものだからじゃないかね。それをしずめることができるのは、他の者の苦痛だけなのだよ。苦しめることで、ベヒモートは一種の鎮痛作用を得ているのかもしれない。でも、それは私たちには、結局はどうでもよいこと。助けを必要としているのはベヒモートではなくて、その犠牲者だからね。私は医師だから、おまえも知っているように、医師の職業モラルは、苦しむ者を助けることを義務づけている。おお、もちろん知っている。これは議論が尽きないところだって。だが、結局はとても単純な真実に行き着くわけさ。つまり、苦しみを和らげたり、防いだりすることは善いことで、苦しませ、苦しみを増やすことは悪というわけ。そこでGULだけど、この薬は、多くの者たちに、そもそも苦しみが起こること自体を防ぐのさ。さらに、苦しみが起きてしまったときには、当事者自身にとって、その苦しみが知覚の限界以下になるように減少させる。苦痛を感じなければ、つまり苦痛じゃないのだからね。GULは一種の麻酔薬と言える。ベヒモートの拷問方法だけに効いて、苦痛を感じさせなくし、それ以外の機能は損《そこ》なわない。通常の患者の場合、ほんの微量で足りる。食事に混入すると、患者は知らぬうちに摂取するのさ。重症の場合には投与量を増やさなければならないけれどね。でも、きわめてまれな症例だけど、この薬に対して先天的、または後天的抵抗力を持つ患者もいるようだね。ちょうど、かわいい影さん、おまえの場合が明らかにそうであるように。その場合、私たちにできることはただ診断だけで、原因はまだわからない。おまえは気がついていないようだけど、数知れない睡眠時のあいだに、高単位のGULをおまえに注射したのよ。効き目はなかったけれど。おまえがこの先も窓の絵を描き続けるのをやめさせるためには、そうせざるをえなかった。ベヒモートはそうでなくとも怪しみだしていたし、おまえは手がかりを与えるかもしれなかったからね。その後、その特異体質のおかげで、おまえこそがこの温室の世話に適していることを思いついた……」

「なぜだ。なぜおれが適しているのだ」とイヴリィは尋ねた。身体の向きをまわし続けているので、少し気分が悪くなった。それに、疲労感と睡魔《すいま》のために、なぐさめ女史の単調な声に耳を傾けるのがつらかった。

「それはしれたことじゃないか」と言う女史の声が聞こえた。そこに初めていらだちが少し感じられた。

「よくお聞き、血のめぐりが悪いふりをするんじゃないよ。私は時間がないんだから。とても忙しいのよ。だから、もうわかっていることを尋ねるのじゃない。それに、お互いに信頼しなくてはならないだろう。同じ側にいるのだから……」

イヴリィは疲れ切った姿でうなずいた。質問はまだたくさんあったのだが、思いつかなかった。イヴリィは床に座り込むと、頭を手でささえた。こらえられぬ疲れが襲ってきた。しばらくの間、説き伏せようとする声がだんだん遠くから聞こえるように思った後、イヴリィは深い眠りにおちた。

目が覚めると、イヴリィは八角形の部屋に一人でいた。頭がもうろうとして、空虚な感じがした。一種不鮮明なかたちで、自分の中身を吸い取られたようだったが、長い間カタコンベで悩まされた苦痛はあとかたもなく消えていた。それだけでもイヴリィはありがたいと思った。

なにをすればよいのか、尋ねようにも誰もいなかった。そこで、イヴリィは探索に出ることにした。水晶宮を上から下まで調べつくし、やっと地下に工作室のようなものを、少なくとも昔はそうだった部屋を見つけた。中に散乱する工具類の大部分は赤黒く錆びついていて、ほとんど使用に耐えそうもないが、それでも二、三は、手を入れれば、当座の役には立ちそうだった。部屋には寝椅子もあり、やぶれて埃《ほこり》だらけの毛布が二、三枚、それに皿とスプーンが一本あった。イヴリィはこの部屋をこれから自分の住居《すまい》にしようと思った。

その隣の地下室では、イヴリィは温室用のさまざまな予備部品が入った木箱がたくさん積み上げられているのを見つけた。暖房用パイプやポンプやランプや針金や電線やそのほか色々なものが入っていた。イヴリィはすぐに仕事に取りかかった。

続く日々、イヴリィは計画だてて作業を進めた。まず、水晶宮の周辺にある温室で、傷みが著《いちじる》しい箇所から修理に取りかかった。そのあたりが全システムの中心部だと推測したからだ。たとえば大規模な主ボイラー室があって、はりめぐらされた配管網が蒸気や温水を供給しているとか、照明設備の配電室とかである。しかし、そのような設備は、そのときも後になっても、見つからなかった。そのような中心部はないのだ。

後になると、イヴリィは計画をたてることを放棄し、その場その場で行き当たる箇所の修理をした。当初の熱意は、いつか片意地な頑固さに変わった。施設全体がそもそもどのような配置なのか、どうしてもわからないため、あちらこちらに修繕箇所を見つけて、つぎはぎのような修繕をする以外には方法がなかった。だから、修理した箇所も、いつかは再度故障することになった。こちらの端の修理が終われば、向こうの端ではまた、修理ずみの故障がぶり返すか、あるいはまったく新しい故障が起こっている始末だった。高温多湿の空気と、茸の瘴気《しょうき》が臭う中での仕事は楽ではなく、汗をかいた。幾時間も体を酷使する仕事の後、息苦しさに咳き込みながら、床に倒れ臥すことがしばしばあった。しかし、イヴリィを一番疲労させたのは、腐朽《ふきゅう》に対する終わりのない戦い、絶対に、たとえわずかな時間ですら勝ち目がない戦いだった。

それでもイヴリィはこの仕事を投げ出さなかった。自分のほかにそれができる者はだれもいないこと、それに、この仕事が、悲惨な状態にある影の民が得られる唯一の救いの前提条件だと知っていたからだ。自分の苦労が報われるときがまだわからないとしても、それは無意味ではない。この思いがイヴリィを支えた。

これらの日々で、女医の姿を見かけることはなかった。茸はしばしば収穫されているのがわかるのに、女医の部下とさえ出会うことがない。収穫は、いつもイヴリィがいないところで行われているにちがいなかった。それに、イヴリィが地下室に戻ると、だれかが差し入れた食料が、いつもそこに置かれていた。それだけでなく、時々は予備部品の入った木箱が届いた。それがどこからどのように運ばれるのか、イヴリィは知らない。それを考える余力はもうほとんどなかった。食事が終わるやいなや、寝床に身を沈め、死んだように眠るのが常だった。もう窓のことは思わなかった。今ではイヴリィは窓に取り囲まれていた……

それでも、思いがけない出会いがあったのは、イヴリィがこの仕事を始めてから、ずいぶんと時が過ぎた、ある日のことだ。それは水晶宮から一番遠いところ、施設群の最北端にある温室で起きた。イヴリィはいまだそこまで足をのばしたことがなかった。その温室の片隅にぼろきれが一山あったのだが、イヴリィは最初気にとめなかった。そこから、一定の間隔でささやく声が聞こえてくるのに気づいたのは、しばらくたってからのことだった。

「壊すんだ……みんな壊すんだ……どうか、信じてくれ……」

目をこらして見ると、そのぼろきれの山が、途方もなく年老いた男の住処《すみか》であることがわかった。老人は息もたえだえで、身体はやせ細り、顔には信じがたいほどの苦しみが刻み込まれていた。このような顔をイヴリィは影の民のあいだにいまだかつて見たことがなかった。

イヴリィは老人を抱えあげた。人形のような軽さだった。イヴリィは老人を水晶宮の地下にある自分の住居へ運んだ。そこで、老人に自分の食料を分け与え、一匙《さじ》ずつ老人の口へ運んだ。そして、自分の寝床に寝かせようとすると、老人は逆らい、イヴリィにしがみついた。老人はその歯が抜け落ちた口もとへイヴリィの耳を引いた。

「わしは今まで死と戦ってきた」と老人はささやいた。「おまえがきっとわしを見つけてくれると思っていたからだ。だが時間はもうわずかしかない。おまえは、わしの言うことを全部信じなきゃならん。これが真実だ。わしはこの温室での、おまえの前任者なのだ。それればかりか、わしはその昔、この施設を端から端まで設計した技師なのだ。そうだとも、あの頃はわしのすることが正しいと信じていた。ちょうど今のおまえのようにな。だが、わしはなぐさめ女史の魂胆《こんたん》を見とおした。みんな嘘だ。嘘以外のなにものでもない……」

老人はびくっと体を起こした。イヴリィはそんな老人をやさしく寝床へもどした。

「まずは休むんだよ。あとで一部始終を話してくれ」とイヴリィは言った。

老人は喉《のど》を苦しそうに鳴らし、頭を激しく振った。「だめだ、もう後《あと》はないんだ。わしはずっと隠れていた。やつらは、わしがおまえに本当のことを語るのを防ぐため何だってすることだろう。その理由はおまえもすぐにわかるが、わしの話を中断しないでくれ。このためだけに生き延びてきたのだ。それももうすぐ終わる。いいか、影の民に起こったことはわしにも罪があるんだ。わしは間違いの償《つぐな》いをせねばならん。それをおまえが代わりにするのだ。もうここのものを修繕してはならん。逆だ。ここにあるもの全部を破壊しなければならない。今すぐに。この温室群、この忌まわしい茸、みんな壊すんだ。約束してくれ……」

「なぜそうしなきゃならないんだ」イヴリィは呆気《あっけ》にとられた。「ベヒモートの虜囚《りょしゅう》に与えられる唯一の鎮痛剤……」

「みんな嘘だ」老人は喉をぜいぜい言わした。「あの女はおまえに、ベヒモートが敵だと言ったのか。そうだろう、そうすればみんなはあの女を信じる。わしも信じた。だが、本当はあの女はベヒモートとぐるなんだ。ベヒモートにはあの女が必要なのだ。あの女がいないとやつは何もできない……あの女はやつの情婦だ。一緒にいるのを見た。二人が話しているのを耳にしたことがある。影の民をどうするかという計画だ。あれほど邪《よこしま》なことをわしは聞いたおぼえがない。わしが盗み聞きしたことに気づくと、やつらはわしを処罰した。それから後は聞かないでくれ。見てのとおり、わしはやつらからうまく逃げ出した……」イヴリィの舌はうまく動かなかった。「でも、おれには何がなんだかわからない。ベヒモートは影の民をミスライムで虜《とりこ》にしている。影の民が苦しむことで、権力への渇望をいやすためだ。そしてレヴィオタンはベヒモートのたくらみをつぶすために、虜囚の苦しみをやわらげている……」

「おお、そうだとも、それがあの女のしていることだ。だが、どのような方法でだ？　あの忌まわしい薬を影の民に与えると、すべて忘れてしまう。そうとも、みんなは虜囚であることすら忘れる。これまでいつも影の民だったわけではないことも忘れる。ミスライムのカタコンベの外側に別の世界が存在することも忘れる。影の民は昔そこからやって来たのだ。以前も以後もみんな忘れる。問いかけやあこがれもすっかり忘れるのだ。おお、そうだとも、みんなは現状に満足している。思い出がなく、比べることができないのだからな。みんなに残されているのは個々の瞬間だけなんだ。奴隷状態以外を知らぬ奴隷はおとなしい奴隷だ。俘虜《ふりょ》生活しか知らぬ俘虜は自由がないことに苦しまない。これこそが、なぐさめ女史が与える救いの方法なのだ」

　老人はまた寝床に身を倒すと、苦しそうに息をした。

　イヴリィは老人の顔を見つめながら、口の中でつぶやいた。「おれの窓……おれの窓は……やはりおれは正しかったのだ……あの先は別の世界だった……」

「おまえとわしは、わしらは、好むと好まざるとにかかわらず、忘れることができない者に属するんだ。ＧＵＬはわしらには効かない。わしらは例外なのだ。わかったか、なぜ、やつらがわしらを必要とするのかを。みんな忘れてしまう助手が何の役に立つものか」老人が弱い声で語った。

老人の話が真実であることをイヴリィは今や確信した。イヴリィにはそれがわかった。自分自身の真実だからだ。いままで長い間、自分の内で沈黙させてきた真実。そして今、その真実があらんかぎりの力でふたたび姿を現したとき、体の中に激しい怒りがこみあげてくるのをイヴリィは感じた。それは全身に痛みが走るほどの怒りだった。

「それで、もし影の民がこの忌まわしい薬をもらうことをやめれば……」とイヴリィはかすれた声で言った。

「そう」老人はほとんど消え入りそうな声をかろうじてしぼり出した。「みんなはひどく苦しみだすだろう。思い出しはじめるから……、だが、ミスライムから脱出する道はそのほかにはない。だからおまえはみんなを苦しませなければならない。全部破壊するんだ……行け、壊せ、早く壊すんだ！」

老人はがくりとくずれ落ち、頭が横に倒れた。急に奇妙に小さく見えた。老人は死んでいた。

「ああ、そうするとも。見ていてくれ」イヴリィはあらい声で言った。

イヴリィは錆だらけの工具の中から、一番重いハンマーを取り出すと、地下室を出て、ガラスの温室へ歩いた。

長時間を要する、苦労多い補修作業にくらべて、破壊は速やかに進んだが、それでもずいぶんと時間がかかった。温室施設群の全体規模はあまりに巨大であり、イヴリィはたった一人だった。イヴリィは一枚残らずガラスを破り、鉄管を壁から引き剝がし、茸を足で踏みつぶした。つぶされた茸はたちまち溶解して、粘液状の泥になった。さらにイヴリィは照明設備をひとつ残らず壊した。ひとつ、またひとつと温室は闇の中に消えていった。イヴリィは一種の凶暴な執念でもって暴れ回り、大声で笑い、ついには疲れ切って床に身を投げ出すと、しばらくの間眠った。そして、また力を奮い起こして立ち上がり、破壊作業を続けた。そのようなイヴリィにくり返し新しい力を与えたのは、影の民解放のために戦っているという意識だけでない。途方にくれたイヴリィとその人のよさを、あのような忌まわしい方法で利用した偽善者レヴィオタン女医に対して沸き上がる個人的な怒りもそうだった。このような力をイヴリィはいまだかつて身の内に感じたことがなかった。実を言えば、施設をひとつ残らず破壊しようとするイヴリィを力ずくで制止するため、レヴィオタン女医自身か少なくとも部下が姿を現すのを心待ちにしていたのだ。たとえ負けようとも、女医一派との戦いをイヴリィはほとんど切望した。だが、戦いは起こらず、イヴリィはあいかわらず一人きりだった。ここにいたって、女医たちはイヴリィを恐れているのだろうか。見抜かれたことに耐えられないのか。ひょっとすれば女医たちは、イヴリィやほかの民が今まで信じていたほど、強大ではまるでないのだろうか。

そうこうするうちに、最後の温室が瓦礫《がれき》と化し、最後の照明が消えるときが来た。これで終わりだった。イヴリィは一寸さきも見えぬ重い闇の中に立っていた。無計画に破壊作業を進めてきたイヴリィには、今いるところが巨大な洞窟のどちら側なのか、かつて妖《あや》しい光の海を眺めたスロープはどこにあるのか、それすらもわからなかった。そろそろと探りながら歩を進めた。靴底の下ではガラスの破片がきしみ、泥が粘った音をたてた。自分の破壊衝動をまぬがれた残骸で方角をさぐろうともしたが、出口が見つかるのぞみは小さかった。それに、実を言えば、自分がどうなるかはイヴリィにとってどうでもよかった。イヴリィは義務を果たした。

しかし、今度こそは幸運が味方したようだ。スロープが見つかった。イヴリィは通路を手探りで通り、あの秘密の扉に着いた。むろん扉は開かなかった。信号が思い出せなかったからだ。しかし、重いハンマーをまだ引きずっていたので、それで扉はたやすく破ることができた。イヴリィはミスライムのカタコンベに戻った。

一体どのような光景を期待していたのか、イヴリィは問わなかったが、だが、最初に受けた印象は落胆の衝撃だった。何も変わっていなかった。これまでと同じ、影の終わりのない行列。影は従順に迷宮のような通路を歩き、階段を越え、橋を渡って、ありとあらゆる方向へ進み、作業を行い、食料を身体に収め、岩壁のくぼみで睡眠時を過ごしていた。それはイヴリィがそこから連れ出された当時と寸分変わらない。だれもが大指令者の声におとなしく従っていた。声がすべてを決め、みんなはそれで満足しているようだった。そう思った後、イヴリィはしかし、もう少し我慢しろと自分自身に言い聞かせた。GUL、このおぞましい忘却漿液《しょうえき》の欠乏が、時とともに徐々に効果をあらわすだろう。

事実、最初の禁断症状を見るまで長く待たなかった。それはイヴリィが予想したよりはるかに恐ろしかった。この種の苦痛に慣れた者は影の民に一人としていなかった。そのため、最初の反応は過度に激しかった。ある影はまるでかんしゃくでも起こしたように突然地面に身を投げ、手足を激しく打ち振り、耳をつんざく金切り声で助けを求めた。ほかの影はパニック状態で駆け出し、拳や、頭まで壁に打ちつけはじめ、倒れるまでやめなかった。またほかの影はその場に座り込むと、まるで身動きせず、窒息するかのように白目をむいてぜいぜいとあえいでいた。まだそのような症状がない影は、なす術《すべ》もなく、恐怖におののきながらこれらの光景を見つめていた。禁断症状のケースは時とともに増えた。偉大な指令者のしわがれ声にしたがう影の数は減る一方だった。眼前に展開する光景はあまりに悲惨であり、イヴリィは見るに忍びなかった。できることなら、おこなったことをすべてもとどおりに戻したいと思ったほどだ。イヴリィは自分自身の経験から、これらの苦痛をあまりにもよく知っており、責任を感じた。むろん、本当はこの不幸を引き起こした張本人は自分ではなく、これで不幸はついに明らかにされたのであり、それは不可避であり、結局は必要なのだと、幾度も自分に言い聞かせていたのだが。

ついにあたりは万魔殿のような光景を呈した。狂乱の群衆は分別ない恐怖と絶望にうねりながら流れ、押し寄せる波となってぶつかり、下敷きになり、踏みつけられた。影たちは泣き叫びながら、迷宮の坑道や大きな洞窟を、ところかまわず駆けまわった。これを無意味な大量殺戮《さつりく》に終わらせぬためには、すぐになにかが起こらねばならなかった。この隅々まで広がった混乱を、目的ある反乱へと転換させねばならない。あの牢番と戦い、外の、広々とした世界へ脱出する道を秩序立ててさがすように仕向けるべきだった。

徐々にイヴリィは聴衆の数を増やすことに成功した。はじめは、話を聞くところまで落ち着かすことができた影は少なかったが、しばらくすると、目に見えて増えた。ここに事情通がいて、救いの道があるというニュースが影のあいだで飛ぶように伝わったからだ。百人が千人となり、集まり来る群衆の数はますます増えた。みんな口をぽかんと開け、飢えたようにイヴリィの言葉に耳を傾けた。イヴリィは大きな洞窟で台の上に立ち、熱弁をふるった。自分が体験したことをひとつ余さず影の民に語った。そして、団結して戦い、暴力は暴力で破り、権力者から影の民の自由を勝ち取るのだと訴えた。

話が理解できない影もいたが、だれもがイヴリィの後に従った。棒やパイプや工具類、武器になりそうなものを手に手にとり、隊列をなすと、ついには影の巨大軍団がはてしない迷宮の中を行進することになった。「出てこい、ベヒモート！　出てこい、ベヒモート！」「おまえの終わりはわれらの門出だ！」シュプレヒコールが大声で叫ばれた。

行進が始まった当初、すべては徒労であるかに見えた。反乱が空振りのまま自然消滅するのを待つというのが、司令部の戦略計画であることは明らかだった。だが、そのとき、まったく予期しないことが、イヴリィにも理解できぬことが起こった。あたかもミスライムの外側から叫び声にこたえるかのように、カタコンベの壁や天井が地震のように振動しだしたのだ。はじめは弱く、そしてだんだんと激しくなった。それでも、まるで奇跡のように、けが人は出なかった。岩壁が崩れ落ちなかったからだ。岩壁は忽然と消えた。言わば、もとから何もなかったかのように、無と化したのだ。この不可思議な出来事は雷鳴のような大音響とともに起こった。それははてしなく遠くからの響きに聞こえた。大きな人声のようだ。声はこう呼んでいた。こーい！　こーい！　こーい！　だが、むろんそれは言葉ではなく、崩壊する岩壁の鳴動だった。

行進していた群衆の足が止まった。だれも一歩も動かなかった。たがいにしがみつく影が多かった。そして、突然それは起こったのだ。みんなは驚き、唖然《あぜん》として見ていた。

長々とした大きな洞窟の先の壁に亀裂が走り、みるみるうちに広がったのである。その間から燦々《さんさん》と降りそそぐ光はあまりに明るかった。少なくとも光から遠ざかっていた影の民の目にはそうだった。みんなは手をかざしたり、顔を斜めにして光を見た。

「おれに続け」とイヴリィは叫んだ。「あそこだ！　あれが外へ出る道だ」

駆け出そうとして、イヴリィは立ち止まった。うしろから押し寄せる群衆に前へ押された。目を射すような逆光の中で、イヴリィは壁の裂け目の前に立つ二つの輪郭を見たのだ。長身で、影の民より大きかった。二人は微動もせず、待ち受けるように立っていた。その場から一歩も動かぬつもりなのは明らかだった。黒いシルエットだったので、顔がわからなかったが、一人は女医レヴィオタンにちがいないとイヴリィは思った。もう一人の輪郭はさらに大きいが、姿勢がくる病のように、奇妙に腰が曲がっていた。とても年老いた、大男の老爺のように見えた。その三角形の頭蓋には毛がなく、金属のように冷たく光っていた。さらに、四肢は、あたかも終わりがない痙攣《けいれん》で脱臼し、ゆがんだかのようだ。身体は灰色の鉛でできているかのように見えた。

イヴリィは全身の力を奮い起こした。二人に向かい、数歩前へ出て罵《ののし》った。「立ち去れ！　そこを退くんだ！　おれたちを止める権利はおまえたちにはないぞ」

イヴリィの後に続く群衆もイヴリィの言葉をくり返し、前へ押し進んだ。

鉛色の老爺が片手をあげた。あたりは静まった。

「だめだぞ！」老爺が口をひらく前にイヴリィが叫んだ。「聞くんじゃない！　二人の言うことは嘘だ」

「わしは嘘をつかない」鉛色の老爺が言った。その説き伏せようとするしわがれ声には、影の民のだれもが覚えがあった。「おまえたちに真実を話そう。聞きたくはないかな？」

「やめろ！　二人とも黙れ！　消えうせろ！」とイヴリィは叫んだ。

しかし、群衆の中から、いや、話させろ、という声がかかった。「二人の言い分を聞いてみようじゃないか」「われらの前で弁明すればいい」「どうせ止めることはできないんだから」

鉛色の老爺はゆっくりと話した。「おまえたちを止めようとはだれも思わぬ。今までもなかったし、これからもない」

「それは本当だ」と叫ぶ者があった。「あいつは今まで姿を見せたことさえなかった。なぜだ。大指令者がこわがっていたのか」

嘲《あざけ》りのひそひそ声がたえなかった。

「いや、こわかったのではない」とベヒモートは答えた。「そうだろう？　おまえたちはやりたいことができるし、事実これまでそうしてきた。出て行きたいものは出て行くがよい。だれも止めはしない。その者が決めたことだ。わしらはそれを尊重する」

「今になって風向きが変わったのか」だれかが異議をとなえた。「なぜ急に変えるのだ。なぜもっと前からそうしなかったのか？」

「わしらが行ってきたのは、いつだっておまえたち自身の意志なのだ」とベヒモートは語った。「ただおまえたちがそれを知らないだけだ。どうやら、おまえたちとわしらの間には大きな誤解があるようだ。わしはよろこんでその誤解を解こう。二、三分わしの話を聞いてくれないか。その後で、何が良いのか、何が正しいか、自分で決めればよい」

「おれたちはもう決めたんだ」とイヴリィが叫んだ。「これ以上くだらぬ話を聞くことはない！」

「ベヒモートは何が言いたいんだ？」と他の影が叫んだ。「説明させろ！」

群衆の気は高ぶっていた。今までの確信にかげりがさした。口論を始める者も出てきた。再度群衆が静まるまで時間がかかった。そうしてベヒモートが話しはじめた。最初は疲れたような、打ちひしがれた声だったが、後になればなるほど力が増すように思われた。

「おまえたちが今、わしを憎んでいることは知っている。おまえたちを囚《とら》われの身にしてきたのはこのわしだと、だれかから言い聞かされたからな。おまえたちの苦しみは、癒《いや》されることがないわしの権力欲を満たすためだというわけだ。そうではないか？　このはてしないカタコンベ系、このミスライムの世界とは巨大な牢獄にほかならず、そこでおまえたちは苦しみ、わしはおまえたちを完全な奴隷状態で監禁しようとする、牢獄の長官だというのだろう？　それがおまえたちの考えじゃないのかな。だが、ここで問おう。おまえたちも胸に手を当てて正直に考えてくれ。いいか、これまでわしの下で少しでも苦しんだ者がおまえたちの中にいるか？　わしの支配下で、だれが重苦にあえいだというのだ。古き良き秩序がまだあったとき、おまえたちは自分の生き方に満足だったのではないのか？　おまえたちの幸せな生活のために、わしらは努力したのではなかったのか？　言うがよい。だが正直にな、おまえたちの中で、囚われの身と感じ、不幸だった者がいれば名乗り出よ」

「おれだ！」とイヴリィは叫んだ。

鉛色の老爺はゆっくりと腕をのばし、イヴリィを指した。

「この男一人、おまえたちの中でたったの一人だ。この男はおまえたちとは違う。特殊な例なのだ。この男はおまえたちの仲間ではない」

「だが、今、今はこの男と同じようにみんなが感じているんだ」幾人もの声が飛んだ。

「これまでおれたちは盲目だった。おれたちが何をされているのか知らなかった。この男がおれたちの目を開いてくれたのだ。今ではおまえたちが何をしたのかよく知ってるぞ」

ここでなぐさめ女史が初めて口を開いた。

「知っているというのかい？　本当に知っているというのかい？　おまえたちが知っているのはこの男が語ったことだけさ。この男こそがおまえたちに苦痛をもたらした張本人だって、こいつは話したかい？　おまえたちに苦痛を与えないための薬を作っていた施設があったが、この男がその施設を壊したんだよ。薬が手に入らないのは、この男一人のせいさ。この男はその前におまえたちに尋ねたかい、薬がいらないかどうかって？」

「その前に尋ねるなんて、どうしたらできるんだ」イヴリィは叫びたかった。「ほかの影たちはおれの言うことを理解すらできなかったろう」しかし、叫びは間に合わなかった。

「この男はなにも言わずに、おまえたちみんなの代わりに決めたのさ」と女医は話を続けた。「でも、なぜそうしたのか、この男はおまえたちに話したかね？　おまえたちの間で一人だけ、薬がこの男には効かないからさ。だからこの男はおまえたちみんなを病気にすることにした。おまえたちも一緒に苦しむように。おまえたちがこの男のしたいことをするようにね。この男一人だけではミスライムのカタコンベから出る道を決して開くことができなかったからなんだ。さあ、言ってごらん、おまえたちを利用したのはだれか。おまえたちを道具にしたのはだれか。自分の目的を達するために苦痛と不安と絶望をおまえたちに背負わせたこの男か、おまえたちをそんな目にあわせないよう最善を尽くした私たちか？」

影の民は迷った。迷う目や疑惑を含んだ目が、いや、そればかりか、すでに憎しみをこめた目がイヴリィの方に向けられた。

「聞いてくれ！」とイヴリィは影の民に訴えた。「おれたちは力を合わせてこの脱出の道を見つけたんだ。だからおれたちはみんなでこの虜囚生活から抜け出すんだよ。この二人がおれたちを囚人にしていた、それは確かなんだ。それにおれたちがここから脱出したいことも確かだ」

鉛色の老爺が再び口を開いた。

「この男は、おまえたちが脱出したいと言っているが、この外に何が待ち受けているのか、知っているのか？　外の世界はおまえたちが住める世界ではない。過酷な光一つをとっても、おまえたちは微塵に引き裂かれるだろう。右も左もわからなくなる。おまえたちが頼れるものがそこには何もない。巨大な空虚がおまえたちを呑み込む。一回の呼吸、心臓の一鼓動でさえ自分で決めなければならない。それに、決めたことはみんなおまえたちを永久に義務づけるのだ。もう一度言おう。そのような世界にはおまえたちは住めない。だからこそ、影の民はその昔、外の世界からここの地下へ逃げて来て、あの耐えられない光から逃れるための救いをわしらに求めたのだ。おまえたちを一時たりとも囚人にしたことはない。おまえたち自身の意志なのだ、わしらが従ったのは。おまえたちが仕えたのではない。わしらがおまえたちに仕えたのだ。おまえたちとともに、おまえたちのために、わしらはこのミスライムのカタコンベ世界を築き上げたのだ。おまえたちにとってできるだけ安楽にしたつもりだ。それなのにおまえたちはすべてを壊すというのか。おまえたちとは異なる、この男一人のために。もっとよく考えるのだ！　今ならまだ遅くない。おまえたちさえその気なら、ただちに復興に着手できる。みんな元どおりにできるんだ。さあ決めるがよい！　この男とともに脱出し、そこで滅びるのか。追放して、この男を処理し、われわれの世界が受けた深い傷が再び閉じ、治癒できるようにするのか」

イヴリィは答えようとした。ベヒモートの言うことが正しいはずがないと、みんなに叫びかけようとした。なんといっても影の民の出身地は外の世界なのだからと。しかし、一瞬イヴリィはためらった。イヴリィ自身もわからなくなったからだ。

深い静けさが垂れこめた。影たちは明るすぎる光から顔をそらしていた。手に持つ棒や鉄管は下ろされ、イヴリィに向けられた。影の民はイヴリィを少しずつ壁の裂け目へと突いた。みんなはイヴリィの方を見ないようにしていた。すべては無言で行われた。イヴリィは抵抗しなかった。裂け目から外に突き出されたとき、はじめてイヴリィの絶叫が聞こえた。その叫びは何重もの残響となり、背後で壁のすき間がふたたびゆっくりと閉じるあいだも迷宮の通路や洞窟にこだました。影の民のだれもがそれを聞いた。だが、それが歓喜きわまる叫びか、絶望の、最後の叫びか、後になって言える者はいなかった。

夢世界の旅人マックス・ムトの手記

今朝の老寵姫《ちょうき》はまったく気さくだった。その命で、謁見のため寝室を訪れた私は、このおそろしく年老いた愛妾と私のほかには寝室に誰もいないことを知っておどろいた。老寵姫の身体をおおうのは宝石だけだが、あまりにその数が多いので、白い肌はかさぶたでおおわれているように見えた。高く重ねられた絹の枕に支えられて、彼女はベッドの上に身を起こしていた。ベッドは大きな棺桶の形をしている。思わず私は、この愛妾は死んでからもうどれくらいたつのだろう、と自問した。

「間抜けな若者のように、つっ立っているんじゃないの」と老寵姫は微笑《ほほえ》みながら言った。「さあ、おすわりなさい、マックス」

ほかにすわるところがなかったので、私は棺桶の端に腰をおろした。老寵姫は自らの手で朝食のココアを私に一杯注ぎ、おまけに葉巻に火までつけてくれた。そして、まるであからさまに媚《こ》びをこめた目で私を見つめた。そのときに私は、老寵姫の目が、ある種の蛙に特有な、金色の虹彩《こうさい》を宿していることを知った。

それを告げると、彼女はそのお愛想がことのほかお気に召したようだ。これほど多くの寵愛の証《あかし》を前にすれば、私の願いが聞き入れられることを期待してもおかしくないだろう。

老寵姫が身につけているのは、肘《ひじ》までとどく長手袋だけだったが、その一方がカナリアの黄色、他方が暗い紫色と、二色立てなのは、最初私をとまどわせた。尋ねると、暦の都合でいつもそうしているのだと言う。左手の手袋は月をしめし、右手のそれは日を告げるのだそうだ。もちろん色は暦に応じて変わる。老寵姫が言うには、そのおかげで、ぼんやり屋のためなにかと整理が悪く、すぐに取り違える彼女が、いつでもたやすく自分のお気に入りを見分けられるとのこと。それでこれも納得がいった。

ひとしきり、世間話を交わして、その間に私が老寵姫を二度、三度笑わすことに成功した後、用件は、と尋ねられた。

「あなたさまの図書室は、プロの夢見人のあいだではたいそう有名でございます。万巻の書がそろっているだけではなく、この世に二冊とない本も数多く所蔵されているからでございます。ところで、言語学部門に、姫にはつまらなくとも、私にとってはかけがえのない値打ちの辞書が一巻、棚にあることも知りました。どうかこの辞書を私にお貸し下さいますように。永久にとは申しませんが、少なくとも数年間お貸し下さい」

老寵姫は思案顔でココアをひとしきり啜《すす》り、こう言った。「おまえには、とても大事なことのようだから、その辞書を貸してあげよう。かわいいマックス。でもそのまえに、お返しの仕事をしてからね」

私は一礼した。「この「そのまえに」というのは、私の旅のいつも変わらぬ掟のようでございますね。姫、もちろんそのつもりでございます。なにをおのぞみでしょう?」

老寵姫は訝《いぶか》しげな目で私を見つめた。「マックス、甘く見てはだめ。私の条件はそれほど難しくは聞こえないかもしれないけれど、でも、あなたの勇気と努力をその極限まで要求することになるかもしれないわよ」

たやすいか、難しいか、てんでどうでもよいことだ、と私は思った。当初からの、ことの流れを見ても、今回の様子でも、条件はけっして満たされることがなく、新しい条件のために先へ延ばされるのだ。もっとも、それを口には出さなかった。大きな声で私はこう言ったのだ。「麗《うるわ》しき姫、それが何であるにせよ、私はどのようなことでもするつもりでございます」

「よろしい」と老寵姫は答えた。「こういう話なの。何年も昔のこと――いつのことだったかもう忘れてしまったわ――私はこの国最高の建築家六人に、西の砂漠の中に都市を建設するよう、依頼しました。この都市は、どのような観点からも完璧なものであるべきで、だからその名も「中心《センター》」となるはずでした。わかるわね。建築家たちはレンガ組み工や大工や石工やその他の職人を大勢引き連れて、私の命を遂行するために出発したのです。それからまったく何の音沙汰もありません。マックス、あなたにやってもらいたいのは、建築家や職人たち、それから、このプロジェクトがその後どうなったかを速やかに私に知らせることです。自信はおあり？」

「全力を尽くしましょう」と私は約束し、その場を辞した。

西の砂漠は城のすぐ背後に広がっている。そこへ出るのは、使用人用の裏口を通るのが手っ取り早い。ただし、この裏口へ行くには巨大な台所を通り抜けねばならない。そこでは何百人ものコックが、めらめらと燃え上がる炎のもと、沸騰する鍋や、肉を焼く音がするフライパンを前にして日夜働いている。そのなかの、ケルという名のコックが、ほとんど涙ながらに随行の許しを乞うた。われらの砂漠行に、食事の世話をする者がいれば便利なので、同行を認めた。

この空飛ぶ帆船にのって、もうどれほどたったろう？　相変わらず嵐を秘めた灰色の空の下を、相変わらず同じ幾何学の面の上を、相変わらずこの砂漠の真ん中に向かって、そして話に聞いた「中心《センター》」が一体全体あるのかどうかも知らずに。

われらとは、私と随行者のことだ。この団の構成は、いつも現在のようだったわけではない。現メンバーは医師のヘンツ博士、それに武器係のつもりでいるグラウブント陸軍大佐、そして私の秘書が二人。褐色の髪をして魔術に詳しいダルヴァン嬢と、金髪で、冷徹な理性の持ち主イジウ嬢である。そのほかには、何日かまえから、立ち襟《えり》、鼻眼鏡で口髭《くちひげ》をピンと立てた若者が一緒だった。この若者はある時突然そこにいた。名前はオイゲンというが、おそらく脇役にすぎないだろう。そして新しく隊員に加わった、前述のケル。このコックはいつも張り切るあまり、汗をだらだら流している太っちょの四十男である。最後に、当初から私の供をしている、お気に入りの毛並みのいい小動物がいるが、どの動物学分類に属するのかはわからない。このすばしっこい動物は焼いたように赤くやわらかな毛皮を持ち、瑪瑙《めのう》色の目をしている。私はブイ・ブイと名づけ、そう呼ぶと尻尾《しっぽ》を振った。

大半の時間、われらは巨大な白帆の下に、団体写真のグループのように座っていた。白い帆は頭上で風をはらんでいるが、石のように微動だにしなかった。時おり船長が姿を見せた。白髪で、明らかに盲目と思われる。通常、ある特定の昇降口から甲板に上がり、不確かな足取りでわれわれの側を通りすぎると、船尾にある別の昇降口へ消える。だれを指揮しているのだろう？　一体乗組員はいるのか？　船長の声を耳にした者はわれらの中に一人もいない。船長は目がみえないうえに口もきけないのかもしれない。

しかし、時々甲板下で、この船のふくらんだ巨大な船体の中で、なにかが行われていることをわれらは感じていた。これは皆の一致した意見だった。耳に聞こえるようなものではない。いや、そうではなくどちらかと言えば、立ち現れては消え、また新しく立ち現れる。ちょうど言葉を見つけえぬ思考のように……


ついにその都市を見つけた！

砂漠の中心をしめす、なだらかな丘の上、都市は一点の曇りもない純白を、背景の灰色の空にくっきりと際立たせて、われらの眼前に広がっていた。それは見惚れるような光景だった。

しかし、まずは距離を保とう。われらは都市の約一キロメートル前で船の錨《いかり》をおろした。さしあたり、ここで待ち、様子を見るのだ。

都市の建物は身動きしている。疑う余地はない。充分に長い時間をかけて、私は望遠鏡でこの白い都市の建物を観察してきたのだ。建物がその立つ場所をほとんど気づかぬくらい変化させていることが、天体の動きのようにゆっくりと行われているのでなければ、私はためらうことなく、建物が入り乱れて這《は》いまわっていると言うだろう。そう、建築物の中には、あまりにあからさまな形でたがいに身を寄せあい、いやそればかりか身を重ねているものもあって、これらの建物は——おそらく何百年もかかる——交尾の最中だという印象を与えずにはいない。

しかし、建物が実際に生殖すること、つまり子を生《な》したり、卵を産んだりする光景はどこにも見うけられなかった。その代わり、そこで行われているのは、いわば、とてつもない長寿生物の細胞分裂のようなものらしい。とても大きな建物は分裂して、無数の小さな建物になるのである。

それに、その旺盛な食欲！　ある建物が、他の建物を情《なさ》け容赦《ようしゃ》なく打ち倒し、たいらげるのを見たことも幾度かある。大方は小さな建物か、とにかく弱い建物が犠牲だった。でも、その逆の場合もあった。つまり、小さな建物の一群が、多勢のいきおいで、はるかに大きな建物を征服するのだ。たとえば、都市の真ん中で、山峰のごとくそびえる宮殿の場合がそうである。なぜか知らないが、われらはそれを「公文書館」と呼ぶようになった。

「公文書館」は、たくさんの子どものような小建物に文字通り包囲されていた。そして小建物はこの、なすすべをしらぬ大建築の裾をかじっているかのように見える。言うまでもなく、このプロセスは気づかぬほどのことなので、この表現も隠喩《いんゆ》として聞いてほしい。しかし、少なくとも「公文書館」の東側面には大きな穴が見え、爆弾の被害のように見えるのもたしかなのだ。豆粒のように小さな家が、そこにひしめき合い、巨大な建物の深奥まで連なっている。都市に足を踏み入れたものかどうか、まだ決めかねているので、その寄生虫のような建物が、すでに「公文書館」の体内においても繁殖しているのか、広間の中で、言わば屋内に街を形成したのか、言うことができない。

このような、疑う余地がない事実を前にしても、この白い都市が本当に生きているのかと問われれば、私は答えにためらう。おそらくこの答えを考えるのは暇つぶしにすぎないだろう。われわれは一体、何を生きていると称し、何をそうでないと言うのだ？　木は生きているのか？　川はそうではないのか？　海はどうだ？　雲は？　そして、物が突然話し出したり、自分の意思を持つ機械に出会ったことが、私の夢世界の旅で幾度あったことか。

ところでこの白い都市に住民はいないらしい。少なくともそれらしきものを今まで目にしたことがない。

私が老寵姫に話さず、姫も私に尋ねなかったことがある。あれほど私が彼女の図書室から、例の辞書を手に入れたいのは、何のためかということだ。

老寵姫の館へ行く前に、私は霧海に浮かぶグロンヒ島に立ち寄った。島の住民は妙な疫病にかかっていた。私は仮に「文字病」と呼んでいる。痛みや不快感はまったくないのだが、罹病者《りびょう》の皮膚には、感染箇所に文字がいっぱいできるのだ。凹版の文字で、天然痘のあばたに似ている。違うのは、炎症や膿瘍《のうよう》といった症状がまったく起きないことだ。文字は語や、ひとつのまとまった文を成している。しかし、この島の住民が知らない言語なのだ。それにもかかわらず、いや、だからこそグロンヒ島民は、それが超自然的世界からの重要なメッセージ、いやそればかりか、運命を左右するほどのメッセージだと信じてうたがわない。

この言語に関する唯一の辞書は、その文法をもおさめて、ほかでもなく老寵姫の図書室の棚にあるのだ。しかし島民たちの倫理意識では、この婦人は罪業の権化そのものとされているから、老寵姫と連絡を取ることはできなかった。そこで、代わりに私がしようと申し出た。私は、影の漁夫の鉄の帽子を借りようとしていて、島民がそれを前提条件にしたということもあったのだが。この帽子は磁性があり、磁石の役割をした。鉄の帽子はそれをかぶる者を常に正しい方向へ回す。この帽子がなくては、石化夫婦から与えられた課題を解くことができない。この課題の解決は……の前提条件であり、それはまたある前提条件の前提条件というふうに続き、私の夢世界の旅のはじまりまでさかのぼるのだ。だが、今、こうして考えると、その最初が何だったか、忘れてしまったことを白状しなければならない。

時がたつにつれ、神経に重くのしかかるのは、ここを支配する、完全な静寂である。あたかもまわりに広がる砂漠が、音という音をひとつ残さず呑み込んでしまうかのようだ。鳥の鳴き声も聞こえない。美しいさえずりばかりか、醜いそれすら聞こえないのは、鳥がいないからだ。一体今までに動物というものをまったく見ていない。ワラジムシやちっぽけな蜘蛛《くも》すら見かけなかった。木の葉や草が、風にそよぐ音もない。大気はガラスと化し、一切の動きを失っている。われらのまわりには黒い砂が広がるだけで、向こうには白い都市がある。この苦痛な静寂をやぶろうと、われらはあるだけの道具を使い、騒音をたてた。グラウブント陸軍大佐は鉄砲の連続射撃までやってのけた。この船上では、銃声はなんとか聞こえたが、白い都市に近づくにつれ、さだかではなくなり、ついにはかすかにそれらしい音がするだけとなった。今では、酷使した声帯を休めるため、筆談が唯一の会話手段である。

長時間、(筆談で)話し合った末、やはり白い都市の中に足を踏み入れることに決まった。もちろん、その前に考えうるかぎりの安全処置をとったことは言うまでもない。大佐は拳銃二丁に弾をこめ、その上、手榴弾をたくさんベルトにぶら下げた。医者のヘンツ博士は一人ひとりに薬を飲ませてまわった。何だか知らないが、これこれ・しかじか病の感染を防ぐのだと言う。だが、効き目が持続するのは三時間だけだから、それを超えてはならない。そのほかにも、都市を探検する間じゅう、まとまって行動し、必要があれば互いに助け合い、援護できるようにするつもりだ。

それでも、この現在のグループのうち二人は同行を断然拒否している。コックのケルと理性的なイジウ嬢の二人がそうだ。まあ、かまわないだろう。各自が自分自身で決めればよい。誰も強制はしない。それに、船に残る者がいるのはよいことかもしれない。手はずはととのえたものの、われらの身に何が起こるかはわからないのだから。

前回に書いたことを今日読み返すと、苦笑するだけだ。どんなに不安感がそこからは響いてくることだろう！　それなのに、われらが取った安全対策は全部無用だった。

二日二晩というもの、われらは白い都市の街路を歩きまわった。印象は圧倒的だった。これまでに完璧といえるものを見たとすれば、それはここだと言わざるをえない。そう感じたのは私だけではなく、同行の全員が同じ意見だった。隊員たちは感嘆のあまり、船に残った二人に白い都市について熱っぽく語り、飽くことがなかった。もっとも、この地の特殊な音響事情から、聞き手の二人には、それは興奮した口の動きとしてしか伝わらなかったが。

身を脅かすことはもとより、危険なことには出会わなかった。建物が気づかないほどゆっくりと、身を動かしているのは確かだ。ヘンツ博士は数カ所測量して、三ミリから五十七センチにわたる動きを確認した。それでも、この街を訪れる者には、なんら不安を感じさせなかった。

建物はすべて、白一色だ。高価な雪花石膏のように、内がすこし透けて見えた。しかし、それが鉱物質のものかどうか、私にはわからない。手で触れると、どこか暖かさがある。

つまり生きているかのようなのだ。いやそればかりか、その物質は身をすり寄せてくる。実際、手にやさしく身をゆだね、まるでふれあいを求めているかのようだ。

ここで、もっとも難しい問いに移ろう。それはこの建築の様式を何と言えばよいかだ。比較できる建物は思いつかないし、似たような建築を──夢世界の旅を通じて──私はついぞ見たことがない。ダルヴァン嬢はせっせと写真を撮っていたが、出来上がりには満足していないようだ。たしかにそのとおりで、白い都市で体験する、この独特な魅惑のひとかけらすら、再現する写真は一枚もない。

軽率な判断は慎まねばならないが、これだけは事実として認めることができるだろう。全体にせよ、部分にせよ、どの形も有機的世界の物体と似ていることだ。たとえばそこには「大聖堂」──少なくともわれわれはそう呼んでいる──があるのだが、その繊細な線条からなる支《ささ》え組織は、大腿骨の内部構造を思い出させた。最小の物質で最大の支える力を生み出している。そのおかげで、この建造物が与える、優美で軽やかな印象は、極上のものと言っていい。何といっても百メートルを越す高さなのだから。また、そのすばらしいシンメトリーで、球形微生物や滴虫類《てきちゅうるい》の放射線状構造を連想させる家──それが家だとしての話だが──もあった。ほかにも、植物の形や細胞や花や殻が、尽きることなく、新しく、おどろくような形で重なり、混ざり合っている。竹のような節があるミナレットの突端は、肋骨を浮かべた毬果《きゅうか》になっていた。その変化の多様さは、まったく尽きるところがなかった。どの形も一度きりで、同じものは二つとない。

しかし、このような形状の理由では、われわれが体験した、ほとんど恍惚とも言える快感の説明にはまだならない。今でもこの快感の残響は続いている。その理由は目には見えない。それはこの都市の隅々にまで息づく、純粋で根源的な生命力の、説明できない雰囲気なのだ。どこか、この都市の秘められた心臓部に、不老と長寿の泉が湧いているという気がしてならない。

ともかく、これが、われらがまっすぐに船に戻ろうとしなかった理由なのだ。携帯した食料の最後の一片一滴まで消費し尽くされてから、やっと重い腰を上げ、名残を惜しみながらこの都市に別れを告げた。もっとも、これは最終的な別れではない。というのも、できるだけ早く、この白い都市へもう一度戻ろうと、全員の意見は一致していたからだ。今夜にも再訪しようか。今夜はぐっすり眠ったあと、遅くとも明日の朝にはそうすることにしよう。われわれはまるで祭りの前夜の子どもたちのように落ち着かず、待ち遠しく思った。

しかし、そうするうちに、興奮も少しさめてきた。私は疲れを感じ、打ちひしがれたような、文字通り生気を吸い取られた気持ちだった。こんなことは生まれてからまだ一度も経験したことがない。互いに話はしなかったが、あきらかに他の隊員も同じような様子だった。私には、この手記を続ける気力すらない。

次の視察行に出発するまえに、何にしても、まず体力を回復させねばならない。ヘンツ博士さえも顔色が悪く、疲れ切った様子だ。そう、ぜひとも安全処置を改善しなければならない。この点では隊員全員の意見が一致している。それでも、出発すること自体には変わりはない。

このように、しかたなく休んでいると、いろいろと考えてしまう。ボロ布のような思いだ。

今、ここで体験するほど、私の存在の不条理が赤裸々に目に見えたことはかつてなかった。ああ、こんな終わりのない夢世界の旅はもうたくさんだ。言葉に言い表せないほどうんざりしている。自分自身の存在にすっかり嫌気がさしているのだ。もうこのような、あらゆることから目を覚ましたいと思っている。それが何を意味するにせよ。

だが、私は知っている。このさすらいの旅は、例の根源の課題を解かないことには終わらないことを。一番はじめの課題だから、それをアルファと名づけることにしよう。アルファを解くためにはちょっと後戻りしなくてはならない。そのためにはまずベータが要《い》るからだ。そして、ベータを解くにはガンマが必要、というふうに続く。今私はどこにいるのだろう？　もうわからなくなってしまった。永久に続くアルファベットのまっただ中かもしれない。でも、終わりのない列の中で、ある特定箇所といっても、それに何の意味があるのか？

まったく、そうこうするうちに、すっかり出発点から遠ざかってしまった。それがどんなことだったのかも思い出せない。この旅の全行程を通じて、私は後進しているのだ。一歩、また一歩、途上地から途上地へと。解いた課題はまだひとつもない。どの課題も別の課題が、そのひとつ前の課題が、それにとって代わるのだ。何の希望がまだあるというのか？　このうしろ向きの遍歴の旅で、大吉日に、偶然にも、うまい具合にアルファにお尻が突き当たることか？　そうしたらどうなるというのだ？

このようなことに頭を悩ませてもしかたない。この方法で根源を再び見つけうる確率は、そのかぎりない可能性を考えると、ゼロと言っていい。それに、根源に達すれば、すべてはまたはじめからくり返されることになる可能性も充分あるのだ。それを考えるだけでもぞっとする！

このことはもうこれ以上考えたくない。いやだ、もう考えたくないんだ。

体力の回復には、思ったよりも時間がかかった。それに、しばらく前から、ほとんど中毒とも言えるような欲求が私を苦しめている。隊員と一緒ではなく、たった一人で白い都市に戻りたくてしかたないのだ。

この欲求に比較できるのは、一種エロチックな熱狂のほかにはない。どう根拠づければよいのかわからないが、私はこう確信している。つまり、私だけが——それも私一人で挑戦しなければならないのだが——白い都市の秘密の中心を見出すことができると。それはあたかも予言のようであり、体力が消耗しているにもかかわらず、私はそれに従わねばならないと感じている。

他の隊員も同じような思いなのか、それは私の知るところではない。私が知っているのは、隊員たちの存在をうとましく感じることだ。なぜ夢世界を旅する私がお供まわりを引き連れていなければならないのだろう？　とどのつまりは私と無関係な者たちだし、私を理解せず、私にとってはお荷物以外のなにものでもないのだから。今回一度だけでもいいから一人でいたいと、私は真実思った。

例えばヘンツ博士だが、うんざりするほど幾度もメモをよこしてくる。いつも同じ問いだ——「この都市を建造した者たちはどうなったのか？」

私は肩をすくめて見せる。正直言って、この問いほど今の私にとってどうでもよいことはない。確かに老寵姫から私が受けた任務はそれをつきとめることだ。だが、今の私にとってそれがなんだというのだ。

ヘンツ博士は諦《あきら》めずに尋ねてくる。何らかの方法で博士を厄介払《やっかいばら》いできればよいのだが。それも永遠に。

たった今、全員の会合があったところだ(今回も筆談)。ふたたび白い都市の中に入るべきか、入るとすればどのような手はずを前もって整えなければならないか、それともこの探検を中止すべきか、云々。隊員の存在にうんざりなことがおおっぴらに顔に出ないようにするためには、ちょっとした自制心が要った。特に、よりによってオイゲンが、このまるで役立たずの便乗者が、心配気な顔で何度も横から私を見るのには腹がたった。近いうちにはっきり言ってやらねばならない。おまえはお情けでここにいるのだと。

冷徹なブロンド娘イジウ嬢とコックのケルは、今回も同行を拒否した。怖がっているように見えるが、ケルはさておいても、イジウ嬢の場合にはどうもピンとこない。彼女こそわれら全員の中で一番何にも驚かない人間という顔をしていたのだから。

まあ、かまわないだろう。数が少なければ少ないほどいい。

船上で一騒動あった。なにが起こったのか？　よりによってケルとイジウ嬢がいなくなったのだ。どこへ行ったのか誰も知らない。二人が出ていくところを見た者もいない。軽率にも、独力で白い都市の探検に出発したのだろうか？　ここ数日間の彼らの言動からはおおよそ信じられないことだ。それとも、なにかわからぬ吸引力に対して抗《あらが》いがたいものを、他の隊員よりもっと感じていたからこそ、この二人は今まで抵抗していたのだろうか？

二人だけで、徒歩で西の砂漠を越え、城への帰路についたとは考えられない。

なんにせよ、ただちにこの行方不明の隊員を捜索することが決まった。むろん私も捜索活動に加わる。気乗りはしないけれど。われらは、とるものもとりあえず、計画も立てずに出発した。

結局二人を見つけたが、もう手遅れだった。ケルとイジウ嬢は本当に一種癇《かん》のようなもの、つまり突然の圧倒的な感情の発作に襲われたとしか思えない。それ以外には、二人の行動は説明できない。

第一回探検で、われらは危険を避けるため建物の中には足を踏み入れず、歩いたのは街路や広場だけだった。しかし、ケルとイジウ嬢の二人は夢中で建物に駆け込んだにちがいない。文字通り吸い込まれたのだ。

やっとの思いで見つけたとき、イジウ嬢はすでにある建物と「合体」していた。それ以外にどう言えばいいのか私にはわからない。そこでわれわれが見たのは、巨大に拡大された、目を閉じた彼女のデスマスクだった。壁を内側から押し出したデスマスク。顔の輪郭はヴェールをかぶせたようにぼやけていたけれど、イジウ嬢であることに間違いはなかった。イジウ嬢は最上に満ち足りた表情で微笑んでいた。

イジウ嬢より難しかったのは、ケルを見つけることだった。ケルを呑み込んだ建物の横を幾度も通り過ぎていたのだ。そしてやっと、街路なかばまで飛び出している、ふくらんだ外壁がケルの異常に拡大された太鼓腹であることに気づいたのだ。そこには臍《へそ》まであった。しかし、頭や顔はどこにも見当たらなかった。

今回はパニック状態で、逃げるようにしてわれらは船へ戻った。

ここのところずっと隊員たちから離れていたので、どうやら長い相談の結果、意見がまとまったことを知らなかった。ヘンツ博士が私にメモを手渡した。そこにはこう書かれていた。

完璧な創造は創造主を呑み込んだ

そう、これが答えなのだ。心の底では私もずっと知っていた。この答えから、あの二人もまた死なねばならなかったわけはわからないが、それでも、条件が満たされたことは間違いあるまい。これで私は老寵姫のもとへ帰ることができる。そして、彼女の建設注文とその施工者たちがその後どうなったのか、伝えられる。そうすれば老寵姫は私に辞書を手渡すだろう。辞書を手に、私は霧海に浮かぶグロンヒ島へ旅して、文字病患者のあばたの意味を翻訳する。そうすればグロンヒ島住民は私に影の漁夫の鉄の帽子を貸してくれる。鉄の帽子は私を正しい方向へ向けてくれて、私は石化夫婦の条件を満たすことができる

……

つまり私は自分自身の足跡を歩き戻るのだ。一歩、また一歩と、途上地から途上地へと――そしてついには始点、アルファに到達する。それで私の旅は終わりだ。

今、その可能性が初めて目の前に現れたとき、自分がそれをまるで望んでいないことに気づいた。それを考えると、私は心底まで脅えてしまう。

今、この最後の途上地が、私の夢世界の旅のクライマックス、序破急《じょはきゅう》の急となるかは、私の決心ひとつにかかっている。また、その決定は取り返しがつかないことも知っている。

二度とくり返すことはないのだから。踵《きびす》を返すことに決めれば、アルファへの帰還は決定的となる。しかし、そうしないことに決めれば、アルファへ戻ることは永久にできなくなるのだ。

こうして書きながら、もうとうの昔に心を決めていたことを私は知っている。そう、本当は旅を続けることにはじめから決めているのだ。ただ、今までは、旅をしなければならないと思っていたが、今後は、旅がしたいから、するのだ。

これからは、帰路につく前に満たさねばならぬ条件を、自分自身で考え出すことにしよう。どのような条件か？　それはいずれわかるだろう。もっとも実はそれも重要ではないのだ。私がその条件を満たすことはないのだから。ちょうど私が今まで一度たりとも条件を満たしたことがないように。

だが、そうと知った今、それをはじめから放棄できないものか？　いや、できない。ゲームを続けるためにはルールが要る。一人でゲームをするときも、いや、そのときこそルールは必要である。

もう一度白い都市へ行った。一人だった。白い都市はもう私を魅了しなかった。

私はこの都市を破壊することにした。壊滅させ、火の雨が降る中で崩壊させるのだ。ちょうど昔からこのような都市の運命がそうだったように。他の旅人のために危険を消滅させようというわけではない。私の足跡を後続者が見つけられないように消し去りたいからだ。

だが、同時に、この都市がこれからも壊されずに残ることを私は知っている。というのも、この都市を崩壊させる前提条件として、私は彗星《すいせい》を捕まえ、じゃじゃ馬馴らしのように馴らさなければならない。それは実際簡単なことではない。いや、本当はまったくできないことだ。できるとすれば、その前に私は……

地平線のうしろには新しい地平線が広がる。ひとつの夢世界を後にすると、そこはまた新しい夢世界だ。境界を越えるときには、たちまち次の夢世界が眼前に展開する。そうして黄昏《たそがれ》の岸辺までそれは続くのだ。

道はまだ遥《はる》かだ。私、マックス・ムトは、目的地に到達した者をうらやまない。

私は旅が好きだ。

自由の牢獄

――千十一夜の物語――

民から「インシアッラー」＊と呼ばれる盲目《めしい》の乞食は教主《カリーファ》に向かい、ゆるしを得て、話を続けた。

「おお、全信徒の長《おさ》よ、あのギリシャの酒飲みと豚食いの影響に陥《おちい》った顛末《てんまつ》はすでに話したとおりだ。哲学者と偽《いつわ》り、くだらぬ饒舌《じょうぜつ》でアッラーの――アッラーの御名に讃えあれ！――全知全能と、その預言者の――アッラーよ、祝福したまえ！――唯一真なる教えについて、くだらぬ饒舌でわしを惑わせおった。悪賢い証を立て、人間には自由な意志があり、おのれの裁量で、あくまでもおのれの中から善や悪を生み出す、とだますのだ。だが、これは冒瀆《ぼうとく》というもの。なぜなら、それは、おのれの創造主さえ予期せぬことを、

＊「神の御意《みこころ》のままに」。

被造物がなしうると教え、つまり、唯一至高のアッラーにも、前と後があり、時の上には立たず、その被造物同様、時の支配下にあることを意味するからだ。

しかし、承知のごとく、おお、全信徒の主君よ、永遠者の前では――アッラーに讃えあれ！――人は砂漠の砂ほどの意味もない。砂漠の砂が嵐に吹かれて、そこや彼処《かしこ》へ流されるように、人もおのれの力では動くことができぬからだ。さよう、アッラーの意志だけだ――主に平安あれ！――、わしらをあれやこれやのおこないに動かすのは。おのれの判断では、わしらは何ひとつといえどもできぬ。時のはじまりからそうだったし、時の終わりまでそうありつづける。ただ、永久《とわ》の時を越える者だけが、ことの結末を知り、わしらの秘めたおこないやのぞみも、永久の昔から知っているのだ。

それゆえ聞け、おお、全信徒の長よ、その聖なる御意《みこころ》に徹底して服従させるために、全能者の寛容と厳しさがわしをどうしたかを。至高者はあの狡猾なイブリース*に、ある期間、わしを誘惑し、そそのかすことを許したのだ。

そのころ、わしはまだ若く、みずみずしい力に満ち、うぬぼれた思い上がりで頭はいっぱいだった。そのうぬぼれが、わしの心にギリシャの毒を生んだのだ。わしの幸運や財産はすべて、商人としての、わが能力と賢さのおかげだと信じていた。教師にして友といつわる輩《やから》と、わしは哲学話で日々を無為にすごし、夜はといえば、毎夜異なる享楽に耽《ふけ》った。

アッラーがその預言者を通じて啓示した、この世の理《ことわり》に従わなくてもよいと思い、決められた祈りや清めももはや守らず、われらの教えの戒めもみんな、だんだんとおろそかにするようになった。

ついには断食の月さえも、ないがしろにした。ラマダーンの二十七日、ライラート・アル・カドル**の祝日でさえ、わしは一日中飲み食いしたものだ。召使どもはそんなわしを恐ろしそうな目で見て、わしが館にふりかける災《わざわ》いを恐れ、逃走した。わしはただそんなやつらを笑い、翌日戻ってきたなら、みな公の場で鞭打《むちう》ちの刑に処そうと決めた。

ともかく、わしはその夜一人だった。放蕩のあげく、酔いもまわり、眠くもあった。だから、どこからあの美しい踊り子が入ってきたのか、とんとわからぬ。気がつくと、ディワーン***に立っていたのだ。わしが呼んだ覚えはない。見も知らぬ女だ。まるでわしのナギレー****から漂《ただよ》う、甘いハシッシの煙から突如生まれ出たかのようだった。

女は、銀糸が織り込まれた黒いヴェールをゆったりと身にまとい、そのかたちよい四肢

＊　イスラムの魔王。
＊＊　神威の夜。
＊＊＊　広間。
＊＊＊＊　水パイプ。

が象牙色に輝くのが、いたるところで透けるような気がした。女の顔はまるで満ちた月のごとく、唇はサマルカンドの薔薇《ばら》のようだった。膝にもとどく女のとかれた髪は、烏の羽の色をしていた。そしてその手と足はヘンナの代赭《たいしゃ》色を帯びていた。女の身体が発する香りはあまりに魅惑的で、わしはフリ*が目の前に立っているのかと思ったほどだ。女が舞いはじめ、そのほっそりとした身体をしならせると、金の腕環が鳴り、足首の銀鈴は鈴虫のような、優しい音をたてた。同時に、どこからともなく、五感を陶酔させんばかりの情熱に満ちた音楽が流れてきて、わしはもう自分をおさえることができなかった。

「おお、愛しい恋の至宝よ、おまえはいったい何者なのだ?」とわしは呼びかけた。「わしの宝をみんなくれてもよいぞ、おまえを手に入れたい。言え、何がのぞみだ?」

すると、唐突に、世界が息をつめて待つような、時が静止したような気配を感じた。美女はわしに近づき、前にひざまずくと、両手で囲うようにして、わしの足にふれた。

「おお、ご主人さま」と女は鳩のような声で言った。「私はあなたさまだけのものです。どうぞ、私をお好きなようになさいませ。でもそのまえにお誓いください。あなたさまが今日もこれからも従われるのは、あなたさまの意志であることを」

「至高者の名にかけて誓うぞ」とわしは言った。

しかし女は笑い、意外なという面持ちで、しなやかに風を打つ燕《つばめ》の翼にも似た、その眉を上げた。

「どうしてその名にかけて誓うことができましょう？」嘲笑をこめた目で女は言った。「アッラーが全能ならば、ありとあらゆることはアッラーの意志で起こるのであり、あなたさまの意志ではありませぬものを」

「小賢《こざか》しいことだ！」わしも笑いながらさけんだ。「わしのまわりは哲学者だらけなのか。そんなことより、おまえはもっとよいことをわしに捧げられるはずだ。それとも、わしを恋の炎で焼こうというのかな」

わしは女を絹の布団へ引き寄せようとしたが、女はすばやくわしの手をはらうと、蛇のようにするりと逃れた。

「まずお誓いなさいませ」

「だれの名にかけて、何を誓えばよいと言うのだ？」

わしはもう待ちきれぬ思いだった。

「ならば、あなたさまの眼《まなこ》の光にかけてお誓いなさいませ！」そう命じた女の唇に残酷な影がさした。

＊　毎朝処女となる、天国の乙女。

しかし、その楽園の泉で、喉をうるおしたくて、もう我慢ができなかったわしは、女の言うとおりにした。

女はヴェールを一枚、また一枚とゆっくり脱いでゆき、ついにはそのミルクのように白い身体が、あますところなくわしの目にさらされた。女はわしのところへ来て、わしの上に身をかがめた。漆黒《しっこく》の夜を思わす、その髪が天幕のようにわしと女をおおった。女が顔を近づけた、すると、わしは、女の目の瞳孔が縦に裂けているのを見たのだ。そこには緑の光がうもれ火のようにほのめいていた。そして接吻のために女が唇をひらくと、先が二つに裂けた長い舌がするりと出た。それを見て、わしはイブリースの手中に落ちたことをさとった。驚きと恐ろしさのあまり、わしはひっくり返り、目の前がまっ暗になった。

陸や海の上を飛んで、運ばれていく心地がした。次の瞬間、大地はわしの下で消え失せ、目にもとまらぬ速さの旅は、星世界へ飛び出した。だが、その無数の星もわしの背後に消え、まわりはまっ暗で空《から》っぽになった。

そうして、わしは長いあいだ、天地が創造される彼方の暗闇の中を漂《ただよ》っていた。やがて、だんだんと緑の光が見えてきた。かすんでいるが、そのくせ、ぎらぎらとして不快だった。あの踊り子の瞳孔が発していた光と同じだと思った。しかし、今度の光は、あらゆる場所を照らしていた。もっとも、光がどこから来るのかはわからなかった。わしは目を瞬《しばた》いた。

光が目に痛かった。こうして、わしがどこにいるのかわかるまでに、しばらく時が流れた。

わしは円形の臥床《ふしど》の上に横たわっていた。臥床は、巨大な、同じく円形の天井に被われた建物のまんなかにあった。わしのそのときの気持ちといえば、あのまったくどうしようもない敗北と孤独の気持ちをどう言い表せばよいのだろう。それに、あの建築のどのような特徴が、わしにそんな感情を呼び起こしたのかも、言うことができぬ。そのとてつもない内部空間はマスジット*のそれに一番似ているのではないか。もっとも、そのような聖なる場所を悪魔が写したものにすぎない。マスジットがコーランの高貴な精神とその祝福された文字で満ちているのに反し、この建物は空で虚《うつ》ろな宇宙の写し絵だからだ。壁はぬっぺりとして白く、巨大な円蓋《えんがい》の内壁も大理石の床もそうだった。窓はなかったが、大きく円形に空間を区切る壁には、扉が連なっており、どの扉も閉じられていた。

そして、姿のない声が蛇が吐く息のように、まわりじゅうから一時にわしに語りかけた。

「誇り高き若者よ、この宇宙にある、ありとあらゆる場所の中で、この場所だけがアッラーの意志がとどかぬところだ。はてしない大海に漂う小さな泡が、海水をまぬがれているのと同じように、おまえがこれからいなければならぬ、この部屋は、永遠者の全知全能

＊　回教寺院。

から切り抜かれたところだ。完全なる自由の精である、このおれが、反抗と自尊心の神殿として造り上げたのだ。この機会を逸《いっ》することなく、おれの期待にこたえるがよい」

この言葉にわしは肝《きも》をつぶした。このような冒瀆が信じられるほど、わしはまだあの不信心なギリシャ野郎のうぬぼれのとりことなっていたわけではないからだ。だが、答える勇気もなかった。わしの声が響くことで、あの忌《い》まわしい言葉を本当に聞いたとわかることをおそれたのだ。そうでなくとも、わしは、おのれの心の思いを耳にしたような気がしていた。

おお、教主よ、わかるだろう。わしが最初に考えたことは、何とか逃げられぬものかということだった。この忌まわしい場所を一刻も早く去ることだ。別の場所にいる別の者ならば、アッラーの加護と助けに身をゆだねたことだろう。そしてアッラーはその御意《みこころ》のままに、その者を導いたはずだ。だがわしにはこの逃げ道がなかった。こうしてわしの悲運がはじまったのだ。

扉は無数にあった。しかし、わしが混乱したのは、まさにそのためだ。もし扉がひとつだけだったならば、わしは言うまでもなく、すぐさまそれが開くかどうか試したことだろう。しかし、このたくさんの扉には、わしの知らぬ理由《わけ》があるはずだ。選ぶことはできたが、ゆめゆめ油断はゆるされぬ。罠がしかけてあるかもしれないからな。

「ためらうのはよいことだ」と姿のない声が言った。わしの心の中を読んでいるかのようだった。「ある扉の向こうには、血に飢えたライオンが待ち構えていて、おまえを引き裂いてしまうかもしれぬ。また、別の扉の向こうは、かぎりない愛の歓喜をおまえに与えんとする妖精で一杯の花園かもしれない。三つ目の扉の後ろには、大男の黒人奴隷が不気味に光る剣をかまえ、おまえの首を打ち落とそうとしているやもしれぬ。四つ目の扉の陰には深淵が口を開けていて、おまえはそこに落ちるかもしれぬ。五つ目の扉の後ろには金や宝石が一杯入った財宝庫があり、宝はおまえのものになるかもしれぬ。六つ目の扉の向こうには、恐ろしいグール*が、おまえを食わんとして待ち構えているかもしれぬ、といった具合だ。必ずしもそうだとは言わぬ。だが、そうかもしれないのだ。いいか、ここで、おまえはおのれの運命を選ぶのだ。良き運命を選ぶがよい」

臥床の上に座ったまま、わしはゆっくりと身体をめぐらし、一つひとつ順に扉を眺めた。しかし、どの扉も同じで、違いをしめすものはなんら見つからなかった。わしの心臓は恐れと希望の間を心もとなく行き来し、そうこうするうちに、額《ひたい》には汗がにじみだした。

だが、わしはあの声を信じてよいのだろうか。嘘かもしれないのだ。それに、声は、必

＊　食人鬼。

ずしもそうだとは言わず、そうかもしれないと言っただけだ。ひょっとすれば、まるで違うかもしれない。ひょっとしたら、ひとつを残し、どの扉も全部、鍵や閂《かんぬき》が掛けられているのかもしれない。——そして、その扉、ただひとつ、そうでない扉をわしは見つけなければならない。しかし、かくれた目がわしを観察していることは明らかだ。つまり、わしは、まずどの扉から逃げだせるかをさがしあて、好機を待たねばならないわけだ。慎重が一番大事だと、わしは自分に言い聞かせた。他方、鍵が掛かっていない唯一の扉が、毎時、いや、どの瞬間にも、別の扉となるかもしれない。待て、その扉がひとつだけだと誰が言ったのか。鍵の掛からぬ扉が二つや三つあってはいけないのか。さきほど聞いた言葉からは、実のところ、わしがとらわれの身だとはわからないのだ。実際、扉という扉はすべて開けることができて、わしはどれでも一つ選べばよいのかもしれない。だが、それならばどうしてこんなに扉がたくさんあるのか？

わしの頭の中は堂々めぐりをはじめた。

　確かめるために、わしは何かしなければならなかった。そこで、わしは臥床から起き上がり、部屋を横切ると、ひとつの扉の前で立ち止まった。だが、手を把手《とって》に差し延べる勇気がなかった。次の扉へ歩を進めた。さらにその次の扉へ、そしてまた次の扉へ、と歩いた。どれかひとつの扉を優先する理由は見当たらなかった。どの扉の前に立っても、その刹那《せつな》、よりによって最悪の扉を選ぶのではないかという恐れにとらわれるのだ。そうして、ひとつの扉から次の扉へと歩き続け、ついに円を一周してしまったが、なにも新しいことはわからなかった。

扉の数を数えることにした。もっとも、その数を知ったとて、それがこの絶望的な問題の、何の助けになるのかは、わし自身も知らなかったが。しかし、しばらくもせぬうちに、この試みもなかなか難しいことがわかった。どの扉から数え始めたのか確かめることができないため、どの扉が最後かもわからなかったのだ。そこで思いついたのが、金刺繡《ししゅう》の履物の片方を脱いで、扉の前に置くことだ。不自由な足どりで一周し、逆の側から履物のところへ戻ったときには、百十一の扉を数えた。わしはぞっとした。ここが狂気の場所とわかったからだ。*

あわてて履物をはくと、わしは部屋の真ん中にある臥床に戻り、横になると、思案するために目を閉じた。

しかし、その途端、またあの、姿のない声が聞こえた。「決めるがよい。さもなければ、おまえは永久にここにとどまることになるぞ」

＊　一一一はオリエント数字学で、狂気の数字。

このたくさんの扉の事情を知るためには、この姿のない牢屋番から、何かほのめかしでもよいから引き出す以外に方法がないことは、もはや明らかだった。それも、ことのほかうまくやらなければならなかった。身を起こすと、なにくわぬ顔でわしはこう尋ねた。

「誰かいるのか？」

「いいや」と声は答えた。

その後、長い間沈黙が続いた。こめかみの血管がどきどきしたが、わしはきわめて落ち着いたふりをした。この話し相手を挑発してやろうと、わしは決意した。言葉の一騎討ちなら、たとえ相手が希代《きたい》の大嘘つきそのものであろうが、受けてたつことができるくらい、弁論術をギリシャ人教師からたっぷり学んでいたからだ。

つとめてしっかりした口調でわしはこう叫んだ。「ばかな！　おまえが誰であるにせよ、『いいや』と言えるのならば、おまえはそこにいるのだ。いないわけがないぞ」

姿のない声はたちまちこう答えた。「おお、英知の名人よ。おまえはおれをとまどわせるぞ。今言ったことの証しができるか？」

「何のためにだ？」とわしは言い返した。「自明なことを証しはしないものだ。いない者が『いいや』とは言えぬ」

「おまえの言うとおりならば、その逆もまた真なのだな？」と声は続けた。

「そうだ」

「つまりおまえは、いない者は『はい』と言える、と言うのだな？」そう声がささやいた。

「そうじゃない！」

「そうではない？」

「そうだ、いや、つまり、そうじゃないんだ」

「そうなのか、そうではないのか、どちらなのだ。それとも、『はい』も『いいえ』も同じだと言うのかな？」

「わしが言いたいのは、いない者はいないのだから、『はい』も『いいえ』も言えないということだ」

「おまえの結論を正しく理解すれば、いる者はいるがゆえに『はい』か『いいえ』が言えるというのだな？」声はそう言い返した。

「そうだ」

「ならば、おれはそれをしたはずだ。おれは『いいや』と言った。なのにおまえはなぜおれが馬鹿げたことを言うとなじるのだ？」

「なぜならば」とわしは疲れた声で答えた。「いない者が、だれかいるか、という問いに対して矛盾することなく、『いいえ』とは答えられないからだ」

「おお、おまえは思案ごとの将軍さまだ。だが、言ってよければ、矛盾しているのはおまえではないのかな。いない者は『はい』も『いいえ』も言えないと、さきほど言ったのではないのか？」

「そういう意味ではない」わしは大声をあげた。

「そういう意味ではないだと？」声が問うた。「それならば、何を言わんとしたのだ？」

「どういうことだ？」

わしは耳をおさえたが、それでもこの、息を吹きつけるような声は聞こえてきた。錐《きり》で刺すように、頭の中へ響いた。「おまえは、なぜ思いもせぬことばかり言うのだ。それとも、何を言わんとするのか、自分でもわからぬというのか。説明してくれ……」

おお、教主は驚くかもしれぬ。わしを苦しめる、この目に見えない者が、このようなくだらぬ方法で、わしを混乱させようとしたと聞けば。だが、悪には、人を誘惑し、その抵抗をくずす、さまざまな仕方があるものだ。そして、もっとも効果が高い方法のひとつは、そ蝿のそれだ。刺すわけではない。だが、幾度も幾度も戻って来ては、顔や手にたかり、その強情さで人はいらだちの極みに達する。叩き殺してくれんとすると、おのれの頰《ほお》を打つだけだ。

どうしようもなかった。臥床の、絹の枕の下に頭をうずめても、声は聞こえてきた。わしがこたえないと、声は最後の問いをくりかえした。幾回も、百回も、千回も、同じ口調で、姿はなく、言葉の強弱も変わらなかった。やっとわしが答えようとすると、それがどのような答えであれ、声はわしの言葉が意義や意味をことごとく失うまで、それを幾度もゆがめ、後はただ空虚な響きが残るだけだった。そして新たな問いが始まるのだ。

「おまえの目的はわかったぞ」と、わしはついに叫び声を上げた。「おまえはわしを狂わせようというのだろう？」

「だれのことだ？」

「おまえだ、おまえだ、おまえだ！」息が荒くなっていた。「おまえはイブリースだ。悪の化身だ」

「だれのことを言っている？　知ってのとおり、ここにはだれもいない。おれはここにいるはずがない。証してみせよう。もしおれがいるのなら、それは大アッラーのおかげだ。だが、アッラーが悪をのぞむはずがない。さもなければ、アッラーは悪ということになるからな。そして、もしおれがアッラーの意に逆らってここにいるのだとすれば、アッラーは全能ではなくなり、アッラーは一対の片方にすぎず、おれはその反対部分というわけだ。アッラーとおれは互いに相手なくしては存在できず、同時に、相手と相殺する。つまりアッラーもおれもいないわけだ」

しかし、わしはもうその手にのらなかった。

「わしを虜《とりこ》にすることはおまえにはできんぞ。今からわしはここを出る」

「行くがよい！」と声はこたえた。「おれがおまえを虜にしているだと、何をもってそんなことを言うのか？　そこに扉がたくさんある。おまえはそのひとつを選びさえすればよいのだ」

「扉には鍵が掛かっていないのか？」

「まだ掛かっていない」

「どういうことだ？」

「おまえがまだひとつも開けていないかぎり、鍵は掛かっていないということだ」

「それならば、扉をひとつ開けていればどうなのだ？」

「ひとつの扉を開けば、その刹那に他の扉はすべて永遠に閉じられるのだ。やり直しはないぞ。よく選ぶがよい！」

わしは重い腰を上げた。この姿のない声との対話で、わしの決心が少しずつ弱くなっていくのを感じたからだ。重い身体を引きずるようにして、わしはひとつの扉へ行き、把手《とって》に手をかけた。

「待て！」と声がささやいた。

「なぜだ？」わしは驚いて手を引いた。

「よく考えてからにしろ。後では遅すぎるぞ」

「なぜこの扉ではいけないのだ？」

「やめろと言ったか。だが、まずおれに言え、なぜこの扉なのだ？」

「なぜいけないのだ？」とわしは言い返した。「この扉を選んではいけない理由があるのか？」

「それはおまえが決めることだ」

わしは躊躇《ちゅうちょ》した。

「扉がみな同じならば、どの扉から出ても同じだろう？」

「開ける前はみな同じだが、その後ではちがう」

「それなら、知恵を貸してくれ！」とわしは請うた。

「だれに請うている？」と声はこたえた。「扉の向こうに何が待ち受けているかは、扉を開けねば知ることができぬ。だが、同時に、他の扉の向こうに何があるかを知る可能性を、おまえは失うのだ。他の扉は永遠に閉じてしまうからな。その意味でなら、どの扉を選んでも同じだとおまえが言うのは正しい」

「つまり、選ぶ理由は何もないというわけか？」わしは涙声で叫んでいた。

「理由はまったくない。おまえがおのれの自由意志で決めたというほかは」

「だが、どうして」絶望の思いでわしはわめいた。「どうして決めることができるのか？扉がどこに通じているのかわからないのに」

枯れ葉が風に舞うような音が聞こえた。それは姿なき笑い声のように響いた。

「それを知っていたことが一度でもあるのか？　生まれてからこれまでというもの、おまえはあれやこれやと決めたときに、理由があると信じていた。しかし、真実のところ、おまえが期待することが本当に起こるかどうかは、一度たりとも予見できなかったのだ。おまえの理由というのは夢か妄想にすぎなかった。あたかも、これらの扉に絵が描かれていて、それがまやかしの指標としておまえをだますようなものだ。人間は盲目だ。人間がなすことは、暗闇の中へとなすのだ。ある者は結婚を祝い、二日後にはすでにやもめになることを知らぬ。またある者は苦悩と苦難がゆえに首をくくろうとするが、富をもたらす知らせがもうすぐ届くことを知らぬ。さらに、ある者は刺客から逃れるため、孤島に渡り、あろうことか、そこでその刺客とばったり出会うのだ。おまえは馬蹄《ばてい》の話を知っているか？　シェヘラザードがスルターンに語った、あの話だ」

「知っているとも」わしは急いであいづちをうった。

「だからこそ、人が決めることはすべて、この世のはじまりから、アッラーの世界の計に前もって記されていると言われているのだ。良き決断であれ、悪しきそれであれ、愚かな決断も、賢《さか》しいそれも、おまえがおこなう決断という決断は、まさにアッラーが全部おまえに吹き込むのだ。アッラーは盲人の手をとるように、おまえを思うままに導く。すべてはアッラーが定めたこと《キスメート》だというではないか。そして、それは大いなるアッラーの恵みだとも。だが、ここではおまえにアッラーの恵みはない。アッラーの手はおまえを導かないぞ」

　わしは立ち上がると、扉の列に沿って歩くことをくり返した。左まわりに、扉また扉また扉。右まわりに、扉また扉また扉――わしは決心ができなかった。この多すぎる可能性と乏しすぎる必然性を前にして、わしの手足はすくんだ。それで、わしはこんな詩＊を唱じた。

　　われらをさいなむ、無数のふたしかなことから、
　　思うままに選べと、裁きを受けた虜囚のわれら
　　どうして知りつつ選ぶことができようか

＊　ヌレディン・アル・アクバールのガゼールより。一一三〇年頃。

ゆくすえは、永久《とわ》に知れぬものゆえ
ゆくすえを知れば、もはや歩みも定まる
すべては定められたるゆえ、選ぶことがまたできぬ
それゆえ、この知識は、世界の主だけのもの
主は星を司《つかさど》り、われらの心を御意《みこころ》のままにみちびく

無限とも思える時間、堂々めぐりをくり返したあと、疲労困憊《ひろうこんぱい》の態《てい》でわしは倒れるように臥床に身を横たえた。臥床の上で身じろぎもせず、幾日幾夜も過ごすことが多かった。絶え間なく、わしに決心を迫る、あの姿のない声から逃れるためなら、死んだ方がましだとさえ思った。わしは「日夜」と言ったが、これはむろん言葉通りではない。あの部屋には、時の流れを計りうる、日と夜の移り変わりがなかったからだ。目を刺す、あのかすんだ緑の光が変わることは永久になかった。ときおり、わしはにぶい眠りに落ちた。だが、それもこの無理な選択で、わしを新たに苦しめるために、あのささやき声が起こすまでだ。すると、臥床の前の小机には、食事と飲み物が置かれていたが、それがどこから来るのやら、わしにはついにわからなかった。それに、用を足すための容器まであり、容器は規則的に空けられ、きれいになっていた。このような世話のために使われる扉を見つけ、それ

を逃げ道にしようと、幾度も寝たふりをしてみたが、すべて徒労に終わった。

生きるために必要なものにはこと欠かないものの、あたかも空気の薄い地下牢に吊るされたランプの火のように、わしの生きる力は日毎に弱まっていった。髪や髭《ひげ》は白くなり、目はかすみはじめた。どれを選ぶべきかをしめす、秘密の印《しるし》はないかと、わしは探すようになった。たとえば、小机上の食事や飲み物の並び方をしらべて、そこに何かのしらせを読もうとしたのだ。その置き方や数や形について、長大な数式をたてた。ついには、容器の中のわしの便をつくづくながめ、そこに運命の手がかりがみつからぬものかと願った。決めうる力がないのに、決めねばならぬ苦境から、迷信というものが生まれる。だから迷信は悪魔の仕業《しわざ》なのだ。

おお、全信徒の長《おさ》よ、これらすべての試みが徒労に終わったことは言うまでもあるまい。あれは手がかりではないか、こうではないかと推測していると、その逆の手がかりと推測で相殺され、またおのれの気まぐれにたどりつくのがおちだった。そこから、ある決まったことを選びだすのは、アッラーの助けなしにはできない。わしはあのアブ・アリ・ダーン*のロバと同じだった。両側に干し草が積まれた中で、互いに引き合い、どちらへも行け

＊　ビュリダンのことであろう。

ずに飢え死にした、あのロバだ。ただわしの場合は、餓死しなくてもよく、選ぶものの数がたくさんあっただけだ。もっとも、この二つは、ことをさらに悲惨にしたのだが。

扉から扉へと左まわりに、また、扉から扉へと右まわりに、幾度となく堂々めぐりをくり返しながら、わしは、姿のない声に少しでも抑揚の変化がないかと耳をすました。そうすれば、どの扉を開けるべきで、どの扉は決して開けてはならないのか、わかるのではないかと思ったのだ。わしの態度は変わった。乞い、懇願《こんがん》した。打たれた犬のように尻尾《しっぽ》を巻いて、わしは媚《こび》をうった。この姿の見えぬ牢屋番(現実にはまったく拘禁などしていないのだが)の前で、ありとあらゆる仕方でおのれを卑《いや》しめた。選ばねばならぬということは、もはや耐えられぬ重苦であり、この姿のない声が、ほんの少しでもよいから、それを軽減してくれるように願ったのだ。だが、この鞭打ち役人は、わしの絶望とさえ、意地悪い遊びをした。

「聞け」と声が言った。「おまえが頼むことはすべて、もうとうの昔に手遅れだ。この扉を選べ、とおれが言ったとしても、おれを信じるべきか疑うべきか、おれの言うことに従うべきか背《そむ》くべきか、おまえは自分で決めねばならぬ。たとえ、おれがそのつもりでも、おまえの助けにはなるまい」

「少なくとも、やってみてくれ!」とわしは哀願した。

「一度といえども、機会が与えられなかったとは言わせたくない。よし、七十二先の扉へ行くがよい」

わしは扉の列に沿って歩き、夢中でその数を数えた。七十二番目の扉にたどり着くと、肩で息をしながらわしは立ち止まった。

「この扉だな？」勢いきってわしは尋ねた。

「おまえは左へ回った」と声は答えた。「おれが言うのは、右回りで七十二番目の扉だ」

わしは逆に数えながら、右回りで一番目の扉へ戻ると、さらに同じ方向へ歩きながら、もう一度数えなおした。そしてまた、七十二番目の扉に達した。

「これか？」とわしは問うた。

「ちがう」と声は答えた。「おまえは零《ゼロ》を忘れただろう。数えまちがえたぞ」

「零という扉があるはずがない」とわしは叫んだ。

「ない？　おれが証明してみせようか」そう声は答えた。

「いや、もういい！」

「それなら、もう一度最初から数えなおせ！」

だが、数えまちがえたため、最初の扉がどれだったか、はっきりとはわからなくなった。ひとつ多く数えたのか、それともひとつ足りなかったのか。声はわしに何も教えようとはしない。だが、まさにそのことから、ふいにわしはこう確信した。わしは唯一役立つ手がかりを軽はずみにも台無しにしたと。正しい答えの尻尾を、この手でつかんだのだが、おのれの軽率さのために、逃してしまった。腹立ちと落胆のために涙がにじみ、わしは額を幾度も床に打ちつけた。

「どの扉からはじめればよいのだ?」とわしは大声を上げた。

「どれでもよい」と声は答えた。

「だが、七十二番目の扉を通れ、と言ったではないか!」

「そうは一言も言わなかったぞ。七十二先の扉まで行けと助言しただけだ。二十八でも三でもよかった。おまえが頼むから言ったまでだ。その扉を開けろとは言わなかった。それはおまえが決めることだ」

これを聞いてわしはさとった。この煉獄《れんごく》の鬼はわしをただからかっていて、これからもからかい続けるつもりだと。それでもわしは悪態をつくことすらできなかった。奴はわしの子どもっぽい頼みを聞き入れたにすぎないからだ。このときからわしは口を閉ざし、声に応じることをやめた。声はその後も語りつづけたのだが。

おお、全信者の主君よ、この話の結末をむやみに延ばし、あなたの耳を疲れさせ、じらすことはいたすまい。わしが今日、ここで語れることからもわかるように、アッラーは

──おお、その聖なる名に讃えあれ！──わしをあの不浄な場所に、永久にとどめておこうとはしなかった。もっとも、あの場所で過ごしたのが何年、何十年、何百年、それとも一瞬だったのか、わしは今でもわからないのだが。あの場所には時というものがない。わしの髪や髭は雪のように白くなり、皮膚は皺《しわ》におおわれ、身体は歳をとり、弱くなった。それは、おお、教主よ、あなたが眼の前に見るとおりだ。自由という足かせとの、たえまぬ無意味な戦いのために、ついに、わしはもう何ものぞまず、何も恐れず、何も目指さず、何も避けなくなってしまった。死ぬも生きるもかまわず、名誉も恥も同じ値打ちで、富も貧苦もどうでもよかった。わしにはまったく区別がつけられなかった。あの冷酷な光の下では、人が求めるものも恐れるものも、すべて空虚な幻影に見えたのだ。

同時に、扉への関心も徐々にうすれてきた。扉に沿って巡回することも──扉から扉から扉へと左まわり、そして扉から扉から扉へと右まわり──だんだんと少なくなり、ついにはまったくやめてしまい、扉の方を見ることさえほとんどなくなった。

そのため、扉に変化があったとは、すぐに気づかなかった。しかし、ある日目覚めると、もう見逃しようがなかった。扉の数がはっきりと少なくなったのだ。わしは、擦《す》り切れた履物をもう一度印《しるし》にして、扉の数を数えた。扉は八十四に減っていた。

その日から、目覚めると同じことをおこなったが、そのたびに扉の数は少なくなっていた。だが、扉が消えるさまを、わしは見たことがなく、円形の壁に跡が残ることも決してなかった。それはあたかも、消えた扉が、まるではじめから存在しないかのようだった。

おお、全信者の主君よ、今までわしが話したことから、恐れやのぞみをすべて捨てたのならば、立ち上がり、残り少ない扉のどれかひとつを開けばよい、たやすいことだ、と思うかもしれない。だが、その逆だった。すべてがわしにはどうでもよいことだからこそ、決める理由はまったくなくなってしまった。最初わしを金縛《かなしば》りにしたのが、ふたしかな結果への恐れだとすれば、最後には、何が起ころうと、どうとでもなれという無頓着な思いが、選択を不可能にした。

円蓋を戴《いただ》く広間で、ついには、向かい合う両側に、扉がひとつずつ残るだけとなったとき、無数の見知らぬ可能性から選ぶのも、二つのそれから選ぶのも、とどのつまりは同じことだと、わしは、一種投げやりな気持ちで思った。両者は同様に不可能だ。否応もなく選ぶことになると知ったのは、残る扉がひとつだけとなってからだ。つまり、そこに残るか、それとも去るか。

わしは残った。

その次に目覚めたとき、扉はなくなっていた。壁はぐるりと一周、白くぬっぺりとしていた。そして、はじめて、姿のない声もやっと語ることをやめた。完全な永遠の沈黙がわしをとりまいた。もうこれからは決して何も変わらない、これで最終の状態に達した、この世とあの世のすべてから取り残された、わしはそう信じて疑わなかった。

そう思うと、わしは床に顔を伏せ、泣きながら、次の言葉を発した。

「この上もなく慈悲深き、気高き、尊き者よ、ありがたいことだ。自己欺瞞《ぎまん》をことごとく退治し、偽《いつわ》りの自由をわしから奪ってくれた。もはや選ぶことができず、その必要もなくなった今、自己意志に永久の別れを告げ、不平不満をもらすことなく、理由も問わず、あなたの聖なる御意《みこころ》に従うことがやっとたやすくなった。わしをこの牢獄へ導き、この壁の中に永久に閉じ込めたのがあなたの御手《みて》ならば、わしは満足しよう。われら人の子は、盲目という御慈悲が与えられぬかぎりは、とどまることも去ることもできない。盲目とはわれらを導く御手。わしは自由意志という妄想を永久に放棄しよう。自由意志とはおのれ自身を食らう蛇にほかならないからだ。完全な自由とは完全な不自由なのだ。平安や知恵というものはすべて、全能にして唯一の者、アッラーのもとにだけあり、そのほかは無にすぎない」

言いおわると、わしは死んだような状態におちいった。どれほど時がたったのか、気がつくと、盲目の乞食となり、おお、全信者の主君よ、今日あなたに、こう話をしているバグダッドの城門の前にいたのだ。その日からわしはインシアッラーと名乗り、人もわしをそう呼んでいる」

　教主は感嘆の目でこの乞食をつくづく眺め、こう言った。「不思議だ！　まことに不思議だ！　だれかこの話を書き記せ。褒美《ほうび》に何でものぞむものを言うがよい。くれてやるぞ」

　乞食は乳白色の両の眼《まなこ》を全信者の主君に向けると、唇に笑みを浮かべながらこう答えた。「おお、主君よ、その気前よさにアッラーの恵みあれ。だが、何をくれると言うのか。わしが人の授かる最上のものを持っているからには」

　この言葉を聞いて教主はさらに感嘆し、しばし口をつぐんだ。やっと口を開くと、側にひかえる大臣《ワジール》にこう言った。「この乞食に起こったことは、アッラーの思し召《おぼ》《め》しに思えてならぬ。アッラーの名に讃えあれ！　この者を、唯一真なる富に導くためになされたのだ」

「私にもそう思われます」と大臣は答えた。

「だが、もしそうならば」と教主はさらに言葉をついだ。「ひとつ知りたいものだ。嘘つきのイブリースがこの乞食に、自由という牢獄はちょうど大海に浮かぶ泡のように、アッラーの全能が及ばぬ場所だと語ったとき、イブリースは嘘をついたのか、真のことを言ったのか、どちらなのだ？」

「おお、全信者の主君よ、イブリースは嘘もつかず、真のことも言わなかったのでございます」

「それはどういうことだ？」と教主は尋ねた。

「もし本当に全能者アッラーの御意《みこころ》が及ばぬところがあるとすれば、それはアッラーの御意のみがなしうることでございましょう。しかし、まさにそのことで、そこにはアッラーの御意があるわけでございます。アッラーの御意がなくては何も存在できないのですから、あの場所すら例外ではございません。アッラーの不在もアッラーの存在なのです。至上者の完全無欠な世界には矛盾はございませぬ。たとえ、かぎりある人の知恵に、時にはそう映ろうとも。ですからこそ、嘘つきのイブリースさえアッラーに仕えることになり、アッラーなくては存在できませぬ」

「まことに」と教主は声を高めた。「アッラーはアッラーにして、モハメッドはその預言者なり」

そう言うと、教主は乞食の前で辞儀《じぎ》をして、なにひとつめぐむことなく、広間を去った。

インシアッラーはしかし、微笑んでいた。

道しるべの伝説

昔、アウグスブルクの町にニコラウス・ホルンライパーという名の裕福な商人が住んでいた。長く連れそった妻が、国を襲った疫病にあえなく死んだとき、ホルンライパーはすでに五十をいくつも越えていた。

死んだ妻とのあいだには子がなかった。店や土地やたくさんの財産を、跡取《あとと》りもなく残したくないものだと商人は思った。それで、ホルンライパーは喪《も》が明けると、日もたたぬうちに二度目の結婚をした。今度は十八にも満たぬ乙女。同じ町の、名のある商家の娘だった。

娘の名はアンナ＝カタリーナといった。夫や親の思いにつつましく従うよう努めても、アンナはこの年寄りの夫がどうしても好きになれなかった。努力をすればするほど、アンナの胸の中では、ひそかに夫を嫌う気持ちが増した。実直ではあるものの、不作法で手荒な夫は、かんしゃく持ちで、手を上げることすらしばしばあったからだ。アンナはといえば、感傷的な、夢みる心の持ち主で、美しいものや優雅さを好み、とりわけリュートの音に心をひかれていた。夫はリュートが奏《かな》でられると寝入り、おおっぴらに鼾《いびき》をかくのが常だった。

月日がたつにつれてアンナは生きる喜びをまったく失い、言葉もとぎれ、頬からは笑みが消えた。かつては美しく歌った声も艶《つや》がなくなり、老女のように嗄《か》れて聞こえた。身体は痩《や》せ細り、消え入りそうなほどだった。その理由の一切を知っていたのは、告解に耳を傾ける神父一人だけだったが、神父はアンナを厳しくしかり、アンナの言葉を驕《おご》りとして地獄の罰で脅すほかには能がなかったため、もとよりこの哀れな若妻の力づけにはならなかった。

そして、アンナは身籠《みご》もった。月が満ちるとともにお腹が大きくなったが、身体は痩せ衰える一方だった。ついに臨月に達し、それが最後となる、苦しい時間がやって来たとき、まことに不思議なことが起きた。冬の嵐がアウグスブルクの町を襲ったのだ。雪となり、稲妻が走り、雷鳴が響きわたった。そして、巨大な一筋の雷光が邸宅の前にそびえる菩提樹をまっぷたつに割いた、その刹那、アンナが初産の、そして唯一の子どもとなる男の子がこの世に生を享《う》けた。アンナ自身は同じときに、いわば同じ門を通り、死の境を越え、この世を去った。二つの魂がすれ違いざま、たがいに視線を交えたか、それが二人にとって何を意味したのか、神のほかのだれが知ろう。ともあれ、後年、とどまるところを知らぬ冒険者、世界に名が知れ渡ったペテン師、アタナシオ・ダルカーナ伯爵となり、晩年にはインディカヴィア、つまり「道しるべ」の名で謎の最期をとげることになる男児の出生はこのようだった。この男の話を、人の子の知りうるかぎりを尽くし、ここに語ることにしよう。

ニコラウス・ホルンライパーは、最後までなじまなかった後妻の死をさほど悲しまなかったが、それでも良きキリスト者が、このような際になすべき儀式はひととおりおこなった。実を言えば、ホルンライパーは思惑どおり、跡を継ぎ、財産を相続する息子ができたことで満足だったのだ。それが再婚した真の目的だったのだから。ホルンライパーは息子をヒエロニムスと名づけ、乳母を雇うと、その世話と育て役を命じた。それがすむと、ひとまず乳児にほとんど関心を示さなくなった。あまりにも商いに忙殺されたのだ。その後、三度目の結婚をする気にはならなかった。

テレーズという名の乳母は、がっしりした体軀で、人がよく、田舎の女だった。テレーズの母性愛は十人の子どもに振りまいてもあまりあるほどだった。その慈愛を幼いヒエロニムス一人にそそいだので、ヒエロニムスはその中でほとんど溺《おぼ》れそうだった。テレーズはどこへ行くにもヒエロニムスを連れてゆき、日夜を通じて、一時たりともそばから離さなかった。ヒエロニムスが乳を欲しがれば、いつでもその巨大な乳房を与え、乳児期がとうに過ぎてからでもそれは変わらなかった。しかし、そのような愛情もヒエロニムスには、なぜか知らぬが、届かなかった。テレーズがそれまで知っていた子どもたちとヒエロニムスは違っていた。この男の子は生まれたときからこの世での異邦人だった。テレーズとそのたくましい慈愛はヒエロニムスに届かなかった。こばまれたわけではない。テレーズにとって、ヒエロニムスは夜空の星ほど遠くに離れていたからだ。そして、その空虚な距離を越えようと、テレーズがむきになって努めれば努めるほど、ヒエロニムスは、はかりしれぬ彼方へ遠ざかるのだった。テレーズにとってヒエロニムスはとても愛しにくい子どもだった。そればかりか、ときおりテレーズは彼女一流のぼんやりとしたかたちでだが、この小児に聖なるおそれのようなものを感じた。

事実ヒエロニムスはほとんど天使のような優しさと感受性を身にそなえていて、それは身体だけではなく——生まれてからの数年間には、母親のあとを追って天国へ行きかけたことが一度ならずあったのだが、駆けつけた医師は病らしきものを何も認めることができなかった。まるでこの小児がこの世の生を受け入れることをこばんでいるかのようだった——それ以上に、魂の素質において言えた。

ヒエロニムスは他の子どもたちがするように、泣いたりむずかることがあまりなかった。

生まれたときから、憂愁のオーラがヒエロニムスを取り巻いていた。その黒い目には一種なぐさめようのない悲しみがあふれ、テレーズはそのわけがわからず、途方にくれることも一度ならずあった。そうするとテレーズはこの児を両手で揺すり、ついで抱きしめるのだった。

わけも知らず、この世に自分の故郷がないと感じる人がいるものだ。まわりの人たちが現実と呼ぶものが錯覚に思われる。それは、混乱した、しばしば苦痛を与える夢、はやく覚めればいいと思う夢に思われる。あたかも冷酷な異郷への流刑《るけい》のごとく、この世にとどまれと、裁きをうけたかのようだ。尽きない郷愁を胸に、もうひとつの現実にあこがれる。はるか彼方の故郷のように、おぼろげに思い出せそうなのだが、言葉や考えには表すことができない。これがヒエロニムスがこの世に生を享けたときの事情であり、その後もヒエロニムスの人生の背景でありつづけた。むろんこれらのことは、人のよいテレーズはいうまでもなく、ヒエロニムス自身もまるで知るよしがなかった。

ヒエロニムスは華奢《きゃしゃ》な男児に育ったが、遠い世界からこの世を眺めているような、あの独特の視線は変わらなかった。それはたえまぬ問いかけや、いや、言葉にならぬ期待を表していると言う方がよいだろう。それと、ヒエロニムスは口数もきわめて少なかったので、少々知能が劣《おと》っていると思う者も多かった。このような跡取り息子を持ったことを憐れむ者もいたが、それは陰でささやかれ、ホルンライパーの耳には入らなかった。ほかの子どもはヒエロニムスに近づかず、あざけったり、ちょっと不気味にも思っていた。こうして、ヒエロニムスは一人ぼっちの子どもだったが、ほかのありさまを知らぬことから、これも不可思議な流刑の一部と、甘んじて受けていた。

それでも、時がすぎるとともに、気立てのよいテレーズは、愛し子の心に通う道を見つけた。意図したというより、偶然だった。テレーズは読み書きができなかったが——当時の庶民には、そのような学問は手が届かなかった——かぎりなくたくさんの話を知っていて、不思議なできごとや妖精やこびと、天使や悪霊、聖人や魔女や魔法使い、それに精霊や魔法の場所といった、一言で言えば、俗におとぎ話と呼ばれるものを、ヒエロニムスに語って聞かせた。ヒエロニムスも、話の意味がよく分かり、まともに言葉が話せるようになるまえに、不思議や秘密がいっぱいの世界で育った。いわばヒエロニムスはこのようなおとぎ話を通じて言葉を覚えたのである。

テレーズが話をして尽きるところをしらなければ、ヒエロニムスもそれを聞くのに飽きることをしらなかった。くり返し、飽きることなくテレーズの話を聞きたがり、すでに何百回と聞き、とうの昔にそらで話せる物語でも、先を続けるよう、ヒエロニムスは切に請い、せがんだ。話に耳を傾けるとき、ヒエロニムスの瞳は輝いた。声をひそめ、歌うように話すテレーズの瞳も輝いていた。超自然なものが日常であり、不思議なことがあたりまえの世界、その世界をヒエロニムスは胸を焦《こ》がさんばかりに憧れた。まことにそれがヒエロニムスの世界であり、故郷だった。ヒエロニムスにとって、その世界の存在には、これっぽっちの疑いすらなかった。そう、刺《とげ》で包まれたいがの中で光沢を放つ栗のように、外を取り巻く現実世界のなかにそれは潜んでいた。要はただ、それを魔法で取り出すだけである。ヒエロニムスがはじめてそれをしようと思ったのは、ラムボルトヒェンという名の、小さな愛犬が重い病にかかったときだった。

テレーズはむろん、主キリストの生涯の話を、特にその徴《しるし》と奇跡について、ヒエロニムスにあますことなく語っていた。そして、二人とも、真に敬虔《けいけん》なキリスト者か否《いな》かは、ゆるぎない信心の有無でこそわかるとかたく信じていた。つまり、イエス自らが約束したように、主の名において、同じことを、いや、それよりも偉大なことをなしうる信心である。それで、ヒエロニムスはうやうやしく神に祈った。両手を小犬の上にそえ、神を信頼して、回復を願った。しかし、まだヒエロニムスの手が離れるまえに、あまりの痛みに痙攣《けいれん》しながら、ラムボルトヒェンはその小さな命を苦しい息の下で失った。

テレーズはさほど驚かなかった。たちまちあれこれと理由をみつけ、この一度にかぎり、例外としてうまくいかなかったことのつじつまを合わせたが、ヒエロニムスの落胆は大きかった。そうたやすくは納得できなかった。

信心とは、たとえそれが芥子粒《けし》より小さくとも、山を動かすと、ヒエロニムスはミサで聞いたことがあった。それならば、自分の信心に何か間違いがあるのではないかと思い、その疑問がたまらなく心を騒がせた。ラムボルトヒェンの奇跡の治癒が失敗した説明は、それ以外にはなかった。この間違いを何としてもつきとめようと、ヒエロニムスは思った。はじめから山を相手にしようとしたわけではない。ヒエロニムスの期待は控え目になっていた。裏庭に小さな砂山があり、ヒエロニムスの遊び場だった。この砂山を動かそうとしたのだ。遠くへではなく、ほんの数歩の距離を動かそうとした。夕暮れの寝床の中で、ヒエロニムスは時間をかけ、大きな声で祈った——天にまします神が、その慈愛のささやかな徴《しるし》を与え下さることを祈った。万能の神にとってはとるに足らぬことでも、ヒエロニムスにははかりしれない意味がある、と祈った。翌朝、期待に胸をふくらませて、ヒエロニムスは館の裏へ走った。だが、砂山は変わりなく、それまでの場所にあった。

この日から、ヒエロニムスは物思いに沈んだ。気をそらそうとする乳母の試みは、ことごとく空《くう》を打った。台所から芥子粒を持ってくると、ヒエロニムスは幾日も、くりかえしそれを眺めていた。自分の信心はこれよりも大きい、百倍も千倍も大きい。それには絶対の自信があった。ならば、どうして神は受け入れて下さらないのか？

悩み苦しむヒエロニムスの心に、ひとつの考えがうかんだ。奇跡を待ち望む思いがどれほど真剣か、主の前で証《あかし》を立てねばならない、と思いついたのだ。

ある日、レヒ川の水かさが増した折に、こっそり館を抜け出したヒエロニムスは川岸へ行き、艀《はしけ》に乗ると、川の真ん中へ漕ぎ出た。そして「主よ、信じています。私の不信心をお救い下さい」と語ったペテロに思いをはせ、ためらうことなく艀の縁《へり》をまたぎ、川波の上を歩き渡らんと、渦巻く水面《みなも》へ足を踏み出した。だが、渦に身を取られ、深みに引き込まれた。近くで一部始終を見ていた漁夫が、急いで救いあげなければ、あわや哀れにも溺れ死ぬところだった。

館へ運ばれた。ことの顚末《てんまつ》を聞いたテレーズはヒエロニムスをたっぷり叱り、身体を拭くと、ベッドに寝かした。しかし心の中ではヒエロニムスが自慢だった。こんなに信心深い子ならば、末はえらいお坊さまか、法王さまにさえなれるのではないかと思ったのだ。しかし、その日も商用で旅に出ていた父親のニコラウス・ホルンライパーが帰館したとき、テレーズは一言も話さなかった。

月日が流れた。ヒエロニムスはもう八歳になならんとしていた。大方のときは、町のまわりの野や森で、ひとり遊びすごした。なにか奇跡めいたことが起こせるとは、もうとうの昔に思っていなかった。ヒエロニムスが選ばれた者でないことは明らかだった。そのわけは神だけが知っている。それでも、せめて森で一度は地の精に出会いたい。言葉を交わし、地の精は魔法の指輪をくれるのだ。そうでなければ妖精の輪舞を眺めたい、そうヒエロニムスは今でも心から願っていた。そのひとときの思い出は、この先の人生をなぐさめてくれると思った。しかし、そのようなことは起こらなかった。

そんな散歩道で、ヒエロニムスは毒蛇にかまれた。それが事故だったのか、それともわざと危険に身をさらしたのか、わからない。つまり、自分を救うか、それとも死ぬにまかせるかと、不思議の世界の住人を挑発するためである。主が真の神の子たちに授けた不思議な力は、マムシの毒に対してさえ不死身にするという、使徒の言葉を耳にしたことがあったのだろう。高まる痛みの中を、かろうじて家にたどりついたヒエロニムスは、意識を失い、その場に倒れた。

今度の事件は、父親の耳に入らぬわけにゆかなかった。急いで呼び寄せられた医者たちは、手当てに窮《きゅう》した。傷痕を切り開き、毒を吸い出すには、すでに手遅れだったからだ。処方された解毒剤の効き目はわずかで、ヒエロニムスのいたいけな身体かたちでは、最悪の事態をも考えねばならなかった。

昼も夜も、ヒエロニムスは熱にうなされ、七転八倒して、叫び声を上げた。そして、また幾時間も、死んだように動かなくなった。ホルンライパーは司祭を呼んだ。その後、意外にもヒエロニムスは回復の兆《きざ》しをみせ、はっきりした意識さえ取り戻した。最初にヒエロニムスが尋ねたのは、テレーズのことだった。

「暇《いとま》を出した」と父親は答えた。「二度と戻らぬよう、おまえが二度と会えぬよう、遠くへやった」

「どうしてなの、お父さま?」ヒエロニムスの声は弱かった。

「おまえの馬鹿げた行為や突飛なおこないは自分のせいだと白状したからだ。不可思議ごとやたわごとなんぞの無駄話で、おまえの脳味噌がはち切れるほどおしゃべりしおって。わしもおまえのことをかまわなかった。それもたしかだ。もうそうはしない。息子よ。おまえはわしのただ一人の跡取りだ。わしにならって良い商人にならねばならぬ。だからこそ、おまえもこの世の現実を知るときがきたのだ」ホルンライパーはそう話した。

「でも、この世界は好きじゃない。もうひとつの世界がいつもなつかしくって」とヒエロニムスは言った。

「いいか、よく聞くんだ」ホルンライパーの声が厳しくなった。「遊ぶためにわしらはこの世にいるんじゃないぞ。奇跡や天の仕業は宗教の話。大福帳とは無縁のことだ。神よ、わしらを守りたまえ。ものにはそれぞれ正しい持ち場がなくてはならん。覚えておけ」

「それじゃ、聖書に書かれていることは、正しくないのでしょうか?」

「でも、お父さま、それでは正しいことは二とおりあるのですか?」

ニコラウス・ホルンライパーの額に血が上り、血筋が青く浮き出た。手が上がろうとするのを、ホルンライパーは辛《かろ》うじて堪えた。

「いいか、言っておくぞ」ホルンライパーの声がかすれた。「馬鹿げた戯言《たわごと》はやめにせよ。わしが禁止する。問答無用だ。キリスト自身がこう言っているではないか。徴《しるし》や奇跡を見ることなく、信ずる者は幸いかなと」

「ぼくは信じているのです。お父さま」

「それならば、何のために、役に立たぬことをさがしまわるのだ? 息子よ、あるがままの世で満足すればよいではないか。別の世界はないのだから。そして、立派に成人して、勤勉で正直な商人になるのだ。天はそれで満足だ」

ヒエロニムスは目をとじて、しばしの間、無言でいた。父親は、息子を説得しえたと思いこんだが、ヒエロニムスは弱々しく頭をふり、こう小声で言った。「お父さま、どう言えばよいのかわかりませんが、そのように生きることはぼくにはできない。ぼくの本当の故郷からあたたかい声がかかるのをいつまでも待っていなければいけない、願っていなければいけないって気がするんです。ただ徴《しるし》なんだけど。異郷にいるぼくを、むこうではまだ忘れていないっていう」

ニコラウス・ホルンライパーには、息子が言わんとすることがまるでわからなかった。それで厳しい口調でこう言った。「それじゃ、死刑執行人の名にかけて問うが、おまえこそがそのしらせにふさわしいというのは、おまえの何が特別なんだ」

またしてもヒエロニムスは長い間、もの思いに沈んだ。そして、かすかな力をふりしぼって、こう答えた。「聖書に書かれている、徴と奇跡は、まったく普通の人々にも起こったのではないでしょうか？」

「この頑固ものめ！」怒りに堪えきれず、ホルンライパーは怒鳴った。「こう言えばああ言うやつだ。おまえが話しているのは、キリスト自らがこの世で教えを説かれていた、ありがたき時代のことだ。今は別の時代なのだ」

「お許し下さい、お父さま」ヒエロニムスは弱々しく口ごもった。「でも、天からの徴が、この世の良き時代、悪しき時代によって異なるとは、どういうことなのでしょう？」

それを聞いたホルンライパーは飛び上がり、拳を震わせながら病室から駆け出した。堪忍袋《かんにん》の緒がきれて、この不肖の息子に手を上げることを恐れたのだ。

翌日、ただちに家庭教師がヒエロニムスのために雇われた。読み書き、算盤《そろばん》、地理、それに南欧語を習うためだ。ホルンライパーはジェノヴァやヴェネツィアとも商取引をしていた。神学生をホルンライパーは選んだ。神学生ならば、教え子から狂信めいたことや迷信の一切合切《いっさいがっさい》を追い払うのに一番頼りにできるからである。選ばれたのは宗教区参事で、名はアントン・エーガリングといった。若いときから年寄りじみて、頭がかたい風体の者がいるが、エーガリングもその一人だった。エーガリングにとって、宗教とはなによりも、がんこな倫理に服従することであり、神秘的なことや、まして魔術などはとんでもないことだった。ちなみに後年の話だが、ローマの聖ウフィチウム(教理聖省)に奉職したエーガリングは、異端の教えを論破し、征服するのに功があった。エーガリングは、こうして何年間というもの、ヒエロニムスに教えるべきことをすべて教えた。だが、教え子とは一度たりとも親しい言葉を交わさなかった。ヒエロニムスはよい生徒ではなかった。反抗したわけではない。それどころか、ヒエロニムスはできるだけの努力をしたのだ。しかし、まるで乾いた藁《わら》でも食べさせられる気がした。嚙《か》みに嚙んで、なんとか呑み込もうとするのだが、喉もとへ入るのは味気ない藁で、喉につかえるだけだった。エーガリングはしかし、一種無関心な気長さをしめした。叱りもせず、冷淡な顔色ひとつ変えずに、飽かずに、どの章も冒頭から幾度もくり返した。覚えの悪い動物を気長にしこむことで、ついにはのぞむしぐさを機械的に行わせる、それと同じである。この授業を通じてヒエロニムスは何も得なかった。すでにあるものを失っただけだ。ヒエロニムスの夢見る能力である。飢える者がパンの夢を見て、しかし満腹にはならないように、ヒエロニムスはしばしば夜の夢の中で、奇跡へのあこがれを癒《いや》したが、目覚めると手中には何もなかった。今では、この心もとないなぐさめさえ失われた。

十五歳のとき、ヒエロニムスは隣家の小娘と初恋をした。可愛い娘だが、繊細な心の持ち主とはいえなかった。少年はまだひそかに不思議なことをさがし求めており、この娘のもとではもとより見つかりもせず、それで、しばらくたたぬうちに、この指一本ふれぬ恋物語は大きなため息に終わった。ちなみにため息は娘もついた。ヒエロニムスはますます自分自身の殻の中に閉じ籠もるようになった。

十七歳になったとき、父親の老ホルンライパーが不慮の高熱病で床につき、間もなくこの世を去った。ヒエロニムスは一夜にして莫大な財産を得た。続く幾月もの間、ドイツの大勢の豪商から、いや、ヴェネツィアやジェノヴァの商館からも縁談が持ち込まれた。双方あわせた財力を縁戚のつながりで固め、あるいはさらに広げようというのだ。しかしヒエロニムスはまるで関心をしめさなかった。そして、さらに一年が過ぎるころ、アウグスブルクの町内を驚かせることが起こった。ヒエロニムスが父親の遺産を放棄すると公言し、財産の相続先などまるでかまわず、町を去ったのである。文字どおり、一夜のうちのことで、着の身着のままだった。町の参事会や父親の雇い人が手を尽くしてさがしたにもかかわらず、ついに見つけることができなかった。

話はこうである。

その数日前、町に旅芸人の一座がやって来て、連日、市《いち》の広場に小屋をかけた。曲芸師や綱渡り師、道化や火吹き男がいる中で、一人の年老いた奇術師兼万病なおしがいて、いまだだれも見たことや耳にしたことがない、とても信じられぬ奇跡を起こし、ことさら目立った。この奇術師は漆黒に塗られた高い箱型の馬車を二頭の黒馬に引かせて旅路にあり、馬車は同時に舞台となり、実験室や寝室や魔術用具の倉庫でもあった。この男が起こす奇跡の噂はヒエロニムスの耳にも届き、ヒエロニムスは大急ぎで広場に駆けつけた。

ドクトル・トゥット・エニエンテ——「すべてと無」、また「すべては無」とも訳せよう——は干からびたような小男で、皺《しわ》や小皺《こじわ》が一面に刻まれた顔には皮肉っぽい二つの目がすきなく光り、おどろくほど繊細で、きわめて柔軟な手をしていた。毛皮の帽子を髪の毛が一本もない頭にかぶり、漆黒の大きなマントを身にまとっていたが、そこには誰も知らぬシンボルが一面に刺繡されていた。声は意外にもよく響き、遠くまで聞こえた。言葉はドイツ語と南欧の片言が混ざったものだったが、長靴の国は最南端、蜃気楼の故郷が生国だから、と奇術師は話していた。

ヒエロニムスは一度も欠かさず、トゥット・エニエンテの舞台に足を運んだ。心臓が高鳴り、回を追うごとにヒエロニムスの興奮は高じていった。トゥット・エニエンテが魔法の薬で死んだ鳩を生き返らせ、水をワインに変え、石をパンにし、さらに杖の一打ちで何もなかった地面から泉を湧かせ、足を一度たりとも壁石に触れずに教会の屋根の胸壁から空中浮遊したり、また、自分の耳を剣で切り落とすと、魔法の薬を一塗りして、傷痕すら残さず付けたりするのを息をつめて見入っていた。その術はかぎりがないように思われた。また、市場から魚を持ってこさせると、予告どおり、その魚の腹から金貨を取り出した。また、一粒の種からたちまち果樹を育て上げた。星の動きや手相を見て、観衆の未来を予言し、亡者の霊を呼び寄せては、語らせた。そのかたわら、魔法の霊薬や塗り薬、粉薬やお守りなど、魔法に使う奇妙な品物を並べると、売り始めるのだ。

職業柄、トゥット・エニエンテは観衆の一人ひとりを鋭く観察することに長じていた。相手はまるで気づかない。そうだから、毎回の興行で最前列に立ち、時にはあわや失神せんばかりの少年の姿が目につかぬわけがなかった。人を不思議に思わしめるこの男には、もう長らく不思議に思うことがない。だから最終日に、夜の最後の出し物が終わって、もう荷作りを始めたところへこの少年が近づき、同行と弟子入りを懇願したときも、驚かなかった。そればかりか、この申し出はトゥット・エニエンテにも好都合だった。奇術の出し物の中にはどうしても助手が必要なものが二、三あるのだが、これまで補助役をつとめていたフランス娘が恋愛沙汰で出奔したのだ。それからは、効果の高い出し物ができなかった。それで、トゥット・エニエンテは即座に入門を許し、実を明かせばアウグスブルクに来たのはヒエロニムスのためだと言った。夜な夜なカバラをひもといていると、弟子となり、同行者となる者をこの地で見出すことがわかったというのだ。

そうしてこの夜、ヒエロニムスは父親の遺産はもとより、これまでの名や半生をすべて打ち捨てると、夜明けに故郷の町を去り、二度と戻ることがなかった。しばらくすると、ヒエロニムスは行方不明、または死亡とみなされ、ホルンライパーの財産は遠縁の者がもらったが、商いの知恵にうといことから、日もたたぬうちにみんなすってしまった。

それからの数年間というもの、ヒエロニムスは「イル・マット」という名で、ドクトル・トゥット・エニエンテと共にヨーロッパの国々をめぐり歩いた。この名は「馬鹿」か「愚《おろ》か者」ほどの意味で、師匠が弟子をこう名付けたのにはそれなりの理由があった。これが舞台でヒエロニムスが演じる役回りだったのだ。イル・マットは間抜け役で、やることなすことみんなしくじり、やっと全能のドクトルが介入して、ことは落着するのである。イル・マットは怖じ気づいて舌もまわらぬ犠牲者であり、役立たずの従者として棒でぶたれた。むろん、これはみんな芝居であり、観衆の笑いをさそい、トゥット・エニエンテがますます栄光に輝くためだった。

二人は供もなく、馬車に乗って町から町へ、祭りから祭りへと放浪することが多かったが、時にはさすらいの旅芸人一座に加わることもあった。トゥット・エニエンテは世知にたけた男だから、日頃のヒエロニムスの童《わらべ》めいた純潔を見逃すはずもなく、このような機会を利用して、その筋の女性から性愛の秘密の手ほどきを受けるように取りはからった。この手ほどきは、もとより上品とは言えず、ましてや奇跡のようなすばらしいものではさらさらなかった。もしヒエロニムスがこの分野で、秘密に満ちたものやおとぎ話めいたものへの憧れを、いつか満たせるかもしれないと、まだうぶな希望を胸に抱いていたならば、その幻想はまたたくまに燃え失せ、ひとにぎりの灰と化したのである。

しかし、ヒエロニムスが知るべき秘密はまだもうひとつあった。それは少しずつおこなわれたにもかかわらず、この方がもっとヒエロニムスを落胆させ、その興奮を冷ました。トゥット・エニエンテにとって、助手をつとめる弟子は、すべてを承知していなければならなかった。それで、どうしても自分の奇跡の種あかしをせざるをえなかった。時とともに、トゥット・エニエンテは自分のトリックや手品の芸をひととおりヒエロニムスに教えた。その間ヒエロニムスは黙りこくっていたが、しかし稀《まれ》に見る才能をしめした。三年も過ぎる頃には、ヒエロニムスは師匠と肩を並べる腕前となったばかりか、ものによっては師匠をしのぐ手先の器用ささえ見せた。老いかさま師はとても満足だった。自分の芸を継ぐにふさわしい者が見つかったからだ。トゥット・エニエンテはヒエロニムスが息子のように誇りだった。自分の種《たね》ではなくとも、自分の創造力から生まれた息子だった。それに、長かったこの世の旅ももう終わりが近づいたことを、そして自分の魔法の杖を渡さなければならないことも感じていた。それだから、この若者が一人で、だれも見ていないと思うときに、何時間も身じろぎもせず、虚《うつ》ろな瞳でじっと前を見つめているのを眺めると、心配な気持ちが抑えられなかった。

ある夕べ、激しい雨風のため、道端の納屋で一夜を過ごすことにした折に、老いかさま師はこう尋ねた。「息子《フィリオーロ・ミーオ》よ、話してくれ《ディ・ミ・ウン・ポ》――わしのところへ来たとき、何をのぞんでいたのだ？」

「それはどういう意味ですか？　先生」

「真なる奇跡をのぞんでいたのか？」

ヒエロニムスはしばらく口をつぐみ、考えていたが、あきらめた顔で肩をすくめた。

「何をのぞんでいたのやら、もうよくわかりません。それに、何を今までのぞんでいるのかもわからない」

「よくお聞き《アスコルタミ》、マット。おまえとわしだが、わしらは芸術家《シアーモ・アルティスティ・エッコ》なのだ。芸術家は奇跡を信じてはならぬ。さもないと奇跡をつくり出せない。だから、奇跡を信ずる者は決して真の芸術家にはなれないのだ――決してな《マイ・エ・ポイ・マイ》！」

ヒエロニムスは黙って前を見つめていた。老人は刺すようなささやき声で話を続けた。

「まだわからないのか？　わしらの職分は嘘やまやかしなのだ。芸術とはみんなそうだ。画家が絵を描く。人は感動し、感嘆する。ときには沢山のお金を支払う。だが、現実には《イン・レアルタ》、それは何だ？　一枚の画布と絵の具が少々にすぎない。その他には何もない《ノン・エジステ》！　それはただのまやかしにすぎないのだ《エ・ソルタント・ウン・イッルジオーネ》！　役者が人を笑わせたり、泣かせたりする。しかし、みんな見せかけだ《マ・トゥット・エ・フィント》！　あるいは、偉大な詩人たちはどうだ。今までも、これからも起こりはしない話を、長々と語るのではないか。みんな誤魔化《ごまか》しだ。そういうことだ！　それでいいじゃないか。この世は誤魔化しが好きなんだ。私のマットよ《マット・ミーオ》、ただ、誤魔化しにも、うまい者とへたな者がいる。そして、真の芸術家《ウン・ヴェーロ・アルティスタ》とは誤魔化しの名手でなくてはならん。本当の奇跡が目の前で起こったと、人を確信させねばならないのだ。人々はそれをのぞんでいるし、わしらはそののぞみをかなえるのだ。どうすればよいのか、わしらは知っているからな。それだけだ《エッコ・トゥット》！」

「本当の奇跡、それはこの世にないのでしょうか？」ヒエロニムスは尋ねた。

「子どもよ《ラガッツォ》」老人はため息をついた。「わしはおまえの三倍も年をとっているし、この世界の見聞も広い。ミサで祈りを上げながら、あまりの喜びに空中へ浮き上がった聖人の話を耳にしたこともある。残念ながら《ブルトロッポ》それを見るために、わしがそこへ着いたときには、ちょうど何も起こらなかったという次第だ。例外としてな。手を当てるだけで病を癒《いや》す者たちがいる。が、病人は三日後にやっぱり死んでしまった。哀れなやつら《ポヴェラッチ》よ。わしは名高い錬金術師の話を聞いたこともある。鉛を金に変えるというのだ。赤い粉でな、賢者の石《ラ・ピエトラ・フィロゾファーレ》だよ。それでわしはその町へ馬車を走らせ、見物した。トリックだった。それもわしの方がうまいトリックだった。オリエントでは——そうとも、わしはあそこへも旅したことがある——秘密の教義を知る偉大な師の名を幾人か耳にした。彼らに会いに出かけた《ソノ・アンダート・ア・チェルカルリ》。偉大な師たちは説き、説き続けた。この世界の一部始終を説明した。この天と地《イルチェーロ・エ・ラ・テッラ》を、そして、あの聖人と称すやから《クエイ・サントーニ・リ》は友愛と寛容と博愛を説いた。だが、彼ら同士ではみんないがみ合っていたし、口汚く罵り合っていて、ごますりのようにたがいに陰謀をめぐらしていた。なぜか《エ・ペルケ》。なぜなら、みんなだれもが、ただ一人のほんものでありたいからだ。この世で一番秘密を知っている、わけ知りでいたいからだ。予言者と話したことも何人かある。みんな、それまでひとつ残らず正しく予言したという話だった。神様がじきじきにか、聖母マリア《ラ・マドンナ・サンタ》のおつげがあったと言う。近い将来何が起こるのか、いつ世界は終わり、最後の審判《イル・ジュディツィオ・ウニヴェルサーレ》が下りるのか。予言者自身はみんなそれを信じていた。そう《シ》、本当に信じていた《チ・クレデーヴァノ・ダッヴェーロ》！　信者たちもそうだ。信者たちはせっせと準備をしていた。だが地球はまだ回っている《ペロ・イル・モンド・ジーラ・アンコーラ》。神はどうやら思いなおしたとみえる。そのほかにも何も起こらなかった。いや、マット《ノ・マット・ミーオ》、奇跡なぞはない。あるのはわしら自身がこしらえる奇跡だけだ」

「それじゃ、イエスさまは？」ヒエロニムスは低い声で尋ねた。「先生はイエスさますらうやまわないのですか」

トゥット・エニエンテは悪賢い目で笑った。

「そんなことがあるものか《コ・メ・ノ》」高い声を上げた。「むろん尊敬している《マ・シ・ケ・ロ・リスペット》、そればかりか《アンツィ》！　感謝しているのだ《ロ・アンミーロ》、わしらの偉大な同僚だ《エ・イル・ノストロ・コッレーガ・ピウ・グランデ》。わしは、いわばイエス・キリストを職業の上で尊敬している。キリストを模倣すること《ラ・イミタティオ・クリスティ》はわしの理想だ。イエス・キリストはわしらの仲間だ。同業者だ。ちょっと考えてごらん《フィグーラティ・ウン・ポ》。まず、キリストはこれから何をして見せるか、口上を述べる。ちょうどわしらと同じだ。これから十字架に掛けられて見せよう。それから葬られるが、その後で生き返り、少し歩き回ったら、最後には昇天して見せよう。そうして、それをやってみせる。ちょうどわしらと同じだ。たいしたものだ《ペル・バッコ》、なんという出し物だろう《ケ・プログランマ・ラガッツォ》。どうやってやったのか、知りたいもんだ。このトリックで世界中に名が知れ渡ったが、それだけのことはある。わしは感嘆しているのだ。

なんという名人だろう《ケ・プロフェッショニスタ》」

この師匠の言葉を聞いて、ヒエロニムスの顔から血の気が失《う》せた。年老いた手品師の方へゆっくりと顔を向けると、言葉を詰まらせながら、こう尋ねた。「それでは、先生は神様を信じないのですね？」

「ああ」と老人は乾いた声で答えた。「わしは信じない。だが、仮に神がいるとしよう――ふん？《エンベ》それなら、神はいることがわからぬようにしている。永久の神よ《イル・パードレ・エテルノ》、神はまるでいないかのようにふるまっているのだ。神は沈黙し、姿を見せない。どうやら、わしらが神様なしでやって行くようにとりはからっているらしい。このわしは誰だというのだ《エ・キ・ソノ・イーオ》。神に逆らえというのか。神があたかもいないようにふるまうなら、わしもそうするまでだ。要するに《インソンマ》、神がいようといまいと、なんの違いがあるのだ？《ケ・ディッフェレンツァ・ファ》わしらにはどうでもよいことだ《ペル・ノイ・ポーヴェリ・モルターリ・エ・ロ・ステッソ》。だから《ドゥンクエ》……」

「でも、それでは、一体この世には何の意義があるんですか」

「知るものか《エ・ケ・ネ・ソ・イーオ》。それに関心もない。意義などなくとも、わしは生きてゆける。仮に、神さまだけが知っている意義があったとしても、わしらの役には、まるで立たぬ《ベン・ポコ》。もしないとすれば、なんのために悩まねばならぬのだ？　いや《ノ・ノ》、マット、ここらで満足して、奇跡をさがすなどやめるんだ。わしらは偶然この世に生を享け、また偶然この世から去っていく。その間に手品遊びをする時間が少々ある。金持ちになりたい者もいれば、権力を得たいと思う者や幸せをさがす者もいる。知らぬ者は幻想をいだき、知る者は他の者の幻想をつくる。これが違いだ《エッコ・ラ・ディッフェレンツァ》！　ひとつだけ言っておこう《エ・ティ・ディーコ・ウナ・コーザ》。希望や良心なんぞはない方が生きやすいぞ。さあ《アッローラ》、捨てるがよい《ヴァッターレ・ヴィーア》」

この話を聞いてから、ヒエロニムスの中で何かが変わった。この世に生まれてから、寂しさがヒエロニムスのもとからあとかたなく去ったことは、まだ一度たりとてなかった。ときには少し背後に隠れることもあったが、寂しさはいつもどこでもヒエロニムスと共にあった。しかし今、それが消えていった。トゥット・エニエンテの言葉を考えれば考えるほど、それはますます消えていった。ヒエロニムスはこれまで知らなかった軽やかさと身軽さを感じた。このようなことにうぶなヒエロニムスは、この新しい感情が自由な軽やかさだと思った。しかし、本当は空虚な軽さだったのである。

それから数カ月もたたぬ、ある日、万病なおしの老トゥット・エニエンテは、村の木賃宿の片隅に敷かれた藁《わら》の上で死んだ。略奪に来た敗残兵士から受けた傷が原因だった。この国に戦争が起こったのだ。魔法の霊薬も、もう何の役にも立たなかった。ヒエロニムスは遺骸に涙を流さなかった。埋葬すらしなかった。師匠の馬車にひとり乗ると、その地を去った。希望も良心も捨て、この世に意義というものを求めぬヒエロニムスは、未来も眺めず、過去も振り返らず、ただその刹那を生きるだけになっていた。いや、そのためかもしれない。この日からペテン師ヒエロニムスの運勢が天高く昇ったのは。

まずはじめに、ヒエロニムスはふたたび名を変えた。このときから、アタナシオ・ダルカーナ伯爵と名乗ると、齢《よわい》三百五十歳を越し、不老長寿の薬の持ち主という噂をあたりに広めた。かつて自分が持っていた奇跡への渇望と超自然的なものへの憧れから、ダルカーナ伯爵は人を感嘆せしめる術《すべ》を、他のだれよりもよく知っていた。老いた師匠から習った芸を完璧なまでに仕上げ、間もなく、どれをとっても師匠をはるかにしのぐようになった。また、行く先々の地で、自分の芸を広める努力をおこたらなかった。まだ知らぬからくりの芸を見せる奇跡行者や奇術師の話を耳にすると、伯爵はひそかにそのあとをつけ、舞台を訪ね、その仕掛けに近づけるよう策を弄《ろう》すると、からくりを見抜くまで調べた。そうしてから、それよりすばらしく、さらに感嘆させる出し物にしたのだ。ときには、大金を積み、秘密を買うこともあった。ダルカーナ伯爵はもはや金に不自由することがなかった。

村から村へ、町から町へと渡り歩くこともなくなった。しばらくすると、貴族や権力者の館や、そればかりか領主や王の宮殿へも呼ばれ、ダルカーナ伯爵は手練《しゅれん》の技《わざ》でいならぶ諸侯を驚かせた。ポーランド王はダルカーナ伯爵のために宴を張り、コンスタンチノープルのスルターンは伯爵を大蔵大臣に任命し、その魔法の力で国家予算を永久に黒字にしよわり変わると、真面目に考えた。エジプトでは、伯爵をヘルメス・トリスメギストスの生まれ変わりだとうやまう新興宗教が創立された。スペインでは、巫術者《ふじゅつ》とみなされた伯爵は、あわや火あぶりの刑にあうところだったが、十八番の奇術のトリックを二、三、大審問官の枢機卿に耳打ちし、手ほどきすることで難を逃れた。後日、枢機卿は興がのると、高貴な宴客の前でそれを演じてみせたということだ。

ところで、アタナシオ・ダルカーナ伯爵が漂わす、妙な暗い翳《かげ》りと近寄りがたい憂愁のオーラは、淑女たちにとってこのうえない魅力となった。とりわけ高位の女性にそうであり、伯爵がその好意を意にもとめぬように見えるのが、かえって魅力に拍車をかけた。自分自身を、自分という人間を、一種の冷淡さで、いやほとんど無思慮にあつかうことに慣れた伯爵は、どのような誘惑にも身をゆだねた。罪のないアバンチュールであれ危険な恋の冒険であれ、惚れられたのにしろ、悪徳にしろ、誘惑が引き込む先が何であっても見境をつけなかった。しかし、真剣な交際となると、みごとな手際で身を引いた。四十二の齢まで、アタナシオ・ダルカーナ伯爵の名声と栄誉はさらに増し続けた。この二、三十年間に記された年代記で、アタナシオ・ダルカーナ伯爵の名を留めぬものはない。もっとも、ほとんどが醜聞《しゅうぶん》めいたできごととの関わりだが。

さて、これから記すことが、どの国で起こったのか、記録にはない。この体験はふたたびヒエロニムスの人生を一変させることになった。ダルカーナ伯爵は岩山が続く荒野で道に迷い、途方にくれていた。おそらく、妻を寝取られた夫か、なにかだまし取られた男から見破られ、逃げる途上だったのだろう。ここでダルカーナ伯爵を待ち受けていた体験が、そもそもこの世の現実世界で起きたのか、それとも、より高度な、あまりに覚《さ》めた白昼夢だったのか、それはこの話を聞く者がきめればよい。アタナシオ・ダルカーナ伯爵は、ともかく、それまでの人生でのどの体験にもまさる強い明確さでそれを体験したのだ。

日暮れどきだった。ふと気づくと、ダルカーナ伯爵は城壁の前に立っていた。巨大な石壁が両方向にかぎりなく延びていた。壁に沿ってしばらく歩くと、巨大な門がそびえていた。門はダルカーナ伯爵がまだ見たことがない、青い微光を放《はな》つ金属でできているようだった。門扉《もんぴ》は閉ざされ、豪華なレリーフや彫像で飾られていた。その上で高く弧を描くアーチには言葉が書かれていて、ダルカーナ伯爵はそれを読んだ。あたりは静寂に沈んでいるにもかかわらず、言葉は同時に心の中でも声のように響いた。

この門は
真の奇跡の世界へと通ずる
清き心の者

通れ

アタナシオ・ダルカーナ伯爵はその前に立ち尽くし、碑文をくり返し読んだ。伯爵の精神はこの言葉の意味を受け入れようとしなかった。しかし、徐々に、言葉は燃え広がる炎のごとく、伯爵の意識の中へ侵入した。この炎の中で伯爵のキメラのような二重性格は、わら人形のように跡形もなく燃え去った。すでに克服し、捨てたはずの郷愁や、涙にくれた子どもの日々のあこがれが、魂の深みから二倍や三倍の勢いであふれ出て、ダルカーナ伯爵の心を引き裂いた。

　これまで生涯通じてさがしていたものを、ヒエロニムスはやっと見つけたのだ——しかし、すでに遅すぎた。門を叩き、開門を請うためにヒエロニムスは近づこうとした。だが、そのとき、高波のような恐怖がヒエロニムスを襲い、文字通り四肢を麻痺させた。少しも動かすことができなかった。汗が額を流れた。この門の向こうにはまるで別なものが待っている。それに身をゆだね、任せなければならぬことをヒエロニムスは知っていた。たとえ、そのためにこの砂粒ほどの自我が粉々になり、百万の原子となって飛び散ろうとも、そうしなければならなかった。今この門を越えれば、生きてはいられないことをヒエロニムスは知っていた。そして、その勇気がないことも、ヒエロニムスは知っていた。それだけの値はヒエロニムスにはないのだ。ヒエロニムスは故郷へ入る権利を永久に失ってしまった。

しかし、もはやその場を去ることもできなかった。琥珀《こはく》の中で石と化した羽虫のように身じろぎもせず、ヒエロニムスはその場に立ちすくみ、一歩も動けなかった。そうして立ったまま、一晩と、続く一日をすごした。

盗んだことや、嘘をついたことや、だましたことは、ここでは意味を持たなかった。それははっきりと感じていた。たとえ人を殺したことがあったとしても、それでもまだ、この碑文の意味において、清い心でいられただろう。しかしヒエロニムスは不思議なことに対する心からの信仰をうらぎり、売り払ってしまったのだ。それはこの王国の精神に反する罪業である。許されることではなかった。ヒエロニムス自身がその自分の罪業を許さなかったからだ。ヒエロニムスは彼方の世界の住人になる長子権を、いかがわしい外の現実の、いかがわしい名誉と富という、つまらぬものと交換してしまったのだ。かつて、敷居のこちら側で異邦人だったヒエロニムスは、ここにおいて、ますます、そして永久に、彼方からの追放者となった。運命に手を引かれてこの門にたどりついた者は、だれもがためらわず中へ入ることができた。だれもが——ただヒエロニムスだけができなかった。ヒエロニムスの入国は永久に禁じられたのだ。

荒野に二度目の夕暮れがおとずれる頃、ヒエロニムスは門に背を向けると、立ち去った。月明かりの夜をさまよいながら、ヒエロニムスは奇怪な岩の一つひとつ、目にとまる木の一本一本をも注意深く頭に刻み込み、消えることのないインクで、歩いた道を記憶の中に描き記した。いつの日か、ふたたびこの道を見つけようというのではない。ほかの者が、よりふさわしい者が自分同様にさがすことがあれば、真の奇跡の世界への門を見つけられるように手助けしたいとヒエロニムスは思ったのだ。そうすれば、ヒエロニムスの人生も無益ではなかった。七日と七夜の後、ヒエロニムスは飢えや渇きのため半死半生となり、衣服も破れはてた姿で人間世界へもどりついた。まだ懐《ふところ》に金が残っていたので、ある宿屋の主《あるじ》にひろわれ、小さな寝室が与えられた。そこでヒエロニムスはほとんど一月の間、病の床についた。

この日々を通じて、ヒエロニムスにはあるひとつの心象ができていった。人間とは天と地を結ぶ、かぎりなく長いくさりだという心象である。このくさりの一つひとつの環はそれだけでは意味がなく、ほかの環とつながることで、くさり全体の役に立つ。そして、高みにある環も低みのそれに優るわけではない。その場所がどこであろうと、同じように重要だ。この絵にヒエロニムスはなぐさめられた。

病が癒《い》えると、ヒエロニムスはひそかにもう一度名前を変えた。昔の名はこれまでの人生と共に火にくべた。ヒエロニムスは今度、インディカヴィアと名乗った。「道しるべ」という意味である。

その名の意味は、と問う者があれば、インディカヴィアはこう答えるのが常だった。道しるべとは、それだけでは一片の板であり、値打ちもない。雨風にさらされ、朽ちているかもしれない。道しるべはそこに書かれたことを自分では読めず、読めたとしても、何かわからないだろう。それに、道しるべはそれが指ししめすところへ決して自分では行けない。それどころか、道しるべの意義とは、それが立つところに留まることにあるのだ。それはどこでもいい。ただ一箇所をのぞけばどこだって適所なのだ。その例外とは、それが指ししめすところである。そして、道しるべはそれが指ししめすところに立たないからこそ、そこへ通じる道をさがす人々の役に立つのだと。

このような複雑な話を聞いた民衆は頭をふり、インディカヴィアが煙に巻こうとしているのだと思った。

ほかには手に職がないところから、インディカヴィアという名でふたたび昔の稼業をはじめた。しかし、やり方がこれまでとはちがった。このときから、奇跡を起こす超自然の力を本当に持つと人々に信じさせるためには、その技を使わなくなったのだ。毎回上演するにあたり、どの技も単に手先の器用さと手品にほかならず、まったく自然に説明がつき、観衆の遊興に見せているのだと説明した。だがすぐに、その説明のために観客の人気と関心を棒にふったことを知らされた。トゥット・エニエンテは正しかったのだ。人はだまされたい、と老師匠は話したことがある。貴族も庶民も、説明付きの神業には興味がなかった。そればかりか、真の奇跡の世界に通じる門前に立ったことがあり、その世界を指しめしたいがためにこうして芸を見せていると公言するにいたり、インディカヴィアは笑いものとなり、殴られたことすら二、三度あった。狂人か詐欺師とされたのだ。世間をだましていた間、ヒエロニムスは信じられていた。しかし、彼の唯一の真実は詐欺とされたのである。

この日からインディカヴィアは黙してその秘密を語らなくなり、見せるのは手品にすぎないという告白だけにとどめた。そうして、祭りから祭りへ、酒場から酒場へと渡り歩いた。その芸に客がくれる金はもう多くなかったが、それでもなんとか露命《ろめい》をつなげた。続く数年間で、インディカヴィアは「故郷なき魂」をまちがいなく嗅ぎつける嗅覚を発達させた。「故郷なき魂」とは、自分の少年時代、そして幼年時代の思い出から名づけた。その際、娼婦も良家の娘も、貴族も浮浪者も、学識者も貧しい炭焼き人夫も、区別しなかった。その人の内面的成熟や適否を判断することもひかえた。真の奇跡の世界にはこの世とはまるで異なった尺度がある。インディカヴィアにはそのような人々とひそかに語り合い、あの門への道をしめすことがあった。そして、その中の何人かは、本当に旅に出た。

時は傷を癒《いや》すだけでない。それはまた、思い出から現実の息吹をも奪い取る。年をとればとるほど、本当にあの謎めいた門の前に立ったことがあるのか、インディカヴィアにはさだかではなくなってきた。いくら力をふりしぼって抵抗しても、あの日の体験は、それがどこかにあるはずだという願望の所産ではなかったのか、との疑いがわき、それは日ごとに増していった。だれかにあの門の話をして、そこへの道をしめすとき、本当は昔語ったことを思い出しているだけではないかと思うことが多くなった。そして、そのたびに自己嫌悪の思いも増すのだ。

インディカヴィアの指示にしたがって旅立った者のほとんどとは、再会することがなかった。自分の指示で、真の奇跡の世界への道をみつけたのだろうと、インディカヴィアは思っていた。船が難破した漂流者が一枚の板切れにすがるように、インディカヴィアはこの思いにしがみついていた。しかし、幾年ものちのこと、その一人と出会うことになった。オランダの、とある港の淫売宿でのことだった。そこの太った女主人に、かつて天使のように美しく、純潔だった少女をインディカヴィアは見出したのだ。その少女にインディカヴィアはあの秘密を告げたのである。話した場所に門が見つからなかった、と女は言った。女はインディカヴィアの嘘をとがめ、悲惨な運命はインディカヴィアのせいだと責めた。

教えられて出た旅が、つまり悲運のはじまりだったと言うのである。

このときから、インディカヴィアの精神は錯乱しはじめた。その不条理な人生に残された唯一の釈明は、ひかえめにも、少なくとも道しるべであるということだけだった。しかし、ここにいたり、それも幻想と化したのだ。もうなにも残らなかった。現実と見せかけ、真実と虚偽、神と世界——すべては空虚なペテンに思え、わけがわからぬ、だれも見ぬ夢のようだった。そして、この狂った迷宮のどこかにインディカヴィア自身は立っていた。道しるべ、それは何処《いずこ》をも指ししめさぬ道しるべだった。

インディカヴィアは言葉を失ったかのように、一言も話さなくなった。言葉が嫌でたまらず、考えることも、もうやめようとした。まだ残っていたわずかな金は、いかがわしい場末の酒場でつかいはたした。そして、正体がわからぬほど酔っぱらうと、インディカヴィアはこの世界の空虚さを笑った。酒場の相棒が、何か手品をしてみせろとけしかけても、ただかたくなに首を横にふるだけだった。無頼の徒が相手の手すさびとはいえ、生の大いなる偽《いつわ》りと幻の中で、ささいな、個人的なそれをつくり出してもしかたなく思われた。この乱行により、インディカヴィアの身体は衰え、頭も鈍《にぶ》くなりはじめた。長年の稽古で得た器用さも、またたくまに失われた。しかし、インディカヴィアにはどうでもよかった。もう何を望む力もなかった。インディカヴィアは落ちてゆくにまかせた。そして、インディカヴィアは深く落ちた。鼾《いびき》をかいて、路地の溝に横たわる、あるいは場末の酒場で金をせびる、この哀れな一塊の人間が、往時名声を博したアタナシオ・ダルカーナ伯爵だとは、だれもしうわからなかった。

目標をなくしたインディカヴィアには、どの道を歩もうとどうでもよかった。それで、そうこうするうちに、意図したわけでもないのに、思いがけず、ふたたびあの荒野に踏み込んでいた。真の奇跡の世界へ通じる門が立っていた荒野である。しかし門はなかった。

天に暗雲がたれこめ、雨がはげしく降り始めた。最初の稲妻がインディカヴィアの前に落ち、数歩も離れていないところで、ぴたりと動きを止めた。インディカヴィアは眼をこすって見た。すると、だんだん見えてきた。稲妻とはほかでもなく、奇跡の世界への門が開いたすき間だった。少し開いた門扉から、たとえようもない、まだ見たことがない光があふれるように射し、あたりの野を照らしていた。

インディカヴィアはアーチの碑文をもう一度読み、入ろうとしなかった。入る勇気は昔よりもさらになくなっていた。言葉にならぬ憧れの眼で、インディカヴィアはこの清明を見つめるだけだった。短い、乾いた嗚咽《おえつ》が身をふるわせた。そのとき突如、光が話しかけるのをインディカヴィアは聞いた。

「友よ、なぜこれほど待たせたのだ？　呼ばれていたのに、なぜ来なかった？」

インディカヴィアはこの光から見つめられ、まったく見通されていることを感じた。唇を震わせながら、こう答えた。

「まるでその値打ちがないのに、どうして入ることができましょう」

その言葉が終わらぬうちに、目の前に稲妻が走り、耳の中で雷鳴が響いた。インディカヴィアはひっくり返り、二転、三転した。それほど頰を打つ勢いは激しかった。足をのばしたまま地面に尻をつけて、インディカヴィアは頰をなでながら、痛みがないことを不思議がった。それはどちらかといえば、病を追い払うため身体を揺すぶられたのであり、インディカヴィアの中で何かが整い、おかげで気分もはるかにすぐれ、何歳も若返ったように感じられた。それでもインディカヴィアはこう言った。「謙譲の気持ちが足らないというなら、おしめし下さい。でも、そうでないのなら、なぜ私をこれほど強く打つのですか？」答えの代わりに、静かな笑い声が聞こえた。しかし、その笑いには嘲《あざけ》りや面白がる響きがなく、ただなぐさめられる気持ちがした。腕に抱かれ、静かに揺すられているようだった。

「これは、おまえが自分自身を裁けると思ったことへの仕置だ」

この言葉を聞いて、インディカヴィアはまったくわけがわからなくなった。これまでインディカヴィアに何か良いことがあったとすれば、それは自己を非難したことであり、この点だけは真実に忠実だったのではないのか。もしこの点で、ほかでもなくこの点で、道を誤ったというのならば、インディカヴィアはもう何もわからなかった。ただひとつだけは明らかに思われた。あの一撃で、あたかも人のように向かいあう光から拒否されたことだ。インディカヴィアはそれをよしとした。立ち上がると、ためらいがちに、二、三歩、門に近づいた。

「こんなに厳しく私を退《しりぞ》ける必要はなかったのに。許しなく門を通るつもりはないのですから。あなたと私では、理由こそ違うかもしれませんが、彼方の世界がもはや私が行くところでないということでは、私も同じ思いです。でも、私が、ここへ通じる道をしめした、ほかの人たちがいる。彼らがこの門を見つけたのか、中へ入ったのか、ぜひ知りたいものです」

ふたたび、インディカヴィアの目の前を稲妻が走り、耳の中で雷鳴がとどろいた。ひっくり返ったインディカヴィアは、地面に尻をついていた。今度は別の頬をインディカヴィアはなでた。痛みは今度もなかったのだが。

「どうして、また?」消え入るような声でしか尋ねる勇気はなかった。

「われらがだれかを呼ぶのに、そもそもおまえの助けが必要だと思っていたからだ」そう光は答えた。

インディカヴィアは理解しはじめた。この光の前では罪や功労が問題ではない。もうひとつの世界では、そのようなものはないのだ。もう一度勇気を奮《ふる》い起こして立ち上がると、数歩前に出て、こう尋ねた。

「あなたはだれなのです?」思わず腕が上がった。三度目の頰打ちを予想したからだ。しかし、それは起こらなかった。

「私はおまえだ」と光は答えた。「さあ、来なさい!」

インディカヴィアはふかくお辞儀をすると、門を通った。

稲妻が消えた。

インディカヴィアの足跡はここで途絶える。この後、さらに別の名で、人知れず、この世の新しい人生をすごしたのか、それとも、これがインディカヴィアの死だったのか、知る者はいない。どちらにしても、大きな違いはないようである。だがインディカヴィアが、この世に享けた生の出発点に戻ったことだけは間違いない。最初と最後の稲妻は、実は同じひとつのものだと語りつがれているからだ。時の流れの中には、その流れの上に立つ、確固不動たる瞬間があるものだ。そのような瞬間が真の奇跡の世界へ通じる門であれば、その彼方にはまるで別な世界が広がっているのなら、ヒエロニムス・ホルンライパー、別名マット、別名アタナシオ・ダルカーナ伯爵、別名インディカヴィアという人間は、いずれにせよ、ここで終わる。そして、この話も終わる。

現代文庫版訳者あとがき

この本はミヒャエル・エンデ著、*Das Gefängnis der Freiheit* の全訳である。原著はK・ティーネマンス社内ヴァイトブレヒト出版社から一九九二年に初版が出版された。岩波現代文庫化にさいしては、エンデ全集版(岩波書店刊)を底本にした。

『自由の牢獄』は、わたしがはじめて訳したエンデ作品である。十三、四年ほど前のことだ。それだけに愛着もある。当時まだ元気だったエンデさんからうかがった、作中の語の意味などは、できるだけ全集版解説に記しておいた。

わたし個人の話はさておき、この短編集は、エンデ愛読者、エンデの思索を知ろうとする研究者はもとより、二十世紀の精神史に関心がある一般読者にとっても、得るところが豊かな作品集ではないだろうか。

そのあたりの事情をここに書こうと思う。

『遺産相続ゲーム』(一九六六年：原著)という戯曲がある。出版されたエンデの処女作は

『ジム・ボタンの機関車大旅行』(一九六〇年：原著)だが、この作品は、もともと友人の絵本画家から声をかけられて、プロットもなにもなしで書き始められたもので、絵本のテキストのつもりだった。そのため、エンデ思想の反映という点で、この処女作は、それ以降のエンデ作品と一線を画しているというのがわたしの意見だ。

エンデがじっくり腰をすえ、かれの思想背景をも踏まえて書いた最初の公表作品は『遺産相続ゲーム』だった。そして、この戯曲を読んで気づくのは、この初期作品にはすでに、のちに『モモ』や『はてしない物語』を書くことになるエンデの思想がほぼ出揃っているということだ。

戯曲の舞台は、ある謎めいた館である。相続されるべき遺産とはこの館なのだけれど、これが住人の生態と一体になった「変わる家」なのだ。この館では、なにかを告げるように不気味な馬の蹄《ひづめ》の音が響き、空には文字を描く鳥の群れがある。そして、その伝言を読めるのは心だけだと老執事は言う。つまり、コスモロジーの次元で話が進む。

亡き館主は見ず知らずの十人の人間に館を相続する旨を伝えていたが、その遺言状は十の紙片に分かれて、相続人たちが一片ずつを貰った。だが、かれらは協力して、遺言をひとつにつなぐことができない。そして館は相続人もろとも滅びるのだが、燃え落ちる館のなかで発される最後の台詞《せりふ》はこうなのだ。

「言葉を見つけだすだけでいい……そうすれば、まだすべてを救うことができるのよ!」

（『遺産相続ゲーム』エンデ全集版、二〇七ページ）

ここには、晩年にいたるまで変わらなかったエンデの思想宇宙がはっきりとした輪郭で広がっている。

エンデは一生涯思索しながら創作した詩人作家だったが、その思索の輪郭を見るとき、それがきわめて早い時期から晩年まで、大きくは変わらないことに読者は気づくだろう。そのおかげで、たとえばエンデの作家人生を通じて少しずつ書き続けられた、一種の連作集ともいえる『鏡のなかの鏡』でも、全体をひとつのまとまりがある作品として、読者は読むことができるのだ。

『鏡のなかの鏡』では、エンデが生涯を通じて持っていた心象世界が、それぞれ完結した詩的散文で表現されている。そこでは、個々の心象の背景にある思索や論理はまったく姿をみせない。読者はそのようなものに一切とらわれることなく、あくまでも室内楽にも似た一連の絵の流れに身を浸《ひた》してほしいというのがエンデの意図だったのだろう。

短編集『自由の牢獄』に収録された作品もさまざまな時期に書かれた。この作品では、エンデの思索の主要な軌跡がいくつも、それぞれ短い話として表現された。話は手記や手紙、奇譚、千夜一夜物語のパロディー、ショートストーリーなどさまざまな形式で語られる。

「それがこの短編集におけるゲームのルールです」とエンデはその遊び心を語っていた。遊びにおいては、その内容が遊びのかたちを自《おの》ずから生じさせるのだ。

では、エンデが一生涯持っていた思想要素にはなにがあるのだろうか？

自然や動物、そしてほかの人間との連帯感、つながり、愛情。人間(心、内世界)と宇宙(外世界)との照応、時間への関心などが、まず挙げられるだろう。次に、不安な時代を背景とした新生への希求、遊び、空間への関心、言葉に対する愛情と信頼、精神世界に対する信頼と憧憬……などがあると思う。

第一のグループは「コスモロジーの次元」として見ることができる。第二のグループは「マニエリスム的関心」とでもいえるのではないか。錬金術やカバラへの傾倒もここに入る。むろん、この二つのグループは交差している。コスモロジーの次元もマニエリスム的関心の一端とみて、かまわない。

これらの要素の、その基本にあるのは、「創造」だとわたしは思う。新しい世界の創造と言ってもいい。新しいモラルや秩序を伴う世界である。

新たな天地が創造されるとなると、それは現世という世界を超越した次元からのみ起こりうるはずだ。そのことからコスモロジーの次元が広がるし、現世を超えた高次な精神世界の姿が現れてくる。エンデの「創造」において、注目すべきなのは、それが闇と光、悪と善という二元論の視線での創造だということだろう。だから、この短編集の作品にも、なんらかの形で「悪」がしばしば見え隠れする。それは、「自由の牢獄」における悪の化身イブリースという端的なかたちで登場することもあれば、「郊外の家」ではナチスに託して、悪そのものの空間的実在の謎が問われるということにもなる。そのさい、悪そのものが(自由な)人間のあやまち、というように捉えられていないことに注目したい。

「郊外の家」では、神の精神宇宙のなかで、「悪」はいかに(空間的に)実在するのか？という問いが取り上げられた。形式は、目撃者の報告という書状。

悪そのものの由来は問われない。目撃者は子どもであり、ただ目撃するだけだ。かれが見たのは、この(善なる)宇宙のただなかへ悪は出現するということだった。ただ、それは空間としての実体を持たない、この宇宙に場所をしめないのである。それでも、出現するのだ、とこの話は告げている。

表題作「自由の牢獄」において、創造主としての神の絶対と人間の自由についてエンデは語る。話の形式は千一夜物語。

アラビアン・ナイトのかたちを借りることで、絶対神アッラーや悪魔、そして人間という根源的次元の話が自然に語られている。

「創造」を人間の行為においても最重視していたエンデにとって、人間の「自由」はその前提条件としてきわめて大切だった。この話でも自由は人間の行為の本性としてえがかれ、そのような存在として人間は悪と向かい合う。そして、その自由な人間存在も、そして悪さえも、さらに大きな精神宇宙に包まれている。

この二作品は、エンデの「悪」観を端的に知らせてくれる最良のものといえるだろう。

ところで、「世界創造」というと大げさな話に聞こえるかもしれない。この場合の「世界」とは、わたしたちがいつの間にかそのなかにいて、その光のなかからこの世のすべてが現れてくるひとつのつながりのことだ。そのようなものの本質をエンデは「言葉」に見ていた。言葉というより、その意味世界といったほうがいいだろう。そして、それは精神世界の側にある、というのだ。

意味世界からわたしたちに語りかける声があるからこそ、世界の森羅万象はわたしたちの心にふれる、意味を持つのである。それが闇のなかへ沈んでしまえば、あとは虚無だけが残る。

いわゆる「神の死」のあと、虚無という闇は近代西欧の底によどんでいる。その状況は、今では、近代西欧思想を受け継いだほかの世界でも、日本でもかわらない。思索家としてのエンデは、この近代の問題を、いつも脳裏においていた詩人作家だったと思う。

そのような虚無の姿は、「遠い旅路の目的地」の主人公シリルの冷淡さや非情、「道しるべの伝説」のアタナシオ・ダルカーナ伯爵におけるモラルの不在、という人間性のなかの闇として漂っている。

精神世界とは、エンデにとり、言葉の故郷《ふるさと》であり、意味や意義、さらに質の故郷であった。そのような故郷を失った者には、心にふれるものがなにもない、虚無の闇が残されるだけであることを「遠い旅路の目的地」は淡々とした筆致で描いている。言葉の消滅、意味の消滅は、言うまでもなく『はてしない物語』の隠れた中心テーマである。

しかし、どの人間にも故郷はある。そこから離れる距離が大きくなればなるほど、郷愁は高まっていく。郷愁は故郷の在《あ》り処《か》を告げているのだ。そして、そのような故郷は物語や絵の世界とつながり、同時にそのままこの現世ともつながっている、とエンデは言いたいのだろう。

「道しるべの伝説」も精神世界から流離した者の話である。主人公は精神世界の痕跡をこの世に「奇跡」として探そうとする。その努力が徒労に終わったとき、ヒエロニムスも虚無の闇に落ちるのだった。そして、シリルと同じく、ヒエロニムスも「故郷」である精神世界にかぎりない郷愁をいだいている。

そのヒエロニムスが人生最期に到達したイメージとは「道しるべ」だった。現世における人の存在とは、かなたにある精神世界への道しるべだというのだ。そのために人は流離して「異郷の地」にある、という静かな認識はエンデ自身のものだったのだろう。

精神世界、心の世界からわれわれ現代人がますます遠ざかっている事実に、エンデは強い危機感を抱いていた。それは心がふれる意義や質というものが消えてゆくことを意味する。そして、人と人とのつながり、人と自然とのつながりが途絶えること、感動や共感、そして慈悲の心がうすらぐことも、エンデの目には同じ事情による現象であった。

このように見てくると、『遺産相続ゲーム』に現れていたテーマが、いかにエンデの生涯を通じて考え続けられていたかがよくわかる。学生運動や議会外野党運動の嵐が吹いていた六〇年代のドイツでは『遺産相続ゲーム』の舞台に、観客のすさまじいブーイングが浴びせられた、という。よりよき社会が、そのような「言葉」や「愛」や「つながり」、「鳥からの伝言」といった夢想的なことで生まれるなど、メルヘン作家の戯言《たわごと》だと感じられたのだろう。

しかし、それから四十年の時が流れ、現時点で振り返るとき、夢想家と呼ばれたエンデのほうがはるかに現実的だったようにわたしには思える。そのエンデは「遊び」の大切さを強調した。「遊び」と聞いて、軽く見てはいけない。遊びは軽やかだが、したたかなのだ。

単行本として長く品切れ状態が続いた『自由の牢獄』が、こうして岩波現代文庫の一冊となるにあたっては、生活社会編集部編集長の坂本純子氏のご努力に負うところが大きい。文庫本化においては、現代文庫編集部の中西沢子氏の御世話になった。両氏には、紙面を借りてお礼申し上げる。

二〇〇七年七月

田村都志夫

解説　旅のノート

田村都志夫

ミヒャエル・エンデは文学の解釈を嫌った。作者がその作品でなにを言おうとしたのか、それを説明や解釈で取り出してみせ、納得することが文学への接し方ではないと、くりかえし話した。

エンデにとって、文学を読むことは「体験」である。体験では、今まで知らなかったことと出会い、それに触れ、そのなかを通り行くことで、自分が変わり、まわりの世界が変わる。そのような出会いは、もっぱら旅で起きる。しかし、旅といっても、この「旅」は、地理上で遠くはなれた場所へ行くことだけを意味するのではない。だれのすぐそばにも、日常の生活においてさえ、見知らぬ世界への門は見つかるだろう。それは、そのような場所が物理的に存在するかという問題ではなく、なによりも、そこに向かう人の姿勢の問題だからだ。

それゆえ、そのような門が本のなかにあってもけっして不思議ではない。

エンデ文学を読むことは、その作品がくりひろげる世界を旅することだ。エンデの作品の読者は、その本がたとえば『ジム・ボタン』のような、それ自体が旅行記であろうと、『モモ』のように、円形劇場がある、ヨーロッパの南の国のどこかが舞台の話であろうと、その話のなかを旅し、旅することでなにかを体験する。それは読者だけではない。エンデ自身にとっても、本を書くことはいつも未知の世界への冒険だった。物語を書きながら、エンデ自身も体験の旅をしたのである。それが本物ならば、体験はその者を変え、育てるはずだ。そうして、体験は経験となる。

ここでわたしは、この短編集について書かねばならないが、いうまでもなく、この短編集を解釈することを、わたしは避けようとする。しかし、うまくゆくかどうか。ともあれ、わたしにできるのは、この本の読者にわたし自身の旅のノートをまず見せることだろう。

＊

「遠い旅路の目的地」からはじめよう。この世に故郷がない男が金に糸目をつけず、世界中に故郷をさがす、が、むろんみつからない。ある銀行家の絵画コレクションで見た絵がこの男、シリルの心をつかむ。今まで知らなかった感情が体のなかを流れた。それは「郷愁」だったのだろう。しかし、絵のなかの「故郷」をこの世のどこかに見つけることができるのか？　シリルはそれをかれの非常な意志力でやってのける。その際の「規則」は「人は探すから見つける」ということ。いや、探すことを通じて、その見つけるものが現れるのだ。

ここで思い出すのはクエスト。「クエスト」をわたしはここでは「遠征」と訳したが、その基本意味は「探求」である。『エンデのメモ箱』に収録されたメモに、エンデはクエストについて「人はだれも自分が探すものに変身する」と書き記している。そしてシリルが長い探求の旅の末に迷い込む、霧のヴェネツィアの袋小路が「カッレ・デッラ・ジェーネジ」という。「創世小路(「創世記」の創世)」ほどの意味だ。そこでシリルはアハシュベール・トゥバールという名の、不思議な老人と出会うが、このアハシュベールは明らかに「永遠のユダヤ人」を示唆している。「永遠のユダヤ人」とは、救世主の再来を待ちつづける、不死のユダヤ人である。

しかし、この世に故郷がないとはどう考えればよいのか？　エンデはそれを、子ども時代のホテル暮らしと母を知らないことなどの状況で一筆書きに描いてみせるが、この問いはさらに遠くへと響きつづける。そして絵のなかの故郷。この世にはない故郷とはどのようなものか？「月長石宮殿」はなぜ凍てつくように冷たいのか？　そこへたどり着いたシリルはなぜ手をあげているのか？　歓迎の意か拒否なのか？　この歓迎ないし拒否のしぐさはほかのだれに、あるいは、なにに向けられたものなのか？

ひとつ特筆したいのは、シリルのことだ。芸術のなかでのできごとと日常の現実社会のモラルは別であることを強調したエンデは、しかし自作では非情な話を書くことが少なかった。だがこの物語の主人公シリルは、自分の目的に達するためには手段を選ばず、他人の悲劇を一顧だにしない男として造形されている。そして、この物語そのものがモラルの外にある。

「ボロメオ・コルミの通廊」はどうだろう。これはエンデが敬愛していたボルヘスへのオマージュ(賛辞)となっている。ローマのある宮殿の廊下の話。この通廊は(少なくとも見た目には)この宮殿の幅や長さよりもはるかに長い。長いはずで、ちょうど消点がひとつの遠近法のように、廊下は無限にひとつの点に向かって小さくなってゆくのだ。イタリアの後期ルネッサンス建築には遠近法を利用した内部空間が実際にあるが、むろん、この通廊のように無限ではない。美術史家グスタフ＝ルネ・ホッケとの親交を通じて、エンデが後期ルネッサンス／マニエリスムに強い関心を持っていたことも、ここに記しておこう。

さて、主人公の夫妻は通廊の向こうのはてまで歩く旅に出る。無限だからたどり着けるかどうか。もしたどり着けばそこはどこなのか？　その先はどこへ通じているのか？　そこから射す緑色の光とはなになのだろう？

「郊外の家」は、ナチス時代を題材とした話であることがまず興味を引く。この世紀に生きたドイツ人には、避けられない題材だろうが、エンデはナチスから「悪」自体の話へと歩を進める。ナチス時代のいろいろな要素がちりばめられている。たとえば謎の婦人の名が「フォン・トゥーレ」という。これはもともとは北海の伝説上の島の名だが、ここではミュンヘンのトゥーレ会をまず思い出す。トゥーレ会とはナチスの初期思想形成に関係が深いといわれる組織だった。そして「先祖遺産局」。この官庁はSS（ナチス親衛隊）に属し、実際に存在したものだ。

しかし、この話で興味をひくのは、二人の少年がのぞき見る、「悪」自体の存在だろう。歴史上の残虐行為、いや、昨今の事件を思うだけでも、この世に「悪」が存在することは否めない。が、この世にくりかえし姿を見せる「悪」とは、いったいどこに存在するのか？　この中身がない邸宅のなかは、宇宙のブラックホールのように、その存在が感知できない、ある意味では存在しない空間なのだろうか？

もうひとつ。この話の原題はドイツ語で「ダス・ハウス・アン・デア・ペリフェリー」という。言葉の意味は、「町の周辺にある家」。すなわち、この中身がない、外側だけの家は町の周辺部にある。町の周辺にある、外側(周辺)だけの家。これは意図的な言葉遊びなのだろうか？　そう訊ねたとき、エンデは微笑《ほほえ》んで直接は答えなかった。エンデ自身の意図がなかったとすれば、このような表現を選ばせた言葉自体が持つ意図を感じるのは、わたしだけだろうか。

ちなみに、この話の舞台の町フェルトモヒンクは、ミュンヘン郊外に実在する集落だが、むろんそれはこの話とは関係がない。

「ちょっと小さいのはたしかですが」――イタリアを愛したエンデの小品。ローマに、いやイタリアへ行ったことがある者ならば、エンデの描写のひとつひとつに笑みを浮かべるだろう。F社の超小型車を思い出させるクルマのなかに入っていくと、そこはこのクルマのオーナー家族全員の住居であった。丸いパンを思わせる小さなクルマには、ママの部屋から子ども部屋にいたるまで、家族全員の部屋がそろっていて、そして一番奥のドアはこのクルマを収納するガレージのドアだったというのが「オチ」である。主人公はガレージの外側のドアを開けて、外の現実世界へ出るのだが、このクルマ自体はどのようにしてこのガレージに出入りするのか？　考えるたびに、思考はひとつの現実から別の現実へとするりするり行き来する。終わりに記された、イタリアで登録された魔術師の数は、エンデにたしかめたわけではないが、事実どこかに載っていたものだろう。

「ミスライムのカタコンベ」では、まずいくつかの語について書いておこう。エンデからの聞き書きだが。

まず、「ミスライム」だが、これは大河に象徴される、時が流れる国、具体的には、大河ナイルが流れる、エジプトのことらしい。旧約聖書の民にとり、エジプトは流刑の地であった。主人公の名イヴリィは、エンデが尽きない興味を持って愛読していたカバラで、人のなかで彼岸に属するものをさす。それがなにかを知るには、イヴリィの行動が示唆しているようである。長《おさ》の名のベヒモートや女医の名レヴィオタンは、ベヘモートとレヴィヤタンが下敷きになっているが、レヴィヤタンは旧約聖書の「ヨブ記」にも見られる。創造のはじまりで、神により征服された怪物のことであり、彼岸に属するイヴリィに敵対する語ということだ。「ヨブ記」といえば、「塵」や「陰府」や「岩に刻む」などの言葉もそこに見ることができる。忘却の薬GUL《グール》はヘブライ語で「物質」をさすという話だった。

外の世界を見た思い出を持つイヴリィ。そのために岩はだに外を眺められる窓を描きつづけるイヴリィ。これは芸術家の行為ではないか？　ならば、芸術家とは、ほかの人びとが影を見るなかで、外には光があることを覚えている人であり、芸術作品とは、その光を見るための「窓」なのだろうか？
この話では、プラトンの「洞窟の比喩」を思い出す人も少なくないだろう。プラトンの話では、人は洞窟のなかで、イデアの光に背を向けていて、その影だけをもっぱら見るのである。この話の最後に、イヴリィはそのような光を見たのか？　その絶叫は歓喜だったのか、絶望だったのか？

「夢世界の旅人マックス・ムトの手記」の話は、実際、まるで夢世界でのできごとのように不思議で、象徴に満ちている。西の砂漠に建設された都市「中心《センター》」の様子をたしかめにゆく、旅行記である。それを依頼したのは老寵姫《ちょうき》で、実は都市を建設するように、技師や作業員を送りだしたのはこの老寵姫なのだが、ムトは姫からある辞書が借りたいために、この仕事を引き受ける。都市「中心」が見つかった。が、建設にあたった人たちは見当たらず、都市の建物は生き物のように互いに食し、生殖、繁殖している。その中心にある建物が「公文書館」と呼ばれる。雪花石膏のように白いこの都市は自己増殖しているようだ。だれもいないところをみると、この都市を建設した人びとは、都市に呑み込まれてしまったらしい。同じことが、ムトの同行者にも起こるが、その「犠牲者」が、知性が自慢の、冷徹なブロンド娘イジウ嬢と、太鼓腹のコック、ケルという対照的な二人なのはどうしてなのだろう？　そもそも、この「中心」と呼ばれる白い都市とはなにか？　なぜこの都市は西の砂漠(エンデには「文明砂漠」という言葉がある)にあるのか？　その関連で問えば、なぜ西の砂漠へは城の台所を通るのが近道なのか？

　そして、ムトの旅の仕方だが、ある問いを解くために、与えられた前提条件からその前提条件へと、くさりのようなつながりをうしろへとたどってゆく。たしかに論理の筋道には、こうなるものが多いが、これではまるで、結果にはその原因があり、その原因はまたある原因の結果であり……という、因果論のくさりのようだ。ムトはこのようなルール自体は否定しない。が、これからはその条件を自分で自由に決めると言い放ち、はてしない夢世界へとふたたび旅立つ。

　さて「自由の牢獄」だが、副題に「千十一夜の物語」とある。これは『千一夜物語』の体裁で語られる物語。人間の自由をめぐる話だが、ちょうど中世ヨーロッパでよく討論されたような、人間の自由と神の全能との相剋《そうこく》が記される。ここでは選択の自由が人間の自由を代表しているが、エンデにとり、自由とは創造性と切りはなせない、人間の本質に属することだった。人間の創造性を背景にして見るとき、人間の自由は神の全能と対立しないように思われる。人間の創造性は、創造の神と一本の糸でつながっているからだ。

ここでもう一度副題を振り返れば、「千十一夜の物語」は「一〇一一夜の物語」であり、一一一は狂気の数字と、この話のなかに注がある。これは何かの示唆なのだろうか？

「道しるべの伝説」――エンデはついにまとまった自伝を残さなかったが、この短編はエンデの作品のなかでもっとも自伝の色合いがつよいと言えるだろう。生まれ落ちたときから、この世に自分の故郷はないと感じ、不思議なものの世界にあこがれつづけるヒエロニムス。そのヒエロニムス少年が、さまざまな遍歴の末、不思議な世界への門をくぐるまでの話。この門は、物理的に存在するのではないらしい。ヒエロニムスに教えられて、この門を捜して旅にでた少女は、門を見つけえなかった。再会したとき、可憐だった少女は、港町の娼婦宿の太った女主人となっていた。

そして、印象的な、天と地を結ぶくさりの心象風景。「道しるべ」になったとき、ヒエロニムスはふたたび門のまえに立った。この門を通ることは死を意味するのか？　エンデはそれに答えず、ヒエロニムスはこの世の生の出発点にもどったと書く。そこはどこなのだろうか？　不思議な世界とは？

遍歴において、ヒエロニムスの名が、イル・マット、アタナシオ・ダルカーナ伯爵、そしてインディカヴィアと変わっていくことも興味深い。これは何を示唆するのだろうか？

そのなかで、あるひとつの言葉の意味が幾度も変わってゆくような物語を書きたいと、エンデが話していたことを思い出す。

このように書いてきたが、これはわたしの旅のノートにすぎない。ずいぶんと「？」が多いから、こんなことでは困ると読者は思うかもしれないが、わたしに言わせれば、見知らぬところの旅で、旅を本当の体験にするためには、「？」と思うことは、まず正直にそう心に書いておくのがコツである。いそいで辻褄《つじつま》をあわせてはいけない。

なぜエンデはこのように文学を書いてきたのだろうか？　これを考えるために歩く道はたくさんあるが、今日は次のように道をとろう。

いつのまにか近代自然科学の観方、考え方が万能になってしまった。本当に万能かどうかはともかく、真実とは自然科学の方法で証明される正当性だと、わたしたちは信じているのではないか。しかし、これはあくまでも近代自然科学が提唱する「真実」であり、それ以前に真実がなかったわけでもなく、こう考えることで、それまでの真実がより発達したわけでもない。真実はいつの時代にもあった。そのどれが正しくて、どれが間違っていると言えるものではない。

だが、近代から現代へと、自然科学が真実を独占してゆくなかで、精神世界は切り捨てられ、あるいは自然科学の方法論へ取り込まれてきた。近頃では、精神世界に属することさえも、人は技術機器を使って操作しようとする。いうまでもなく、わたしは近代自然科学の是非を問うのではない。ましてや、このような歴史的発展の是非を問う気もまったくない。これは善悪の問題ではないからだ。それよりも、わたしたちは、この状況をただ素《す》直《なお》に見つめることからはじめるべきだろう。

しかし、美という、自然科学の方法ではついにとらえられないものを求め、それに耳を傾ける詩人や芸術家たちは、程度の差こそあれ、現代の根底に横たわる、このような極端な自然科学へのかたよりを、肌を切られるような切実なこととして感じてきたのではないか。

巨視的に見れば、ヨーロッパを中心とする、このような人類史の状況のなかで、エンデは物語を書いてきた。だから、その話のなかには、たとえば『モモ』や、たとえば『魔法のカクテル』のように、その題材自体が現代の世相批判を含んでいることも多い。しかし、ここで気をつけなければならないのは、そのような現代社会批判を読者に告げることがエンデ文学の眼目だと思ってはならないことだ。作家や芸術家が、その時代で一番関心を引かれることを題材にするのはきわめて自然なことであり、世界文学を見渡せば、どの時代の偉大な作家たちもそうしてきたのは、すぐにわかる。

エンデにとって一番大切だったことは、彼方から降りそそぐ光に照らしだされる、さまざまな世界を、そのすがたを崩さぬように、すくいだすことにあったと思う。だからこそ、そこに秘められた「規則」を聞き取ろうと、エンデはしんぼうづよく努めたのだ。それを見つめ、それに耳を傾ける姿勢が誠実であればあるほど、詩人や芸術家は多様な世界を描きだすことができる。

そのような世界は、日常のどこにもあり、どこにもない場所と言えるだろう。あたかも、今までなにげなく見ていたものが、別の光を浴び、思いがけない姿を見せるように、それは出現するのだ。そして、そのような不思議な光に照らされた場所では、語られる内容も形式とひとつになり、その世界を浮かび上がらせる。そして、そのような、もうひとつの現実は、接する者にとって、つまり作家にも読者にも、体験の場となるのだ。それは虚構だが、単なる「外の」現実世界よりも高度な現実と言えるだろう。

この短編集もその例にもれない。ここに収められた話は、書簡や旅の手記や伝説や『千一夜物語』のパロディなど、異なった形式で書かれ、話の内容はそれぞれの形式とひとつになって、多様な空間をつくりだす。あたかも万華鏡のなかを歩くように、読者は回転木馬を次つぎに乗り換えてゆく。

虚空に張った綱の上を、ときには身軽に、ときには重い足取りで渡ってゆくエンデは、その渡ってゆくなかで、さまざまな世界を出現させた。

（たむら　としお・翻訳家）

本書は一九九四年一〇月、岩波書店より刊行された。底本には
『エンデ全集』(岩波書店)第一三巻(一九九六年)を用いた。

自由の牢獄　ミヒャエル・エンデ

2007年9月14日　第1刷発行
2024年4月5日　第11刷発行

訳　者　田村都志夫《たむらとしお》

発行者　坂本政謙

発行所　株式会社 岩波書店
〒101-8002 東京都千代田区一ツ橋2-5-5

案内 03-5210-4000　営業部 03-5210-4111
https://www.iwanami.co.jp/

印刷・精興社　製本・中永製本

ISBN 978-4-00-602128-3　　Printed in Japan

岩波現代文庫創刊二〇年に際して

二一世紀が始まってからすでに二〇年が経とうとしています。この間のグローバル化の急激な進行は世界のあり方を大きく変えました。世界規模で経済や情報の結びつきが強まるとともに、国境を越えた人の移動は日常の光景となり、今やどこに住んでいても、私たちの暮らしは世界中の様々な出来事と無関係ではいられません。しかし、グローバル化の中で否応なくもたらされる「他者」との出会いや交流は、新たな文化や価値観だけではなく、摩擦や衝突、そしてしばしば憎悪までをも生み出しています。グローバル化にともなう副作用は、その恩恵を遥かにこえていると言わざるを得ません。

今私たちに求められているのは、国内、国外にかかわらず、異なる歴史や経験、文化を持つ「他者」と向き合い、よりよい関係を結び直してゆくための想像力、構想力ではないでしょうか。

新世紀の到来を目前にした二〇〇〇年一月に創刊された岩波現代文庫は、この二〇年を通して、哲学や歴史、経済、自然科学から、小説やエッセイ、ルポルタージュにいたるまで幅広いジャンルの書目を刊行してきました。一〇〇〇点を超える書目には、人類が直面してきた様々な課題と、試行錯誤の営みが刻まれています。読書を通した過去の「他者」との出会いから得られる知識や経験は、私たちがよりよい社会を作り上げてゆくために大きな示唆を与えてくれるはずです。

一冊の本が世界を変える大きな力を持つことを信じ、岩波現代文庫はこれからもさらなるラインナップの充実をめざしてゆきます。

（二〇二〇年一月）

岩波現代文庫［文芸］

B318
振仮名の歴史
今野真二

「振仮名の歴史」って？　平安時代から現代まで続く「振仮名の歴史」を辿りながら、日本語表現の面白さを追体験してみましょう。

B319
上方落語ノート 第一集
桂米朝

上方落語をはじめ芸能・文化に関する論考・考証集の第一集。「花柳芳兵衛聞き書」「ネタ裏おもて」「考証断片」など。〈解説〉山田庄一

B320
上方落語ノート 第二集
桂米朝

名著として知られる『続・上方落語ノート』を文庫化。「落語と能狂言」「芸の虚と実」「落語の面白さとは」など収録。〈解説〉石毛直道

B321
上方落語ノート 第三集
桂米朝

名著の三集を文庫化。「先輩諸師のこと」「不易と流行」「天満・宮崎亭」「考証断片・その三」など収録。〈解説〉廓 正子

B322
上方落語ノート 第四集
桂米朝

名著の第四集。「考証断片・その四」「風流昔噺」などのほか、青蛙房版刊行後の雑誌連載分も併せて収める。全四集。〈解説〉矢野誠一

2024. 3

岩波現代文庫[文芸]

B323
可能性としての戦後以後
加藤典洋

戦後の思想空間の歪みと分裂を批判的に解体し大反響を呼んできた著者の、戦後的思考の更新と新たな構築への意欲を刻んだ評論集。〈解説〉大澤真幸

B324
メメント・モリ
原田宗典

死の淵より舞い戻り、火宅の人たる自身の半生を小説的真実として描き切った渾身の作。懊悩の果てに光り輝く魂の遍歴。

B325
遠い声
―管野須賀子―
瀬戸内寂聴

大逆事件により死刑に処せられた管野須賀子。享年二九歳。死を目前に胸中に去来する、恋と革命に生きた波乱の生涯。渾身の長編伝記小説。〈解説〉栗原 康

B326
一〇一年目の孤独
―希望の場所を求めて―
高橋源一郎

「弱さ」から世界を見る。生きるという営みの中に何が起きているのか。著者初のルポルタージュ。文庫版のための長いあとがき付き。

B327
石の肺
―僕のアスベスト履歴書―
佐伯一麦

電気工時代の体験と職人仲間の肉声を交えアスベスト禍の実態と被害者の苦しみを記録した傑作ノンフィクション。〈解説〉武田砂鉄

2024.3

B328
冬の蕾
―ベアテ・シロタと女性の権利―
樹村みのり

無権利状態にあった日本の女性に、男女平等条項という「蕾」をもたらしたベアテ・シロタの生涯をたどる名作漫画を文庫化。〈解説〉田嶋陽子

B329
青い花
辺見庸

男はただ鉄路を歩く。マスクをつけた人びとが彷徨う世界で「青い花」の幻影を抱え……。災厄の夜に妖しく咲くディストピアの〝愛〟と〝美〟。現代の黙示録。〈解説〉小池昌代

B330
書聖王羲之
―その謎を解く―
魚住和晃

日中の文献を読み解くと同時に、書作品をつぶさに検証。歴史と書法の両面から、知られざる王羲之の実像を解き明かす。

B331
霧の犬
―a dog in the fog―
辺見庸

恐怖党の跋扈する異様な霧の世界を描く表題作ほか、殺人や戦争、歴史と記憶をめぐる終わりの感覚に満ちた中短編四作を収める。終末の風景、滅びの日々。〈解説〉沼野充義

B332
増補 オーウェルのマザー・グース
―歌の力、語りの力―
川端康雄

政治的な含意が強調されるオーウェルの作品群に、伝承童謡や伝統文化、ユーモアの要素を読み解く著者の代表作。関連エッセイ三本を追加した決定版論集。

2024. 3

岩波現代文庫［文芸］

B333

六代目圓生コレクション 寄席育ち

三遊亭圓生

圓生みずから、生い立ち、修業時代、芸談、噺家列伝などをつぶさに語る。綿密な考証も施され、資料としても貴重。〈解説〉延広真治

B334

六代目圓生コレクション 明治の寄席芸人

三遊亭圓生

圓朝、圓遊、圓喬など名人上手から、知られざる芸人まで。一六〇余名の芸と人物像を、六代目圓生がつぶさに語る。〈解説〉田中優子

B335

六代目圓生コレクション 寄席楽屋帳

三遊亭圓生

『寄席育ち』以後、昭和の名人として活躍した日々を語る。思い出の寄席歳時記や風物詩も収録。聞き手・山本進。〈解説〉京須偕充

B336

六代目圓生コレクション 寄席切絵図

三遊亭圓生

寄席が繁盛した時代の記憶を語り下ろす。各地の寄席それぞれの特徴、雰囲気、周辺の街並み、芸談などを綴る。全四巻。〈解説〉寺脇研

B337

コブのない駱駝 ―きたやまおさむ「心」の軌跡―

きたやまおさむ

ミュージシャン、作詞家、精神科医として活躍してきた著者の自伝。波乱に満ちた人生を自ら分析し、生きるヒントを説く。鴻上尚史氏との対談を収録。

B338-339
ハルコロ (1)(2)
石坂 啓漫画
本多勝一原作
萱野 茂監修

一人のアイヌ女性の生涯を軸に、日々の暮らしや祭り、誕生と死にまつわる文化など、アイヌの世界を生き生きと描く物語。〈解説〉本多勝一・萱野茂・中川裕

B340
ドストエフスキーとの旅 ―遍歴する魂の記録―
亀山郁夫

ドストエフスキーの「新訳」で名高い著者が、生涯にわたるドストエフスキーにまつわる体験を綴った自伝的エッセイ。〈解説〉野崎 歓

B341
彼らの犯罪
樹村みのり

凄惨な強姦殺人、カルトの洗脳、家庭内暴力と息子殺し……。事件が照射する人間と社会の深淵を描いた短編漫画集。〈解説〉鈴木朋絵

B342
私の日本語雑記
中井久夫

精神科医、エッセイスト、翻訳家でもある著者の、言葉をめぐる多彩な経験を綴ったエッセイ集。独特な知的刺激に満ちた日本語論。〈解説〉小池昌代

B343
ほんとうのリーダーのみつけかた 増補版
梨木香歩

誰かの大きな声に流されることなく、自分自身で考え抜くために。選挙不正を告発した少女をめぐるエッセイを増補。〈解説〉若松英輔

2024. 3

岩波現代文庫［文芸］

B344
狡智の文化史
―人はなぜ騙すのか―
山本幸司

嘘、偽り、詐欺、謀略……。「狡智」という厄介な知のあり方と人間の本性との関わりについて、古今東西の史書・文学・神話・民話などを素材に考える。

B345
和の思想
―日本人の創造力―
長谷川櫂

和とは、海を越えてもたらされる異なる文化を受容・選択し、この国にふさわしく作り替える創造的な力・運動体である。〈解説〉中村桂子

B346
アジアの孤児
呉濁流

植民統治下の台湾人が生きた矛盾と苦悩を克明に描き、戦後に日本語で発表された、台湾文学の古典的名作。〈解説〉山口守

B347
小説家の四季
1988―2002
佐藤正午

小説家は、日々の暮らしのなかに、なにを見つめているのだろう――。佐世保発の「ライフワーク的エッセイ」、第1期を収録！

B348
小説家の四季
2007―2015
佐藤正午

『アンダーリポート』『身の上話』『鳩の撃退法』、そして……。名作を生む日々の暮らしを軽妙洒脱に綴る「文芸的身辺雑記」、第2期を収録！

2024. 3

岩波現代文庫［文芸］

B349
増補 もうすぐやってくる尊皇攘夷思想のために
加藤典洋
幕末、戦前、そして現在。三度訪れるナショナリズムの起源としての尊皇攘夷思想に向き合うために。晩年の思索の増補決定版。〈解説〉野口良平

B350
大きな字で書くこと／僕の一〇〇〇と一つの夜
加藤典洋
批評家・加藤典洋が自らを回顧する連載を中心に、発病後も書き続けられた最後のことばたち。没後刊行された私家版の詩集と併録。〈解説〉荒川洋治

B351
母の発達・アケボノノ帯
笙野頼子
縮んで殺された母は五十音に分裂して再生した。母性神話の着ぐるみを脱いで喰らってウンコにした、一読必笑、最強のおかあさん小説が再来。幻の怪作「アケボノノ帯」併収。

B352
日没
桐野夏生
海崖に聳える〈作家収容所〉を舞台に極限の恐怖を描き、日本を震撼させた衝撃作。「その恐ろしさに、読むことを中断するのは絶対に不可能だ」（筒井康隆）。〈解説〉沼野充義

B353
新版 一陽来復
―中国古典に四季を味わう―
井波律子
巡りゆく季節を彩る花木や風物に、中国古典詩文の鮮やかな情景を重ねて、心伸びやかに生きようとする日常を綴った珠玉の随筆集。〈解説〉井波陵一

2024. 3

岩波現代文庫［文芸］

B354
未闘病記
―膠原病、「混合性結合組織病」の―
笙野頼子

芥川賞作家が十代から苦しんだ痛みと消耗は十万人に数人の難病だった。病と「同行二人」の半生を描く野間文芸賞受賞作の文庫化。講演録「膠原病を生き抜こう」を併せ収録。

B355
定本 批評メディア論
―戦前期日本の論壇と文壇―
大澤聡

論壇／文壇とは何か。批評はいかにして可能か。日本の言論インフラの基本構造を膨大な資料から解析した注目の書が、大幅な改稿により「定本」として再生する。

B356
さだの辞書
さだまさし

「目が点になる」の『広辞苑 第五版』収録をご縁に27の三題噺で語る。温かな人柄、ユーモアにセンスが溢れ、多芸多才の秘密も見える。〈解説〉春風亭一之輔

B357-358
名誉と恍惚（上・下）
松浦寿輝

戦時下の上海で陰謀に巻き込まれ、すべてを失った日本人警官の数奇な人生。その悲哀を描く著者渾身の一三〇〇枚。谷崎潤一郎賞、ドゥマゴ文学賞受賞作。〈解説〉沢木耕太郎

2024. 3